적막의 도시
City of Silence

적막의 도시
City of Silence

초판 1쇄 찍은 날 2011년 11월 15일
초판 1쇄 펴낸 날 2011년 11월 25일

지 은 이 | 신규호
펴 낸 이 | 서경석
편 집 장 | 권태완
책임편집 | 조수희

펴 낸 곳 | 도서출판 청어람
등록번호 | 제1081-1-89호
등록일자 | 1999. 5. 31
어람번호 | 제10-0008호

주소 | 경기도 부천시 원미구 심곡2동 163-2 서경B/D 3F (우) 420-822
전화 | 032-656-4452 팩스 | 032-656-4453
E-mail | chungeoram@chungeoram.com
HOMEPAGE | http://www.chungeoram.com
NAVER CAFE | http://cafe.naver.com/goldpenclub

ⓒ 신규호, 2011

ISBN 978-89-251-2682-1 03810

※ 파본은 구입하신 서점에서 교환하여 드립니다.
※ 저자와 협의하여 인지를 붙이지 않습니다.
※ 이 책은 도서출판 청어람과 저작자의 계약에 의해 출판된 것이므로,
  무단 전재 및 유포·공유를 금합니다.

적막의 도시

City of Silence

:: Contents ::

1부—세상에 남겨지다 ··· 7

2부—거짓과 함께 ··· 167

작가 후기 ··· 334

1부
세상에 남겨지다

1

"어우, 아직 서늘하네."

집 안으로 들어가며 그렇게 중얼거렸다. 비가 올 것만 같은 날씨였다. 어두운 표정의 하늘은 그것을 암시하고 있었고, 4월 같지 않은 추위는 몸을 떨게 만들었다.

나는 비가 오는 것을 꽤나 좋아하는 사람이었다. 하지만 오늘은 작은 어둠조차 영 반갑지가 않았다.

옷을 벗을 생각도 하지 않은 채 양손에 들고 있는 봉투에서 와인과 케이크, 꽃을 꺼내 주방 식탁 위에 가지런히 정리를 해두었다. 멍하니 그것을 바라보자 자연스레 입가에 미소가 번졌다. 나는 와인 잔과 촛불도 가지고 와 식탁 위에 올려두며 조촐한 준비를 마쳤다. 이제 그녀가 오기를 기다리기만 하면 되었다.

"하아……."

한숨을 크게 내뱉었다. 그 한숨에 긴장감이 딸려 나가길 바랐다. 하지만 그것은 오히려 커지기만 했다.

나는 그녀에게 문자를 보내기 위해 입고 있던 재킷 왼쪽 주머니에서 휴대폰을 꺼냈다. 오늘따라 휴대폰 버튼을 누르는 손가락이 무뎌 보였다.

할 말이 있어. 정말 급하고 좋지 않은 일이야. 일 끝나고 곧장 내 집으로 와줘.

문자를 보내고 재킷 안쪽 주머니에 다시 손을 넣었다. 곧 부드러운 감촉이 느껴졌고, 손에 닿은 물건을 꺼내 매우 조심히 식탁 위에 올려두었다. 눈앞에 나타난 것은 푸른색의 반지 케이스였다. 조심히 손으로 쓰다듬자 부드러운 감촉이 변함없이 느껴졌다. 나는 설레는 기분으로 케이스를 열어보았다. 그 안에는 작은 다이아몬드가 박힌 은색 반지가 누워 있었다. 소박하고도 소박한 반지, 바로 이 반지를 내가 집적 골랐다. 그녀의 손에 끼워질 것을 상상하면서.

그때 후드득하는 소리가 들려왔다. 나는 자연스레 소리가 들린 베란다로 향했다. 비는 짧은 시간 사이에도 제법 시원하게 떨어지고 있었고, 잠시 아쉬운 마음이 들었다. 하지만 이내 내리는 비를 뒤로한 채 거실로 돌아와 TV를 켰다.

—일요일인 내일 오후까지 많은 양의 비가 전국에 내릴 것으로

예상이 됩니다.

일기예보에서는 아름다운 기상캐스터가 나와 내일까지 많은 봄비가 내릴 것이라는 이야기를 하고서 물러갔다. 나는 "잠시 후, 스포츠 뉴스가 시작 됩니다."라는 소리를 듣고서 TV 위에 달린 시계를 보았다. 시간은 벌써 오후 9시가 되어 있었다. 베란다 밖에는 여전히 많은 비가 창문을 두드리고 있었고, 오고 있을 그녀가 조금씩 걱정되기 시작했다.

나는 그녀에게 전화를 걸어보기 위해 휴대폰을 들었다. 단축번호인 1을 누르려고 했더니 그새 진동과 함께 전화가 걸려왔다. 휴대폰의 화면에는 그녀의 이름을 대신한 붉은 하트가 그려져 있었고, 입가에 옅은 미소가 생겨났다. 하지만 나는 슬며시 감정을 숨긴 채 전화를 받았다.

"여보세요? 어디야? 응, 아…… 어, 그래. 다 왔어? 일단 오면 말해줄게. 응, 조금 안 좋은 일이 있어. 아니야, 아니야. 일단 와, 와서 말하자."

전화를 끊고 한숨을 내뱉었다. 그녀가 오고 있다는 소리를 들은 심장이 쿵쾅거리며 뛰기 시작했다. 이 기분은 내가 평생 동안 느껴보지 못했던 강한 기대감과 불안감, 심지어 두려움까지 동반한 것이었다.

나는 식탁 의자로 돌아가 케이스 안에 들어 있던 반지를 꺼내 만지작거렸다.

"결혼하자."

그냥 이렇게 말하면 될까, 딱 하고 떠오르는 것이 없었다. 대신 나는 곧 만날 그녀의 얼굴을 상상했다. 내가 "결혼하자."라고 말을 하면 그녀는 어떻게 행동할까? 눈물을 흘릴까, 미소를 지을까, 아이처럼 마냥 기뻐할까, 혹시나 거절하지는 않을까. 청혼이 이토록 힘들다는 것을 이제야 알게 되었다. 그녀의 얼굴을 상상하는 이 순간에도 많은 고민들이 내 머릿속을 뛰어다니고 있었다.

후드득—

비는 여전히 창문을 열어달라며 노크를 하고 있었다.
'어디쯤 왔을까?'
나는 식탁 위로 엎드려 잠시 눈을 감았다. 그리고 오래전 추억이 떠올랐다.

그녀를 처음 만난 것은 봄 향기가 더워지기 시작하는 5월 말이었다.

그때 나는 교대의 졸업반 학생이었고, 여러 가지 일이 한번에 맞물려 동기 한 명과 갑작스럽게 도시 외각의 여고로 실습을 가게 되었다. 학교의 많은 친구들은 따뜻한 봄 향기와 같이 여고로 향하는 나와 내 동기를 부러워하며 농담을 했다. 어차피 그것은 남자들이 항상 하는 짓궂은 것들이었고, 나에게는 지난 2년간 만난 애인이 있었기에 그들의 말을 대수롭지 않게 치부할 수 있었다. 하지만 봄의 막바지, 푸근함만이 가득한 그날의 여고생들은 나와 내 동기에게 설렘과 긴장을 심어주기에 충분한 것 같았다.

　우리는 등교하는 학생들을 지나 교무실로 향했다. 한참이나 어색한 모습으로 그곳에 있었더니 키가 작고, 머리가 벗겨진 남자가 다가왔다. 그는 자신이 교감이라고 했다. 작은 키임에도 눈빛이 매서워 우리를 위축시키기에는 충분해 보였다.

　"교생 선생님들?"

　"아, 네."

　"이쪽으로 와요."

　우리는 안쪽에 있는 교감 선생님의 자리로 가 몇 가지 당부의 말을 듣게 되었다. 첫 번째는 기존의 선생님들에게 깍듯이 하라는 것이었고, 두 번째는 학생들과의 마찰을 최소한으로 하라는 것이었다. 사실 그가 말한 것 중 첫 번째는 당연했으나, 두 번째는 영 이해가 되질 않는 것이었다. 아무래도 그들은 우리를 선생으로 생각하지 않고 그저 학생 정도로 여기는 모양이었다.

　교감 선생님은 똑같은 말을 몇 번이나 반복했고, 나이가 지긋하신 여자 선생님이 오고서야 지겨운 말을 멈추었다. 동기는 짧은 대화를 나누고 여선생님을 따라 교무실 밖으로 나섰다. 나는 그 모습을 한참이나 바라보았다. 아마 눈에는 기대라는 글자가 선명히 새겨져 있었을 것이었다.

그런 나에게 교감 선생님은 말했다.

"선생님은 3학년 반을 맡게 될 거예요. 3학년 애들은 교생을 잘 넣지 않는데…… 사정이 좀 있어서요. 3학년 애들은 어떤 때보다 민감한 애들이에요. 절대로 그 아이들 신경 거스르는 일 따위는 하지 말아요. 얌전히 배우고만 가셔야 합니다."

사실 교감 선생님의 말이 정확히 이해가 된 것은 아니었지만 알겠다고 힘차게 대답했다. 그는 그런 내 대답에도 영 믿음이 가지 않는지 몇 번이나 "3학년 애들은 예민하니까 조심해요."라는 말을 반복했고, 나는 그때마다 말에 박자를 맞추듯 고개를 끄덕였다.

교감 선생님의 말이 끝날 때쯤 덩치가 큰 중년의 한 선생님이 내 옆으로 다가왔다. 그는 제대로 된 인사조차 하지 않고 시계를 보며 나를 이끌었다.

나는 내 담당 선생님으로 보이는 분을 따라 교무실 밖으로 나서 계단으로 향했다. 나에 대하여 어느 정도 알고 있는 것인지 선생님은 그 후로도 별다른 질문을 하지 않았다. 우리는 그렇게 말없이 계단을 올랐다. 나는 앞장서는 선생님을 따랐고, 계단을 내려가거나 올라가는 학생들이 그를 보고 꾸벅 인사를 했다. 인사를 한 대부분의 학생들은 뒤를 따라가는 나를 바라보며 수군거렸다.

"왜 선생질을 하려는 거야? 요즘에는 학원 강사도 하고, 과외를 해도 이 짓보다는 더 나을 텐데."

앞에 가던 선생님이 불쑥 물어왔다.

"그게……."

나는 갑작스러운 질문에 쉽게 답하지 못했다. 하지만 이내 곧 내가 하고 싶어 하는 일에 대한 생각을 말해주었다.

"강사 같은 건 지식만을 알려주잖아요. 저는 학생들의 이야기를 들어주고 싶어요. 살아갈 이야기, 살고 싶은 것에 대한 이야기. 누군가의 이야기를 듣고 도움이 될 수 있다는 거, 제가 어렸을 때 그게 가장 필요했거든요."

"그래? 뭐, 잘해보시게."

선생님은 그런 질문과 대답이 익숙한 듯 건조하게 말했다. 나는 물었다.

"선생님은 어때요? 혹시 후회하시나요?"

대답은 들려오지 않았다. 그저 그 자신의 걸음에 최선을 다할 뿐이었다.

우리는 곧 3층에 위치한 교실 앞에 도착하게 되었다. 선생님은 슬쩍 나를 보고서 교실 앞문을 열었다. 그와 동시에 학생들의 소란스러운 소리가 크게 들렸고, 나는 긴장하지 않을 수 없었다.

선생님이 문 안으로 들어가면서 학생들의 웅성거림은 줄어드는 듯 보였다. 하지만 그를 따라 내가 들어서자 뒤이은 웅성거림은 전보다 더 커지기 시작했다. 나는 주먹을 꽉 쥐면서 그 상황에 익숙해지려고 노력했다.

"조용!"

"……."

선생님의 강한 한 마디가 교실 안에 고요함을 만들어냈다. 하지만 학생들은 소리를 대신해 서로의 시선을 부딪쳤다. 선생님은 교탁 앞으로 가 학생들에게 말했다.

"보다시피 교생 선생님이 한 분 오셨다. 모두들 반갑게 맞이하고, 말씀 잘 들어라."

"네!"

학생들은 힘차게 대답했다. 선생님은 힐끗 나를 보면서 자기소개를 하라고 말했다.

나는 숨을 가다듬고서 조심스럽게 교탁으로 향해 학생들의 얼굴을 쭉 훑어보았다. 그리고 분필을 들어 칠판에 내 이름을 또박또박 적었다.

"안녕하세요."

다시 교탁으로 돌아서며 그렇게 인사를 건넸다. 평생 잊을 수 없는 든든한 기분이 들었다. 자연스럽게 교탁 끝을 양손으로 감싸고서 나는 나라는 사람에 대한 소개를 하기 시작했다. 전날 미리 준비한 것이 있어 말하는 것은 그리 어렵지 않았다. 하지만 문제는 좌우명을 말하는 순간에 나타났다.

"마지막으로 제 좌우명은 혼자서도 잘하자입니다."

그렇게 말하자 몇 학생들이 키득거렸다. 나도 그들과 같이 얼굴에 미소를 머금으며 말을 이었다.

"조금 웃기죠? 하지만 이 말에는 분명한 의미가 있어요. 잘 생각해 보면 우리들 중 누구도 혼자 힘으로 살고 있는 사람이 없잖아요. 여러분들은 아직 부모님의 도움을 받고 있고, 저는 지금 여러분과 담임 선생님의 도움을 받고 있죠. 그렇지만 분명 살다 보면 혼자가 될 때가 있어요. 바로 그때 여러분이 혼자서도 잘할 수 있는 준비가 되어 있어야 한다는 거죠. 음, 예를 들어 예전…….”
 나는 그 순간부터 말을 이어가지 못했다. 그것은 작은 충격이었다. 분명 학생들의 얼굴을 모두 보았고 시선을 마주쳤다 생각했다. 하지만 교실 뒤편 창가 자리에 내가 보지 못한 학생이 있었다. 그녀는 창밖을 바라보고 있었다. 긴 생머리와 하얀 피부, 눈은 작았고, 코는 끝이 둥그렇게 생겨 귀여워 보였다. 마른 몸, 작은 어깨, 멍한 표정. 그리고 그녀의 얼굴에는 창가를 통해 들어오는 햇살이 가득 머금어져 있었다. 그녀의 외모가 나조차도 그동안 알지 못했던 내 이상형이었는지, 아니면 정말로 어떤 운명의 무엇이었는지 잘 모르겠지만 나는 순간 교실 안의 시간이 매우 느리게 흘러가고 있는 것 같다는 생각까지 했다.
 “아, 그러니까…… 제가 하고 싶은 말이 뭐냐면…….”
 아무리 말을 이어가려고 해도 되질 않았다. 학생들은 웅성거리기 시작했다. 내가 자꾸 말을 하지 못하자 선생님은 “그만하고 뒤로 가서 수업을 좀 들어봐요.”라고 말하며 나를 위기에서 구하셨다.
 이 기분이 무엇인지 알 수가 없었다. 그저 선생님의 말에 따라 교실 뒤로 향할 뿐이었다. 나는 그 뒤로도 선생님이 하는 수업을 들을 수가 없었다. 대신 교실 뒤에 서 그녀의 뒷모습을 바라보았다. 그녀는 여전히 멍한 눈으로 창밖을 바라보고 있었고, 나는 그녀의 작은 어깨를 바라보다가 뭘 그리도 보고 있는지가 궁금해 창밖으로 시선을 움직였다. 창밖에 볼만한 것이라고는 정처 없이 떠다니는 하얀 구름과 운동장의 풍경뿐이었다.
 수업이 끝나자 그제야 그녀는 창밖을 바라보던 시선을 거두고 자리에서 일어났다. 밖을 나서기 위해 몸을 돌렸을 때, 나는 그녀의 교복에 달려 있는 이름표를 보았다. 그녀의 이름은 '이사라'였다.

2

 매우 혼잡하고 몽롱한 꿈을 꾸었다. 하지만 깨어나면 아무것도 기억나지 않을 그런 꿈이었다. 뿜어버린 담배 연기를 잡으려 하면 흩어지는 것처럼, 어둠이 가득 내린 길을 걷고 걸어도 그 끝이 보이지 않는 것처럼.
 창문을 통해 빛이 들어왔다. 닫힌 커튼 때문에 쉬워 보이지는 않았으나 결국 작은 틈새를 찾아내었다. 빛은 집요히 빈틈을 비집고 들어와 집 안을 침범했다. 그리고 점점 더 몸집을 불려가며 곧 식탁에 엎드려 자고 있던 나를 건드리기 시작했다. 그것은 내 발을 타고서 올라와 감겨져 있는 눈에 자리를 잡았다.
 "으음……."
 빛이 닿은 눈이 움찔거렸다. 그리고 입에서는 작은 신음 소리가 흘러나왔다. 나는 천천히 눈을 떠 그 빛을 바라보았다.

'언제 잠이 들었지?'

목과 시선이 함께 움직였다. 엎드려 있던 몸을 일으켰고 눈은 천천히 식탁 위로 향했다. 한 쌍의 와인 잔, 케이크, 꽃, 그리고 작고 푸른 반지 케이스를 볼 수 있었다. 그제야 몽롱하던 정신이 빠르게 돌아왔다. 나는 벌떡 일어나 베란다로 향했다. 창을 감싸고 있는 커튼을 젖힌 입에서는 욕이 흘러나왔다.

"이런 젠장!"

어느새 아침 햇살이 나를 강하게 쬐고 있었다. 청혼하려는 날 잠이 들어버리다니 어찌 이리 멍청할 수가 있을까, 나는 한껏 얼굴을 찡그렸다.

"아, 이게 대체 뭐야."

스스로를 탓하며 식탁으로 향해 휴대폰을 열었다. 급한 일이 있다고 말했으면서 정작 잠들어 버린 나를 걱정할 사라 때문이었다. 하지만 그것은 그저 나만의 바람이었다. 휴대폰에는 작은 문자 하나도 남겨진 것이 없었다. 시간은 오전 10시 20분, 머리에는 작은 물음표가 나타났다. 나는 그 물음표를 지우기 위해 휴대폰 1번 버튼을 꾹 눌렀다.

휴대폰을 통해 피아노 소리가 들려왔다. 〈키스 더 레인〉이라고 했던가, 그녀가 무척이나 좋아하는 곡이었다.

음악은 같은 구절을 반복해 들려주었다. 그리고 "고객의 사정으로 인하여……."라는 건조한 목소리로 마무리되었다.

'무슨 일이지?'

걱정이 들었다. 나는 다시 한 번 사라에게 전화를 걸어보았다.

여전히 그녀의 목소리는 들리지 않았다. 이내 전화를 끊고서 벗어둔 외투를 챙겨 들었다. 옷을 갈아입을 여유가 없었다. 나가기 전, 시선이 식탁을 스쳐 지나갔다.
"젠장."
나는 그렇게 중얼거리며 밖으로 나섰다. 그리고 엘리베이터에 오르면서 사라에게 다시 전화를 걸었다. 아무리 기다려도 그녀의 목소리는 들려오지 않았다.
지하주차장으로 내려왔더니 많은 차들이 보였다. 일요일이라 주차되어 있는 차량의 수가 평소보다 훨씬 빽빽한 것 같았다. 나는 주차해 둔 차를 향해 발걸음을 옮겼다. 차에 올라타니 익숙한 향기와 한기가 느껴졌고, 지체할 것도 없이 시동을 걸었다. 오래된 연식의 코란도는 '구르릉.' 하는 소리를 내며 울부짖었다. 그 듬직한 목소리가 조금은 걱정을 덜어주는 것 같았다.
차를 움직이며 다시 한 번 그녀에게 전화를 걸어보았다. 잔잔한 피아노 소리가 이제는 소음으로 다가오는 것만 같았다. 나는 휴대폰을 조수석에 던져 버리고 좌우를 살폈다. 도로에는 차가 없었다. 사라의 집까지는 차로 30분 정도 걸리는 거리였다. 나는 속도를 조금씩 올리기 시작했다.
그녀의 집으로 향하는 도중 문득 이상한 기분이 느껴졌다. 그것은 마치 무엇인가를 놓치고 있다는 어떤 찝찝함이었다. 거리의 가로수 길은 싱싱함을 잃지 않았고, 창문을 열었을 때 얼굴을 스치는 바람도 상쾌했고, 타고 있는 코란도의 떨림도 평소와 같았다. 하지만 무엇인가를 놓치고 있다는 기분은 지울 수가 없었다.

마치 비가 올 때 바지 밑단이 젖는 것을 알지 못하는 것처럼, 가스 불을 켜놓고 나온 것처럼, 혹은 어떤 물건을 잃어버린 것처럼.
'왜 이렇게 조용한 걸까?'
잠시 그런 생각을 했다. 하지만 이내 고개를 흔들었다. 사라를 제외하면 모든 생각은 나중에 정리해도 늦지 않을 것이었다.
나는 차의 속도를 더욱 올렸다. 평소보다 빠른 속도였지만 이상하게도 빠르게 느껴지지 않았다. 그녀에 대한 걱정 탓일까, 아니면 다른 이유 때문일까.

채 20분도 걸리지 않아 사라가 사는 아파트 앞에 도착했다. 휴대폰을 챙겨 코란도에서 내린 나는 달리는 것도, 그렇다고 걷는 것도 아닌 걸음으로 그녀의 집까지 움직였다. 아파트는 흘러간 시간을 이기지 못한 듯 온몸에 검버섯과 상처가 가득했다.
나는 거친 숨소리를 뱉으며 사라가 살고 있는 아파트 6층까지 달려 올라갔다. 숨은 턱 끝까지 차올랐고, 가슴이 아파왔다. 엘리베이터가 없는 것이 평소에는 운동도 되고 꽤 나쁘지 않겠구나 하고 생각했었는데, 막상 달려 올라오니 죽을 것처럼 힘들었다. 나는 숨을 깊게 들이마시며 601호라고 적힌 문 앞에 섰다. 그리고 조심스럽게 벨을 눌렀다.

띵동—

적막한 고요 속에 울려 퍼진 소리는 다시 제자리로 돌아와 아파트 복도에 스며들었다. 그리고 그에 대답하는 그 어떠한 소리도 들려오지 않았다.

나는 문에 귀를 댔다. 호흡 소리가 더욱 크게 느껴졌고, 손을 들어 다시 벨을 눌렀다. 문에 붙어 있는 귀를 통해 전보다 조금 더 큰 벨소리가 들렸다. 아마 안에서 들리는 벨소리와 겹쳐 들리기 때문일 것이었다.

사라는 어디로 가버렸을까. 아무런 연락도 남기지 않은 채, 잠들어 버린 나를 깨우지 않은 채 대체 어디로 가버렸을까.

급한 마음에 주먹을 쥐어 문을 두드렸다. 쿵쿵 하는 큰 소리가 고요함에 감싸져 있던 아파트 전체에 울리는 것 같았다. 하지만 소음이라고 말할 수 있는 소리에도 대답은 들리지 않았다. 사라의 집 안에서도, 그리고 그 주변의 이웃들의 소리도 들리지 않았다. 나는 몇 번을 더 강하게 문을 두드리고, 또 벨을 누르고 나서야 그녀가 집에 없다는 사실을 받아들였다. 그러자 한숨과 함께 두통이 밀려왔다.

그때 머릿속 저편에서 움직임이 일었다. 바로 잠시 묻어두었던 잊어버린 것에 대한 생각이었다. 사실 내가 끄집어 생각했다기보다는 그것이 파도처럼 나에게 다가오고 있는 것만 같았다. 무엇인지 알아보라며, 빨리 알아서 고민하라며 나를 다그치고 있었다.

나는 그 모든 복잡한 생각들을 머리에 간직한 채 층과 층 사이에 놓인 작은 창문으로 향했다. 그리고 입에 담배 하나를 물어 라이터로 불을 붙였다. 사라는 어디로 간 것일까, 그리고 내가 놓치고 있는 것은 무엇일까. 그런 고민들은 내가 물고 있는 담배 끝의 불꽃처럼 빨갛게 달아올랐다.
　연기를 힘차게 빨아들이고 창문 밖으로 내뿜었다. 연기들은 힘차게 날아 작은 구름을 만들었다. 잠깐의 시간이 지나 그 뿌연 구름이 흩어지고, 서서히 바깥 풍경이 눈에 들어오자 나는 알게 되었다. 내가 무시하고 싶어 했던, 그리고 놓치고 있었던 그것이 무엇이었는지를.

　1년 전 사라가 이곳으로 이사를 왔을 때 그녀의 얼굴에는 기쁨이라는 두 글자가 적혀 지워질 생각이 없어 보였다. 이 집은 그녀에게 스스로 살아간다는 상징적인 의미를 부여하는 것 같았다. 하지만 나는 그런 사라의 모습이 이해가 되질 않았다. 사실 자꾸만 신경이 쓰이고 있었다. 이 허름한 아파트에서 그녀가 살아간다는 것이 마치 내가 이곳에서 사는 것처럼 불편하게 느껴졌다.
　내 씁쓸한 표정과 행동을 보던 사라는 이 아파트가 좋은 이유를 나에게 말해주었다. 그것은 아직까지도 도저히 이해가 되지 않는, 그러니까 그저 나를 달래려고 하는 것처럼 느껴지는 이야기였다.
　"베란다 밖을 봐봐. 풍경이 좋아."
　나는 사라의 말에 밖을 바라보았다. 6층에서 바라보는 내 시선에는 시장이 들어왔다. 사실 그것은 시장이라고 부르기에도 부족한 것이었다. 시장은 이곳에서 300미터 정도 떨어진 곳부터 시작되었고, 이곳은 말 그대로 시장의 연장선 정도가 되는 곳이었다. 허름한 가판대와 과일 바구니들, 백발의 할머니들이 밤이나 산나물을 다듬어 파는 것들이 눈에 보였다. 그리고 그 뒤로는 내리막길이 있었다. 그 길을 따라 내려가면 상가들이 즐비하고, 더 내려가면 큰 도로가 나오고, 그리고 그곳을 넘어가면 이곳보다는 여유 있는 인생의 사람들이 예쁜 집들을 지어 살고 있었다. 하지만 사라의 집에서는 그곳이 보이지 않았다. 지대가 높다 한들 그녀의 집은 고작 6층이었다.

나는 시선을 베란다 밖에서 다시 사라에게로 움직였다. 그리고 말했다.

"저런 걸 풍경이라고 말하기에는 무리지."

그녀는 살짝 미소를 머금었다. 그리고 장난기가 가득한 얼굴을 만들며 손가락을 좌우로 흔들었다.

"잘 봐봐, 뭔가 느껴지지 않아? 이 근처는 온통 열심히 살아가는 사람들로 가득하잖아. 말 그대로 진짜 살아가는 사람들이지. 그리고 내리막길 있지? 언젠가는 나도 성공해서 그 길을 따라 내려갈 거야."

나는 그녀의 말에 대꾸했다.

"보통 성공한다고 할 때에는 올라간다는 말을 쓰는 거야."

"그런가? 하지만 이곳은 꽤나 높은 곳에 있는 걸……. 어쨌든 이곳은 나도 잘할 수 있을 거라는 의미를 주는 것 같아."

사라의 말을 들은 나는 그저 씁쓸한 얼굴만을 만들어냈다.

나는 사라가 그때 말했던, 그리고 내가 그녀의 말에 따라 보았던 장소를 다시 보고 있었다. 하지만 담배 연기가 흩어지며 보이는 장면은 그때와 사뭇 달라 보였다. 시장의 연장선, 초라한 가판대와 과일을 담은 리어카, 아무 곳이나 자리를 잡은 나물들. 하지만 이 이상할 것 없는 장면에 가장 중요한 것이 없었다. 너무나 원초적이고 기본적인 것.

나는 생각하고, 또 고민했다. 그리고 내가 왔던 길을 되짚어보았다. 도로에 다른 차가 있었던가, 이곳으로 올라오는 길에 나와 마주친 사람이 있었던가, 아파트를 들어오면서 경비나 다른 주민들을 보았던가.

"왜, 사람이 없는 거지?"

사람이 없었다. 모든 가판대와 리어카와 자리들은 자신의 주인을 잃어버렸다. 모두들 어디로 갔을까, 나는 고개를 창문 밖으로 내밀어 사람들을 찾으려 했다. 어디엔가 있으리라, 어디선가 잡담을 나누고 있으리라. 하지만 사람들은 여전히 보이지 않았다. 재잘거리는 어수선함도 전혀 느껴지지 않았다. 이마에서 땀이 흘렀다. 그 땀이 이곳으로 올라오며 흘렸던 것인지, 아니면 지금 이 순간 흐르는 것인지 알 수가 없었다.

"말도 안 돼."

나는 손에 들고 있던 담배를 던져 버리고 다리에 힘을 주었다. 그리고 계단을 내려 건물 밖으로 뛰쳐나갔다.

왼쪽 발목에 저릿한 통증이 느껴졌다. 어디서 삐끗한 것인지 기억조차도 남아 있지 않았고, 이마에서 흐르는 흥건한 땀과 거친 호흡 소리가 느껴졌다.

나는 아파트 단지 밖으로 나서자마자 외치듯 말했다.

"이게 뭐야!"

크게 내뱉은 소리는 들어줄 사람이 없었다. 시끄러웠던 이곳에는 이제 적막만이 가득했다.

"다들 어디에 간 거야……. 저기요! 저기요! 아무도 없어요?"

크게 소리를 쳐보지만 메아리조차 울리지 않았다. 나는 다시 한 번 다리에 힘을 주었다. 왼쪽 발목이 시큰거렸다.

무작정 사람을 찾아 뛰었다. 사람들이 많이 찾는 소박한 식당에는 음식 향기조차 나지 않았고, 언제나 북적거리는 1,000원 마트에는 움직이는 그 무엇도 존재하지 않았다. 나는 시장 쪽으로 발걸음을 돌렸다. 움직임은 빨라지고 있었고, 그만큼 발목의 통증도 극심해져 왔다. 하지만 멈출 수가 없었다. 통증을 느끼는 것 자체가 사치처럼 느껴졌다.

시장의 입구에 도착한 나는 멈춰서 멍하니 시장 안을 바라보았다. 아무도 없었다. 어디로 향한들 사람이 없을 것만 같았다. 영원할 것 같았던 이곳의 어수선함이 사라지자, 마치 세상 모든 사람들이 사라진 것 같다는 기분이 들었다.

조금 더 침착할 필요가 있다고 생각했다. 나는 세워둔 차로 다시 돌아가며 휴대폰을 꺼내 112를 눌렀다. 연결 멘트가 들렸지만 아무리 기다려도 사람의 진짜 목소리는 들려오지 않았다.

"젠장!"

자연스레 욕이 흘러나왔다.

"침착하자, 침착해야 해."

스스로를 달래고 한숨을 크게 쉬었다. 그리고 크게 외쳤다.

"저기요! 아무도 없어요? 누구 있으면 대답 좀 해줘요! 제발…… 제발! 장난하지 말고 누가 대답 좀 해줘요! 저기요!"

목소리가 동네를 메웠다. 그들은 어디로 가버린 것일까, 내가 잠든 사이 무슨 일이라도 일어난 것일까, 이곳이 아닌 다른 곳에는 사람들이 있을까.

믿을 수 없는 현실에 고개를 흔들었다. 눈으로 보고도 믿어지지 않았다. 나는 신경질적으로 차 문을 열어 경적을 울렸다. 이제 이곳에는 아파트의 벨소리와 문을 두드렸던 소리, 그리고 내 목소리보다도 더 커다란 소리가 울리기 시작했다. 제발 누군가라도 이 소리를 들어 시끄럽다며 나타나길 바랐다.

경적 소리는 단번에 고요한 세상에 퍼졌다. 하지만 그것은 매우 잠시였다. 내가 손을 떼는 순간에 고요함은 다시 나타났고, 나는 그 고요함에 작은 흠집도 남길 수가 없었다.

차에 올라타 문을 닫았다. 그리고 생각을 정리하려 했다. 하지만 도저히 정리할 수 있는 상황이 아니었다. 힌트가 필요했다. 이 말도 되지 않는 상황을 정리해 줄 수 있는 작은 단서가 필요했다.

휴대폰을 들어 사라에게 다시 전화를 걸어보았다. 귀에는 전과 같은 피아노 음악이 잔잔히 울렸다. 이제는 그 소리가 아름답게 느껴지지 않았다.

여전히 소식 없는 그녀를 대신해 나는 다른 사람들에게도 전화를 걸어보기로 했다.

"제발, 제발……."

기대와는 다르게 한참이 지나도 사람의 목소리는 들리지 않았다. 가슴이 먹먹한 게 영 답답하고 버거웠다.

그때,

[여보세요?]

"어머니!"

목소리가 들려왔다. 기다리고 기다리던 목소리. 눈물이 날 것만 같았다. 아니, 나도 모르게 울고 있는지도 모르는 일이었다.

[여보세요? 누구세요?]

"어머니! 저예요! 별일 없어요? 여, 여기 사람이 없어요. 별일 없죠? 두 분 다 집에 계신 거죠?"

[여보세요?]

"어머니! 저 아들……. 어머니?"

[여보세요? 누구세요?]

전화 너머의 목소리가 이상했다. 마치 혼잣말을 하는 것 같은 기분이 들었다.

"어머니?"

[하하하! 여보세요? 이보세요, 말을 하세요.]

중년 여성의 것으로 일관하던 목소리에 굵은 목소리가 더해졌다. 더해진 목소리는 아마도 아버지의 것 같았다. 그리고 말이 이어 들렸다. 그것은 나를 좌절시켰다.
 [속았죠? 여기는 깨소금이 쏟아지는 김씨 부부네 집입니다. 이런 장난에 화가 나신 건 아니시죠? 지금은 외출 중이오니 급한 일이면 휴대폰으로 해주세요!]
 "이런……."
 잠시 후 전화가 끊겼다. 재미있다며 자동응답을 해두신 것을 까맣게 잊고 있었다. 아버지의 휴대폰으로 다시 전화를 걸었지만 목소리는 들려오지 않았다. 어머니에게 해보아도 마찬가지였다. 몇 안 되는 친구들도, 같은 학원의 동료강사들도 전화를 받지 않았다. 모두들 나를 버린 것일까, 나는 머리를 감싸 쥐었다가 이내 운전대 위로 떨어뜨렸다.
 머리에 눌려 경적 소리가 다시 세상에 울렸다. 전보다 더 외로운 소리였다. 역시나 아무도 이 시끄러운 소리를 들어주지 않았다.
 "이게 대체 무슨 일이야……. 제기랄!"
 발작하듯 몸을 일으켜 조수석을 향해 들고 있던 휴대폰을 던져버렸다. 조수석으로 날아간 휴대폰은 차 문에 부딪쳤고, 배터리가 분리되어 나뒹굴었다. 그 모습을 본 나는 "젠장!"이라는 욕을 한 번 더 내뱉었다.
 "침착해야 해."
 스스로를 달랬다. 흥분한다고 도움 될 것은 없었다. 나는 다시 분리된 휴대폰을 들어 배터리를 끼우고 전원을 켰다. 잠시라도 휴대폰을 꺼놓으면 안 되는 일이었다. 누군가의 연락이 언제 올지도 모르기 때문이었다.

　숨을 고르며 왼쪽 손으로 뺨을 툭툭 때렸다. 정신이 드는 것 같았다. 절망하고 눈물을 흘리기에는 너무 이른 것 같았다.

　나는 라디오 주파수를 맞춰보았다. 항상 DJ의 목소리가 들리던 주파수에는 시끄러운 잡음만이 가득했다. 나는 채널 검색 버튼을 누르고 차에 시동을 걸었다.

　"사람을 찾아야 해."

　그렇게 중얼거리며 유리 밖 이상한 세상으로 시선을 고정시켰다. 코란도는 주인의 의도에 따라 맹렬히 움직이기 시작했다. 누군가를 찾기 위해, 또 이 말도 안 되는 상황을 이해하기 위해.

3

　맑은 기계음 소리와 함께 집 문이 열렸다. 나는 벽에 걸려 있는 시계를 보았다. 시간은 오후 9시 32분이었다. 외로움에 찌든 몸을 이끌고, 외롭게 집으로 돌아왔다.
　사람들을 찾아다니며 채널 검색을 했던 라디오에서는 사라가 좋아하던 잔잔한 DJ의 목소리도, 좋은 음악도, 아름다운 사연도 들리지 않았다. 나는 라디오 채널을 몇 번이나 다시 검색하며 영화관과 쇼핑몰이 응집한 번화가 주변을 돌아다녔다. 하지만 여전히 사람들은 보이지 않았다. 도로와 길거리에 서 있는 차들은 제 주인들의 손길을 마냥 기다리고 있었고, 많은 매장과 쇼핑몰의 직원들은 가게 문을 활짝 열어두고서 도망이라도 간 듯 사라졌다. 눈앞에 놓인 이 말도 안 되는 상황이 과연 진실인지 수없이 눈을 비비며 거리를 바라보았지만 그 어떤 존재도 내 앞을 걸어

다니지 않았다. 나는 미친 듯이 발걸음을 옮기며 작은 단서라도 찾길 바랐다. 하지만 그 어떤 것도 존재하지 않았다. 세상의 흔적은 내가 평소에 보던 것들이 분명했다. 모두 그대로인데 단 하나, 사람들만 사라져 버린 것이었다. 고요하다는 것은 공포였다. 그렇게 사람을 찾아다니다가 밤이 다가왔다. 혼자만의 어둠은 내가 생각했던 것보다 훨씬 더 두렵게 다가왔다. 그 안에서는 어떤 일이 일어날지 예상할 수가 없었다. 사람을 찾아야 한다는 것보다 공포심이 나를 더 강하게 압박하는 것 같았다. 결국 그것을 이겨내지 못한 채 집으로 돌아오고야 말았다.

나는 집 안의 모든 불을 켜고 부엌으로 향했다. 생각해 보니 아침에 일어나 지금까지 단 한 끼의 식사도 하지 못했다. 이런 상황에도 배가 고프다는 게 나라는 인간이었고, 그런 것이 좀처럼 이해되지 않았다.

냉장고에는 3분의 1 정도의 물이 남은 작은 생수통이 있었다. 나는 단숨에 그것을 들이켰다. 아직도 긴장감이 가시지 않았다. 물을 더 먹고 싶었지만 먹을 수 있는 물은 더 이상 남아 있지 않았다. 먹을 것이 무엇이 있을까 싶어 안을 더 살펴보았더니 먹다 남은 샌드위치가 있었다. 식탁에 있는 케이크를 먹을까 하는 생각이 들었지만 곧 고개를 좌우로 저으며 샌드위치를 꺼내 전자레인지에 넣었다. 그리고 15초로 시간을 맞춰 데웠다. 그것이 샌드위치를 맛있게 먹을 수 있는 방법이었다.

나는 전자레인지가 돌아가는 짧은 시간 동안 식탁 위를 바라보았다. 그 위에는 아직도 청혼을 위한 도구들이 자신의 주인을 기다리고 있었다. 시들기 시작하는 꽃, 외톨이가 되어버린 와인 잔, 개봉도 하지 못한 케이크, 자신의 임무를 기다리고 있는 초와 반지까지.

'전쟁이라도 일어난 걸까.'

추정할 수 있는 경우는 몇 가지가 되지 않았다. 그나마 현실적으로 보이는 것은 최근에 좋지 않았던 북한과의 전쟁 정도였다. 하지만 시가지에 아무런 흔적도 없이 시민 전체가 사라진다는 것은 상식적으로 불가능한 일이었다. 전쟁이 일어났다면 이 나라가 이렇게 고요할 수 없을 것이라는 생각도 들었다. 어쩌면 이것은 꿈일 수도 있었다. 정말 놀랍도록 리얼해 내가 아등바등 깨려고 노력해도 깰 수 없는 그런 꿈을 말하는 것이었다.

"대체 이게 무슨 일인지."

그사이 삐이— 하는 소리가 전제레인지에서 들려왔다. 나는 물컹해진 샌드위치를 꺼내 크게 한 입 베어 물었다. 한 번 먹었을 뿐인데 샌드위치의 반이 사라졌다. 나는 입에 넣은 샌드위치를 몇 번 씹지도 않고 삼켜 버렸다. 미끄덩하고 넘어가는 걸 보니 어지간히 배가 고팠나 싶었다.

남은 샌드위치를 깨작거리며 거실로 향했다. 그리고 TV 리모컨을 들어 전원 버튼을 눌렀다. 혹시나 이 비현실적인 이야기의 실마리는 보이지 않을까, 내 기대에 부응하는 목소리가 들리지는 않을까 하는 생각에서였다. 하지만 TV에서는 지지직 하며 메마른 소리가 들려왔다. 눈에 보이는 것은 일관된 회색빛뿐이었다. 답답한 마음이 들어 손으로 얼굴을 비비적거렸다.

저 이상한 소리를 내는 회색 세상 너머에는 무엇이 있을까 궁금했다. 하지만 아무리 화면 안을 뚫어져라 쳐다본들 해답은 나오지 않았다.

멍한 표정을 지으며 TV를 끄고서 조금 남은 샌드위치를 입에 넣었다. 따뜻함이 남아 있는 빵이 독특한 식감을 남기며 목 안으로 넘어갔다. 이 정도로는 배가 차지 않았다. 빵이 목으로 넘어간 후에도 내가 무엇을 먹었는지 모를 정도였다. 하지만 크게 상관은 없었다. 버틸 만큼이면 될 것이었다. 이 거지 같은 꿈에서 깨어날 만큼의 힘, 또 사라를 만나게 될 때까지 버틸 수 있는 힘 정도면 충분할 것이라는 생각이 들었다.

나는 TV 옆에 있는 컴퓨터로 향해 전원을 켜고 의자에 앉았다. 그래도 인터넷에는 무엇인가 남지 않았을까 하는 기대가 생기고 있었다.

'오늘 하루 동안 내가 기대한 일이 일어난 적이 있었나?'

알면서도 기대했다. 그리고 고개를 저으면서도 부팅이 된 모니터에 시선을 고정시켰다. 나는 익숙한 움직임으로 인터넷 익스플로러 아이콘을 클릭했다. 너무나 다행스럽게도 시작 페이지로 맞춰둔 포털사이트가 건재했고, 눈앞에는 여러 소식들과 기사들이 돌아다니고 있었다. 나는 조급해 보이는 손놀림으로 뉴스 속보를 클릭해 기사가 올라온 날짜를 찾아보았다. 몇 분 단위로 올라와 있는 뉴스의 제목 옆에 작게 날짜와 시간이 적혀 있었다. 바로 어젯밤 10시 32분이었다. 그것이 최근 기사였다. 나는 마우스를 이리저리 움직이며 다른 기사들을 클릭해 보았다. 하지만 모든 기사는 어젯밤까지가 전부였다. 내가 잠들기 직전까지의 기사들……. 잠든 사이에 대체 무슨 일이 일어난 것인지 나는 조금도 알지 못했다. 모든 사람들은 비가 오는 날 저녁에 사라졌다. 내가 아는 것은 오직 그뿐이었다.

나는 기사들의 날짜를 확인하는 일을 이내 멈추었다. 포기한 것이었다. 하지만 인터넷 세상의 소식들을 보는 짓은 멈추지 않았다. 마치 사람들이 존재하는 것 같은 세상이 나에게는 작은 위로가 되어주는 것처럼 느껴졌다.

한참을 그렇게 허무한 짓을 하다가 사라의 개인 홈페이지로 들어갔다. 그녀의 공간으로 들어가니 더욱 가슴이 답답해졌다. 여전히 그곳에는 사라의 손길이 닿아 있는 것만 같았다. 그녀의 일상생활을 담은 사진들, 이야기를 담은 일기들, 그녀와 나의 비밀스러운 이야기들까지. 나는 내가 남긴 글 중 하나를 클릭해 나의 개인 홈페이지에 들어갔다. 혹시라도, 그러니까 혹시나 그녀가 작은 소식이라도 남기지는 않았을까 하는 기대가 언제나 그렇듯 떠올랐다. 물론 그 기대의 결말은 실망뿐이었다.

한숨을 크게 내뱉고 그녀가 나에게 남겼던 마지막 글을 보았다. 그 글은 어제 낮에 남겨진 것이었다. 이미 그것을 한 번 보았음에도 나는 다시 꼼꼼히 읽기 시작했다.

이상해. 정말로 이상해. 기분도 이상하고 오빠도 이상해. 왜 이러는지 모르겠어. 단 한 번도 이런 기분을 느껴본 적은 없는 것 같아. 뭔가 불안한 기분 말이야. 하지만 정말로 화가 나고 우울한 건 오빠의 태도야. 오늘따라 따뜻하지 않게 행동하는 모습이 거슬린단 말이야. 무슨 일이 있는 거야? 하지만 나도 기분이 좋지 않아. 부디 이 글을 보면 따뜻한 이전의 오빠로 돌아와 내게 힘을 줘. 힘을!

고작 그녀를 더욱 놀라게 해주고 싶다는 생각에 답장을 쓰지도 않았었다. 그것이 뭐라고, 대체 그따위가 뭐라고 그녀의 마음을 달래주지 않았을까 하는 후회가 들었다. 이런 일이 발생할 것이라고는 꿈에도 생각하지 못했다. 그녀가 사라지고, 또 세상의 사람들이 사라지는 일 따위는 그 누구도 상상하지 못할 것이었다. 그 누구라도.

나는 다시 그녀의 홈페이지로 들어갔다. 그리고 내가 남기지 못했던 글을, 또 그녀가 언제 보게 될지 모를 글을 남겼다.

쌀쌀하게 굴었던 건 사실 어제가 특별한 날이었기 때문이야. 무슨 날이었을까? 다시 만나면 그때는 더 확실하게, 더 빠르게 말할게. 이렇게 헤어지는 일이 없도록 뜸 들이지 않고 빨리 말할게.
　너는 어디에 있는 걸까. 어디로 숨어버린 걸까. 왜 다들 나만 두고 어디론가 사라져 버린 걸까. 이런 궁금증들이 머릿속을 복잡하게 만들고, 또 날 무섭게 만들고 있어. 다른 사람들을 영원히 보지 못하는 것은 참을 수 있을지 모르지만 너를 보지 못한다는 것은 지금처럼 미치게 외로워서 견딜 수가 없어. 너 하나만이라도 내 앞에 나타나 준다면 이 미친 꿈도 잘 헤쳐나갈 수 있을 것 같은데.
　부탁이야. 나에게 네 소식을 알려줘. 아니, 힘들다면 내가 너를 찾아 나설게. 그러니까 그때까지 별일 없이 건강한 모습 그대로만 있어줘. 어디에 숨었더라도 건강하게만 있어줘. 다시 만나는 그날, 왜 내가 너에게 쌀쌀하게 굴었는지 말할게. 사랑해, 그리고 미안해.

그렇게 글을 남기고 컴퓨터를 껐다. 가슴이 먹먹해져 오기 시작했다. 뿌연 안개가 낀 느낌이었다. 눈물이 날 것만 같았고, 입가의 멍했던 표정이 무너질 것만 같았다.
나는 훌훌 털어버리려는 듯이 숨을 크게 들이쉬고 자리를 박차고 일어섰다. 그리고 바람을 쐬기 위해 커튼을 걷고 베란다로 나섰다. 찬바람이 불어왔다. 바람이 찬 것인지 내 가슴속이 찬 것인지는 확실히 알 수가 없었다.
"아……."
세상이 훤히 보였다. 내가 있는 곳은 9층, 아파트 근처에는 유난히 큰 건물이 없어 멀리까지도 잘 보였다. 하지만 그 광경은 막힌 가슴을 뚫어주지 못했다. 멀리 보이는 세상 어디에도 사람의 움직임은 보이지 않았기 때문이었다. 근처의 아파트들은 한두 가구의 집을 제외하고 모두 꺼져 있었다. 몇 동에 몇 개의 불이 어디에 켜져 있는지 쉽게 기억할 정도로 작은 숫자였다. 대신 작은 상가들의 간판 불 몇 개와 가로등은 제 할 일을 다 하고 있었다.
참을 수 없는 답답함이 느껴졌다. 일관된 장면을 바라보는 것은 이토록 힘든 것이었다. 나는 주머니에서 담배 하나를 꺼내 입에 물었다. 정신없이 지나가는 하루에 담배를 피울 시간도 부족했던 것 같았다.

"후우······."
 담배 연기를 내뿜었더니 갑자기 눈물이 흘러나왔다. 참으려고 해보지만 눈물은 멈추지 않고 바닥으로 떨어지고 있었다. 나는 담배를 들고 있지 않은 오른손으로 눈을 막았다. 그제야 눈물은 천천히 줄어들었다.
 피우던 담배를 베란다 밖으로 던져 버리고 나는 완전히 그치지 않는 눈물을 단 채 안으로 돌아왔다. 피곤함이 느껴졌다. 이런 상황에도 배가 고프고 피곤함을 느끼는 것이 서글프고도 바보 같았다.
 잠을 자기 위해 방으로 들어가던 시선이 식탁 위를 스쳤다. 그리고 잠시 고정되었다. 그 위에 놓여 있는 반지 케이스와 그 안에 들어 있을 반지 때문이었다. 나는 결국 식탁 위에 놓여 있던 반지 케이스를 가지고서 방으로 향했다.
 문득 잠이 들면 이 거지 같은 꿈에서 깨어나지 않을까 하는 생각을 했다. 이 못된 꿈, 악몽, 혹은 환상에서 깨어날 수 있으면 얼마나 좋을까 싶었다.
 나는 침대 위에 몸을 날리듯 누웠다. 아무것도 하고 싶지가 않았다. 이불을 덮는 일도, 베개를 끌어당기는 것도, 올바른 자세로 잠이 드는 것도.
 '다 괜찮으니까 이 악몽에서 깰 수 있기를, 그저 웃으며 넘길 수 있으니까 내일 사라의 모습을 볼 수 있기를.'
 그런 생각을 하며 손에 들려 있는 반지 케이스를 만지작거렸다. 부드러운 감촉과 함께 눈에 남아 있던 눈물이 주르륵하고 침대 위로 떨어졌다. 그렇게 훌쩍거리며 잠을 청했다. 눈을 감았더니 어느새 고단함이 몰려와 몸을 잠식했다. 나는 몸을 새우처럼 웅크리고 그 품 안에 반지 케이스를 고이 품었다. 왠지 꿈에서 그녀의 모습이 보일 것만 같았다.

4

달그락, 달그락.

어떤 소리가 들리기 시작했다. 하지만 육체는 잠들어 있기 때문에 그 소리를 정확하게 캐치해 내지는 못했다.

달그락, 달그락.

조금씩 그 소리가 커졌다. 그리고 그 거슬림은 스며들 듯이 내 귀 안쪽으로 향했다.

달그락, 달그락.

몇 번의 소리가 더 들리자 나는 곧 이 소리가 내가 언젠가 들었던 것이 아닌가 하는 궁금증을 만들어냈다. 그리고 그 궁금증은 현실과 꿈의 중간쯤에 있는 나를 충분히 귀찮게 만들었다.

몽롱한 상황에서도 나는 익숙한 소리에 대한 궁금증을 해결하려고 했다. 그리고 그 해결을 위해 과거의 기억을 차근차근 더듬어보았다. 기억은 과거의 시간으로 흐르고 흘러 한 장면을 그렸다. 그것은 나의 학창시절의 모습이었다. 그때도 지금처럼 몽롱한 상태의 나에게 달그락거리는 소리가 들리곤 했다. 그 거슬리는 소리는 길게 이어져 더 편히 이 상태를 유지하고 싶어 했던 나를 귀찮게 만들었다. 달그락거리는 소리는 나를 일으켜 아침을 맞이하게 만드는 알람과 같은 것이었다. 그 소리를 이겨내지 못하고 자리에서 일어나면 나는 크게 기지개를 켰다. 그리고 이불을 걷고 방을 나섰다. 거실로 나오면 그 소리는 더욱 뚜렷하게 들렸고, 함께 구수한 향기가 풍겼다. 그 향기의 꼬리를 따라 부엌으로 향하면 내 시선에는 빛이 가득한 식탁이 보였다. 그리고 익숙한 뒷모습이 들썩거리며 아침을 준비하고 있었다. 그것은 내 어머니의 뒷모습이었다. 이것이 학창시절 지겹도록 보아왔던 나의 아침 일상이었다.

달그락, 달그락.

또다시 소리가 들리자 나는 확신했다. 이 소리는 바로 어머니의 소리였다. 어머니가 아침을 만드는 소리, 평온한 일상이 반복되는 소리.

　내가 무의식적으로 식탁에 앉으면 어머니는 씻고 오라고 말씀하셨다. 하지만 나는 욕실로 향하지 않았다. 단지 그 자리를 지킬 뿐이었다. 대부분이 그런 식이었다. 어머니는 어머니의 입장에서 말을 하고 나는 그 소리를 흘려듣는 것이 고작이었다. 그런 나의 태도에 어머니는 이미 익숙해져 다른 말은 하지 않으셨다. 나는 누군가가 나의 행동에 간섭하는 것을 좋아하지 않았다. 당시에는 그것이 어머니라고 해도 다를 것은 없었다.

　사실 아침마다 나오는 된장찌개가 물리기도 했지만 그것을 굳이 어머니에게 말하지는 않았다. 내가 간섭을 받기 싫어하는 것처럼 남의 일에 간섭해서는 안 된다고 생각했기 때문이었다. 나중에는 그런 나의 행동과 생각을 후회했다. 하지만 그것을 깨달았을 때에 나는 이미 혼자 살고 있었다. 그리고 날마다 그 지겨웠던 아침 장면을, 그리고 그 물렸던 된장찌개를 그리워했다. 무엇인가 소중하다는 것은 사라져 봐야만 알 수 있는 법이었다.

　달그락, 달그락.

　기억을 더듬고 있는 나의 귓가로 다시 소리가 들려왔다.
　어머니의 소리라는 확신이 머릿속에 떠오르자 나는 반사적으로 반응하기 시작했다. 아마 어제 꾼 악몽 때문일 것이었다. 날 혼자 남겨두고 사람들이 사라지는 꿈, 어둠이 내려 눈물을 흘리는 꿈, 후회로 얼룩 진 잠에 드는 꿈. 하지만 다행히 익숙한 소리를 듣게 되었다. 바로 어머니의 소리가 나를 깨우고 있었다. 이제 그만 일어나라고, 일어나서 맛있는 된장찌개를 먹으라고 말하는 것 같았다.

　나는 내가 꾼 꿈이 악몽이었다는 것을 확인하기 위해 벌떡 일어나 방문을 열었다. 학창 시절 살았던 집보다 작은 집인지라 부엌이 한눈에 들어왔다.

　"어머니!"

　나는 그렇게 외쳤다. 어머니의 모습이 보일 것이라고 확신했다.

　부엌에는 햇살이 드리워져 있었다. 그 모습은 내가 학창시절에 봐왔던 것과 비슷했다. 하지만 된장찌개의 향기는 느껴지지 않았다. 부엌에는 아무도 없었다. 나는 혹시나 있을 어머니의 자취를 찾아보았다. 하지만 어제의 장면과 달라진 것은 없었다. 식탁에는 된장찌개를 대신해 시들거리는 꽃과 케이크와 와인 잔만이 놓여 있었다.

　달그락, 달그락.

　소리가 들리는 곳으로 시선이 빠르게 향했다. 하지만 그곳에는 내가 바라는 것이 없었다. 그저 너풀거리는 커튼만 존재할 뿐이었다. 바람에 춤을 추는 커튼은 무엇이 못마땅한지 자꾸만 베란다 창에 몸을 부딪치고 있었다. 달그락거리는 소리는 커튼 모서리와 베란다 창이 부딪쳐서 나는 것이었다. 나는 그것이 못마땅해 욕을 중얼거렸다. 하지만 어제 창을 열어놓은 것은 바로 나였다.

스산한 바람이 불면서 다시 한 번 달그락거리는 소리가 들려왔다. 그 바람은 가슴을 시원하게 꿰뚫고 지나갔다.

달그락, 달그락.

더 이상 소리를 듣고 싶지 않아 커튼을 깔끔히 정리했다.
나는 호흡을 깊게 내뱉었다. 심장이 두근거렸다. 고작 커튼이 내는 소리로 실망할 필요는 없다는 생각이 들었다. 조심스러운 걸음으로 베란다로 나가 그 아래를 본다면 사람이 있을 것이었다. 그래, 분명 바쁜 일상을 준비하고 있을 것이었다. 가게를 여는 상인들의 부지런함, 출근을 해야 하는 직장인들의 걸음, 학교로 향하는 학생들의 싱그러움, 그것이 보일 것이라고 믿고 싶었다.
마음을 다잡으며 창을 열고 베란다로 나갔다. 그리고 다시 한 번 숨을 내뱉으며 조심스럽게 고개를 내밀었다.
"아……."
고개를 돌리고 부정하고 싶었다. 하지만 그럴 수 없었다. 마치 고정이 된 것처럼 시선은 움직이지 않았다. 모든 것은 고요했다. 시간이 정지된 것만 같았고, 사진을 보는 것 같았다. 사실은 모든 것이 진짜가 아니길 바라고 있었다.
"맙소사."

눈물이 날 것 같았다. 그때 바람이 불었다. 그 바람에 아파트 단지에 있던 나무들이 흔들렸다. 적어도 나무는 움직이고 있었다. 그것은 다행스러운 일이 아니었다. 내가 보는 것이 사진이 아니라는 것을 알려주기 때문이었다. 아파트 단지 내에 자동차들은 주차된 제자리를 확실하게 지키고 있었고, 멀리 보이는 도로에는 한 대의 자동차도 움직이지 않았으며, 바람 소리 말고는 그 어떤 소리도 들리지 않았다. 그때, 바람이 대답하듯 '위이잉.' 하는 소리를 내었다.

모든 것은 사실이었다. 세상 모든 사람들이 사라졌는지 확신할 수는 없었으나 적어도 내 주위의 모든 사람들은 사라졌다. 이 믿기도 힘든 것이 사실이었다. 그리고 내가 이곳에 홀로 남겨져 있다는 것도 사실이었다.

나는 아파트 아래를 바라보면서 생각했다.

'차라리 뛰어내릴까.'

죽고 싶은 생각이 떠올랐다. 그것은 어쩌면 가장 편안한 길일 수도 있었다. 혹시 이것이 꿈이라면 깰 수도 있지는 않을까 싶었다.

난간에 손을 얹고 몸을 들어 올려보았다. 손을 벌벌 떨던 나는 이내 공포심이 들어 포기하고 말았다.

그때 또다시 바람이 불었다.

그녀에게 줄 물건이 있잖아요.

그렇게 속삭였다. 어쩌면 내가 나에게 하는 말인지도 몰랐다. 분명 나는 그녀에게 줄 물건을 가지고 있었다. 주인 없는 반지라니, 그것은 너무나 슬프지 않은가.

마음을 다잡고 거실로 돌아와 베란다 창을 닫았다. 고작 이틀이었다. 나는 아직 노력하지 않았다. 벌써부터 세상에 사람이 없다고 판단하고 포기하는 것은 어리석은 짓이었다. 움직여야 했다. 사라의 집이던지, 세상 어떤 골목 구석이던지 움직여 사람을 찾으려는 노력을 해야 했다. 자살할 용기를 갖는 시간은 그 이후에 가져도 늦지 않을 것이었다.

나는 부엌으로 가 식탁 위에 올려져 있는 물건들을 치웠다. 와인 잔과 초는 선반 위에 올려 버리고, 케이크는 냉장고에, 시들어버린 꽃은 쓰레기통에 넣어버렸다. 그리고는 잠시 컴퓨터를 켜 그녀에게 글을 남겼다.

좀 더 힘을 낼 생각이야. 너는 잘 지내고 있겠지. 아침 바람이 차갑던데 감기는 걸리지 않았을까? "나는 건강해."라고 말하고 싶지만 사실 그렇지 않아. 그래서 이제 너를 찾아볼 생각이야. 더불어 우리 주변에 있던 많은 사람들도. 조금만 기다려 줘. 내가 갈게.

나가기 전에 먼저 방으로 향했다. 그리고 옷을 갈아입었다. 침대 위에는 반지 케이스가 굴러다니고 있었고, 갈아입은 외투 안주머니에 그것을 넣었다.

잠시 침대 옆에 있던 전신 거울에 내 모습을 비추어 보았다. 작지도 크지도 않은 키, 우울한 얼굴, 그리고 슬픔과 외로움이 가득한 눈. 그 눈은 퉁퉁 부어올라 평범한 얼굴을 못나게 만들어주었다. 어찌 이리도 우스꽝스러울 수 있을까 하는 생각이 들었지만 실소조차 흘러나오지 않았다.

나는 거울 앞에서 고개를 잠시 떨어뜨린 후 현관으로 향했다. 그곳에는 어제 신었던 신발이 놓여 있었다. 그것을 구겨 신고 현관에 있는 작은 거울에 또다시 얼굴을 비추어 보았다. 까칠한 수염이 턱에 가득했다.

'사라가 좋아하지 않을 텐데.'

그제야 작은 실소가 흘러나왔다. 하지만 그 실소는 곧 한숨으로 바뀌었다. 나는 이제 현실을 직시하기 시작했다.

차를 타고 정처 없이 길을 나섰다. 어디가 되었든 일단 움직여야 한다는 마음에 직진을 해서 10분 정도를 달렸다. 하지만 아무래도 사라의 집에 들러야 할 것만 같았다. 그래야만 마음이 놓일 것 같았다.

나는 사라의 집을 향하기 위해 차를 돌렸다. 그때, 꼬르륵하는 배고픈 소리가 차 안에 울렸다.

주위를 둘러보니 작은 편의점이 눈에 들어왔다. 맛있는 음식을 차려먹을 여유 따위는 없으니 샌드위치라도 하나 먹어야겠다는 생각이 들었다. 샌드위치는 간편하고, 맛있고, 배가 부르니까.

차에서 내리자 살랑거리는 바람이 불었다. 오전에 비해 훨씬 푸근해진 날씨는 눈을 제대로 뜨지 못하게 만들었다. 하지만 어떤 감흥도 느껴지지 않았다.

편의점 문을 열자 유리문에 달려 있던 종이 땡그랑하고 울렸다. 직원이 손님 오는 것을 알게 하기 위해 달아놓은 것이었겠지만 지금은 그 종소리를 듣고 뛰쳐나올 그 누구도 존재하지 않았다. 나는 처량하게 울리는 종소리를 느끼며 편의점 안으로 들어섰다.

편의점 내부를 두리번거리는 눈에는 식품코너나 냉동식품이 진열되어 있는 냉동고보다도 다른 것이 먼저 들어왔다. 그것은 아직 정리되지 못해 박스 채로 놓여 있는 상품들과 꺼지지 않은 내부 전등들이었다. 아마도 '사람들이 사라져 버린 그날'의 일은 내가 잠들고 얼마 있지 않아 일어났을 가능성이 높아보였다. 이렇게 정리도 하지 않고 사라져 버렸다면 그럴 만한 이유나 사건이 있을 것이었다. 그것은 과연 무슨 일이었을까.

나는 이런저런 방식으로 상상을 하며 식품 진열대로 향했다. 그곳에는 샌드위치 같은 빵 종류의 음식들이 놓여 있었다. 그중 몇 개를 들어 유통기한을 살펴보았더니 다행히 아직까지는 먹을 수 있는 것들이었다. 나는 샌드위치 두 개를 챙겨 하나는 근처에 있는 전자레인지에 넣어 버튼을 누르고, 다른 하나는 손에 쥔 채로 매장 안을 돌아다니기 시작했다. 더 필요한 것이 있지 않을까 싶어서였다. 일단 집에 음식이 거의 없다는 점을 봤을 때 챙겨야 할 것은 상당한 양의 음식과 물이었다. 하지만 그런 음식은 집으로 돌아갈 때에 챙겨도 될 것이기에 나는 당장 필요한 것을 찾아 다녔다.

'당장에 필요한 건 가지고 다닐 물 정돈데.'

그런 생각을 하며 매장 안을 돈 나의 손에는 콜라 하나와 작은 물, 그리고 챙겼던 샌드위치가 있었다.

삐— 하는 소리가 들려왔다. 전자레인지가 음식이 다 데워졌음을 알리는 소리였다. 나는 매장 안을 둘러보는 것을 멈추고 전자레인지로 향했다.

"어?"

순간 발걸음이 멈추었다. 책 진열대 때문이었다. 그곳에는 손바닥만 한 사이즈로 만들어져 있는 작은 책들이 있었다. 이미 본 소설책도 있었고, 딱히 즐겨보지 않는 자기개발서도 있었다. 내 시선은 그것들 중 단 한 권의 소설에 꽂혀 있었다. 바로 〈로빈슨 크루소〉였다. 그 책은 어렸을 때부터 너무나 좋아하는 책이었다. 나는 물과 콜라와 샌드위치를 품에 안고서 그 책을 뽑았다. 얇고 빈약해 보였지만 어쨌든 〈로빈슨 크루소〉였다. 나는 이 책이 지금 상황에 놀랍도록 어울린다는 생각을 하게 되었다.

책을 재킷 주머니에 넣고서 전자레인지가 있는 곳으로 향했다. 샌드위치를 꺼냈더니 녀석은 열기에 축 늘어져 있었다. 한 입 물자마자 열기는 곧 혀로 전해졌고, 나는 입을 닫지도 열지도 않은 채 숨을 훅훅 쉬다가 손에 들고 있던 콜라를 조금 마셨다.

챙길 만한 것은 다 챙긴 것 같았다. 이제 밖으로 나서기만 하면 되었다. 하지만 왜 이리 발걸음이 무겁게 느껴지는 것인지 알 수가 없었다.

한 손으로 물건들을 품고 문을 반쯤 열었다. 손에 들려 있던 콜라가 넘실거렸고, 한쪽 발은 이미 밖으로 나가 있었다. 하지만 나는 몸을 움직이지 못했다. 부자연스러운 무엇인가가 나를 잡고 있는 것 같았다. 결국 찝찝함을 이겨내지 못하고 나가 있던 발을 빼 문을 닫았다. 그러자 땡그랑거리는 소리가 다시 매장에 울렸다.

나는 카운터로 돌아가 품었던 물건들을 잠시 내려놓았다. 주머니에 손을 넣어보니 몇 장의 지폐가 만져졌고, 대충 손에 잡히는 대로 카운터 위에 올려놓았다. 만 원짜리 두 장이었다. 꼬깃꼬깃한 것이 영 볼품없어 보였다.

"잔돈은 필요 없습니다."

나는 그렇게 멍청한 말을 짓거리며 다시 돌아섰다. 누군가 나의 큰 배포를 알아주기 위함이 아니었다. 그저 고요한 세상에 익숙해지고 싶지 않은 마음이 들어서였다.

콜라를 마저 마시고 나머지 물건과 함께 차에 올랐다. 품었던 물건은 모두 조수석에 놓고서 시동을 걸었다. 내 옆에는 〈로빈슨 크루소〉가 있었다. 그 책에 대한 옛 기억이 불현듯 떠올랐다.

처음 사라를 봤던 그날 밤, 나는 좋은 선물을 받았다.

"무슨 생각을 그렇게 해?"

혼잡함이 맴도는 레스토랑 안, 둘이 앉기에는 조금 커 보이는 식탁에 나와 한 여자가 마주 앉아 있다. 나는 멍하니 허공을 응시하고 있었고, 맞은편의 그녀는 자신의 손을 내 얼굴 앞에 대고 좌우로 흔들었다. 그녀의 이름은 은지, 나와 2년을 교제했던 사람이었다.

그녀의 행동에 흐트러진 정신은 곧 제자리로 돌아왔다.

"어? 뭐라고 했어?"

"아까부터 무슨 생각을 그렇게 하냐고."

"아, 아니야."

나는 그렇게 말하며 은지의 얼굴을 보았다. 그녀의 눈이 살며시 가늘어졌다.

"뭐야, 학교에서 무슨 일 있었던 거야?"

"아니, 일은 무슨……. 뭐 먹고 싶어? 뭐 시킬까?"

은지는 작게 웃음소리를 내었다.

"이미 시켰잖아. 크림 파스타랑 안심 스테이크."

"아, 그런가."

잠시 가늘어졌던 은지의 눈이 반달 모양으로 바뀌었다. 작은 미소, 또 자신감이 가득해 보이는 표정. 그녀는 곧 창밖으로 눈을 돌렸다. 그리고 지나다니는 사람들의 모습을 지켜보았다.

은지와 나는 지금 내 첫 교생 실습을 기념하기 위해 이곳에 온 것이었다. 하지만 나를 축하하는 이 자리에서 나는 그녀에게 집중할 수가 없었다. 내 머릿속에는 온통 아침에 보았던, 맨 뒷자리에 앉아 창밖을 멍하니 응시하고 있던 사라라는 학생의 모습으로 가득했다.

　죄책감이 들었다. 나는 맞은편에 앉은 은지의 얼굴을 보았다. 뭐가 즐거운지 얼굴에는 아직도 미소가 떠나지 않고 있었다. 어쩌면 그것이 그녀의 기본적인 표정인지도 몰랐다. 언제나 멋진 모습의 여자, 그것은 그녀에게 어울리는 수식어였다. 멋진 여자, 아름다운 여자, 똑똑한 여자, 지혜로운 여자, 좋은 여자. 어떤 좋은 말을 다 갖다 붙여도 어울릴 것이었다. 그녀는 성숙해 보이는 얼굴을 가지고 있다. 날카롭게 보이는 콧날과 적당하면서도 명확해 보이는 눈, 훤칠한 키와 깔끔한 단발머리. 말 그대로 괜찮은 여자였다. 그래서 나에게는 과분했다. 나는 단 한 번도 왜 그녀가 나를 만나는지에 대해 묻지 않았다.

　내가 자신을 바라보는 것을 느꼈는지 은지는 고개를 돌려 나를 바라보았다. 그리고 웃음을 지었다. 언제 봐도 지겹지 않은 귀여운 모습이었다. 하지만 나는 그 모습에 마냥 웃지 않았다.

　"아, 맞다."

　무엇이 생각났는지 은지는 나를 보던 시선과 웃음을 지우고 자신의 백으로 손을 움직였다. 그리고 그 안에서 책 한 권을 꺼냈다.

　"뭐야?"

　"기념 선물이야."

　그녀는 나에게 책 한 권을 건네주었다. 책은 고풍스러운 갈색 표지에 클래식한 그림이 그려져 있었다. 그 그림은 수염이 덥수

룩하고 지저분해 보이는 남자가 외딴 섬에 앉아 있는 모습이었다. 그리고 책의 앞면에 〈요크의 선원 로빈슨 크루소의 생애와 이상하고 놀라운 모험〉이라는 글이 적혀 있었다.

"우와, 로빈슨 크루소야?"

"응, 네가 워낙 좋아한다고 해서 하나 샀어. 그거 출판 90주년 기념으로 나온 번역판이래. 어때?"

"고마워, 정말."

나는 그렇게 말하면서 책을 살펴보았다. 은지는 그런 내 모습을 보면서 말했다.

"근데 집에 몇 권 있지 않아? 다른 걸 살까 하다가 그건 없겠지 싶어서 산 건데."

"응. 그런데 하나는 동화책 수준이고, 다른 건 영문판이고…… 그나마 있는 것도 너덜거려서. 그렇지 않아도 하나 살까 했었어. 고마워."

"다행이네."

곧 음식이 나왔다. 은지 앞에는 작은 스테이크가 놓였고, 내 앞에는 새우가 누워 있는 파스타가 놓였다. 나는 손에 들고 있던 책을 옆자리에 놓아두고 스푼과 포크를 들었다. 그리고 그녀도 나이프와 포크를 들어 음식을 먹기 시작했다.

은지는 고기를 잘게 썰어 입으로 넣으려다 잠시 멈춰 나에게 물었다.

"저기 있잖아. 정말 뜬금없긴 한데 말이야."

"응?"

나는 음식을 오물거리며 은지를 바라보았다.

"그 책처럼 너나 내가 외딴 섬에 떨어진다면 잘 살아 남을 수 있을까?"

갑작스러운 질문에 나는 잠시 생각에 잠겼다. 하지만 그것은 찰나였다. 나는 그녀에게 말했다.

"나는 어려울 것 같은데."

"왜?"

"아무래도 세상에 대한 미련이 없어서 그런 거 아닐까? 꼭 다시 살아야 하는 이유라던가, 아니면 드라마나 영화처럼 살아서 누군가를 만나야 한다는 절박한 심정 같은 게 없으니까. 뭐, 나도 그렇지만 세상도 그렇겠지. 나 정도는 금방 잊을 거야."

"약한 남자네……."

나는 어깨를 으쓱거렸다.

은지는 손에 들고 있던 포크를 입으로 마저 가져갔다. 나는 그 모습을 잠시 바라보다가 이내 파스타로 눈을 돌렸다.

음식을 반쯤 먹었을 때, 은지는 다시 질문을 했다.

"만나야 할 사람은 있는 거 아니야?"

"응? 그게 무슨 소리야."

너무나 갑자기 들려온 말에 처음에는 무슨 뜻인지 알지 못했다.

"살아야 하는 이유 말이야. 세상에 대한 미련이거나…… 만약 그렇게 된다면 나도 금방 잊어버리겠네?"

"어? 아, 그게 말이야……."

나는 그제야 은지의 말을 이해했다. 하지만 달래지는 못했다. 잘못한 말이라고, 실수라고 하지 못했다. 그녀의 질문에 나는 어떤 확신도 할 수 없었고, 거짓말도 할 수가 없었다.
　은지는 이따금 그런 말로 나를 당황스럽게 만들었다. 평소 그녀를 좋아하지만 사랑하는지는 모르겠다고 생각했다. 아니, 사랑한다는 것 자체가 무엇인지 잘 알지 못하는 나였다. 은지는 내 감정을 확인하고 싶어 하는 것 같았다. 그녀가 확인하려는 질문이나 이야기를 꺼낼 때면 나는 항상 그녀의 상상과 기대와는 정반대로 아무런 말도 하지 못했다. 늘 그랬듯 내가 아무런 답변도 하지 못하고, 또 죄인이 된 것마냥 눈도 마주치치 못하자 그녀는 작은 미소와 함께 고개를 숙여 잘라놓은 고기 조각을 다시 입에 넣었다. 우린 언제나 이런 식이었다. 마치 서로의 주변을 뱅뱅 도는 것 같은 기분이 들었다.
　은지와 나는 그 잠시라고 할 수 있는 시간이 지나고 나서야 어색함이 전혀 없었던 것처럼 행동했다. 나는 학교에서의 소감을 이야기했고, 그녀는 자신이 다니는 대학 친구들의 사소한 이야기를 해주었다. 그다음 우리는 후식을 먹고 자리에서 일어났다. 내 가방에는 그녀가 준 선물이 기분 좋게 담겨져 있었지만 우리는 비밀스러운 어색함을 달고서 각자의 보금자리로 돌아가야 했다.

　집에 돌아왔을 때에는 이미 늦은 시간이었다. 몸이 피곤했다. 방으로 들어오는 사이에 어머니가 밥을 먹었냐고 물으셨지만 별 대꾸하지 않았다. 모든 것이 피곤했다. 이 세상 모든 것이.

나는 가방을 벗지 않은 채 침대로 몸을 던졌다. 피곤에 절은 내 몸을 침대는 포근히 감싸주었다.

"휴……."

한숨이 내 입에서 나와 허공으로 퍼졌다. 머리가 복잡했다. 복잡하다는 생각은 곧 담배를 찾게 만들었다. 나는 누운 채로 주머니를 뒤졌다. 하지만 담배는 만져지지 않았다. 대신 몇 장의 사탕 껍질과 담배 부스러기가 나올 뿐이었다.

"어디에 둔 거야."

메고 있던 가방을 벗어 안을 뒤졌다. 담배는 가방 바닥에 굴러다니고 있었다. 나는 담배를 꺼내면서 그녀가 주었던 책을 보게 되었다. 너무나 좋은 선물, 피우려고 꺼냈던 담배는 침대 옆에 두고서 책을 꺼내보았다.

"이상하고 놀라운 모험이라."

누운 채로 첫 장을 펼쳐 보았다. 첫 장에는 저자인 다니엘 디포의 간단한 약력이 적혀 있었다.

생각해 보면 어릴 때부터 유난히 이 책을 좋아했다. 〈오즈의 마법사〉나 〈이상한 나라의 엘리스〉 같은 책들에 비해 〈로빈슨 크루소〉가 유난히도 현실적이었기 때문이었다.

책을 뒤적거리던 나는 문득 은지가 했던 말이 떠올랐다. 그리고 스스로에게 다시 한 번 물었다.

'정말 아무런 미련이 없을까?'

긴 생각 없이 뱉은 말이었지만 그것은 사실이었다. 미련이라고 할 만한 것은 선생이라는 꿈 정도였다.

나는 결국 스스로에게 한 질문에 만족할 만한 답을 얻지 못했다. 내가 만족할 만한 답이란 그 '미련'을 찾는 것이었다.

한참 책을 읽는데 점점 잠이 오기 시작했다. 비몽사몽으로 글을 읽지만 그 글이 시야로 정확히 들어오지는 않았다. 언제인지도 모르게 스르륵 잠이 들어버릴 것만 같았다.

그렇게 반쯤은 감겨 버린 눈과 반쯤 잠겨 있는 정신을 가누지 못하던 내 눈앞에서 글들이 서서히 형태를 잃어가기 시작했다. 그리고 그 글들은 검은 잉크로 변하고 있었다. 이 상황은 내가 꿈과 현실의 경계선에 놓여 있다는 것을 알려주는 증거였다.

인쇄된 검은 글들이 모두 물감처럼 흐트러지더니 어떤 얼굴을 만들었다. 그것은 어떤 여자였다. 이 책을 선물해 주었던 은지인가 했지만 그것은 전혀 다른 여자의 얼굴이었다. 그 얼굴은 조금씩, 그리고 천천히 그려지고 있었다. 얼굴이 더욱 디테일하게 그려지자 나는 드디어 그녀의 모습을 알아볼 수 있게 되었다. 동글동글한 코, 짙은 눈썹, 검은 눈동자……. 바로 사라였다. 검은 묵화처럼 잉크들은 그녀의 얼굴을 또렷이 그려냈고, 내친김에 아무것도 걸치지 않은 몸을 그려내려고 했다.

'안 돼.'

나는 그 꿈을 막아보려 노력했다. 하지만 아무리 힘을 주어도 그것은 막아지지 않았다. 결국 그녀의 몸은 빠른 속도로 아름다운 형태를 만들어내었다. 작은 가슴과 날렵한 둔부, 그리고 그녀의 날카로운 쇄골까지도 디테일하게 그려내고 있었다. 나는 결국 반항하는 것을 멈추고 체념했다. 그리고 온몸에 힘을 풀고서 모든 것을 받아들이곤 그녀를 보았다. 어차피 이것은 꿈이니까, 그저 꿈에서 깨 내일이면 웃고 말 테니까 하며 스스로를 위로했다. 나는 그렇게 아무도 모르는 비밀스러운 꿈을 꾸면서 작게 미소를 머금었다.

5

 나는 사라의 집 앞에 서 벨을 눌렀다. 띵동— 하는 소리가 유난히 크게도 들려왔다. 이제는 기대감조차 서서히 무뎌지는 것 같았다. 이곳에서 그녀를 부르는 일이 무의미한 것임은 알고 있었다. 그래도 혹시나 그녀가 나오지는 않을까, 기적처럼 목소리가 들리지는 않을까 싶어 몇 번 더 벨을 눌러보지만 모두 부질없는 짓이었다. 언제까지 그녀의 목소리를 기다려야 하는지 알 수 없었다. 그것은 이제 눈물이 날 만큼 아련하게 느껴지고 있었다.
 문득 나는 그녀가 언젠가 나에게 주었던 집의 열쇠를 기억해냈다. 그리고 지금 열쇠를 가지고 나오지 않은 것에 대한 후회가 밀려왔다.
 사라의 집으로 향하는 길, 사람들의 모습은 여전히 보이지 않았다. 월요일 아침이라면 응당 따라와야 할 사람들의 발굽 소리,

자동차들의 신음 소리, 도시의 매캐한 공기와 고함 소리는 깨끗이 사라졌다. 이미 전날 그런 모습을 보았던 나로써도 적응되지 않는 광경이었다. 아니, 적응되어 버리기 전에 이 모든 해프닝이 끝나 버렸으면 하는 바람이었다. 하지만 끝날 수 있을까, 그렇다면 그것은 과연 언제쯤일까.

나는 외로움과 궁금증을 가득 담고, 그녀의 아파트를 뒤로한 채 다시 세상으로 나섰다. 사실 디테일한 계획이 있는 것도 아니었다. 처음에는 부모님이 계신 곳으로 향할까 하다가 이내 다른 쪽으로 생각을 바꾸었다. 감정에 치우치는 것은 조금 뒤로 미루고 좀 더 현실적인 방향으로 나아가기 위함이었다. 좀 더 현실적이고 강해질 필요가 있었다. 계단 몇 개에 헉헉대는 학원 강사가 아니라, 혼자서 살아남을 수 있을 만큼의 그런 힘이 있어야 했다.

나는 이내 밖으로 나와서 주차되어 있던 코란도에 올라타 시동을 걸었다. 그리고 언젠가 사람들이 넘쳐흘렀을 시내의 번화가로 차를 움직이기 시작했다.

사람이 존재하지 않고, 전단지만 바람에 흩날려 다니는 번화가를 지나쳤다. 창밖으로는 건조한 바람만이 지나다니고 있었다. 마치 그 장면은 오래된 흑백영화와 같아 보였다. 존재해도 존재하지 않는 것 같은 오래된 영화, 어쩌면 내가 보는 이 광경이 부디 영화이길 바라는 것일 수도 있었다.

나는 가까운 곳에 있는 방송국으로 향했다. 사람들이 사라질 정도의 큰일이라면 기자들이 가장 빠르게 정보를 수집하거나, 남기지 않았을까 하는 생각 때문이었다.

사람을 찾는 것이 힘들다면 그에 대한 정보라도 필요했다. 그들이 사라진 이유와 내가 남겨진 이유, 그것을 알면 사람들을 찾을 방법도 자연스레 따라오지 않을까 하는 기대를 하는 것이었다.

차를 타고 가는 길의 날씨는 금세 어두워져 금방이라도 비가 쏟아질 것 같았다. 시계를 보니 오후 1시가 채 되지 않은 시간이었다.

나는 생각했다.

'날씨가 이상하게 변덕스럽네.'

하지만 곧 '이상하긴 하루 만에 사람들이 사라져 버리는 세상인데.' 라고 스스로에게 대답해 버렸다.

나는 차의 속도를 조금씩 줄이기 시작했다. 비가 온다는 것, 그것은 이제 나에게 공포로 다가오고 있었다. 비가 온다면 당장이라도 집으로 돌아갈 생각이었다. 사라와 만나며 나에게 비는 긍정의 존재가 되어 있었다. 하지만 지금은 그것이 아무런 소용도 없었다. 분명 사람들은 비와 함께 사라졌다.

"제발……."

스스로에게 용기를 부여하려고 했다. 그리고 다시 액셀을 밟고 있는 다리에 힘을 주었다. 나는 달려야 했다. 걷는 것은 지금의 나에게 사치임이 분명했다.

방송국 입구에 도착한 나는 한숨을 크게 내뱉으며 내면에 들어차 있는 공포의 존재를 잊으려 했다. 차에서 내려 하늘을 올려다 보았더니 내 걱정에 맞장구를 치듯 어두운 구름의 무리는 더욱 거대해져 있었다.

'괜찮아, 비가 오기 전에 정보 하나만 찾으면 되는 거야.'

나는 주위를 두리번거리며 방송국 건물 안으로 들어섰다. 경비실은 있지만 경비원은 없었다. 연예인들을 기다리는 여고생들도 없었다. 오직 그 분주해 보였던 큰 건물 앞에 나만 홀로 남겨져 있었다.

건물 안으로 들어서자 로비에 플랩게이트가 보였다. 보통 때였으면 까다로운 확인 절차가 필요했겠지만 지금은 너무나도 쉽게 방송국을 드나들 수 있었다. 나는 플랩게이트를 손으로 짚고 살짝 뛰어넘었다.

"아……."

왼쪽 발목에 저릿한 통증이 느껴졌다. 사라의 집에서 뛰어 내려왔을 때 삐끗했던 것이 아직도 이어지고 있는 모양이었다. 나는 발목을 이리저리 돌리며 주위를 둘러보았다. 평소라면 내가 이곳에 올 일이 있었을까 하는 생각이 떠올랐다.

건물 안으로 들어왔던 유리문을 통해 잠시 밖을 바라보았다. 아직까지 비는 오지 않은 것 같았다.

오후 3시 30분. 방송국 화장실에 앉아서 본 시간이었다. 배가 아팠다. 내가 사는 인생의 대부분이 그렇듯 좋지 않은 일은 한번에 일어났다.

"대체 뭘 잘못 먹은 거야."

그렇게 생각하자 작게 실소가 나왔다. 먹은 것은 고작 샌드위치와 콜라와 물 정도였다. 탈이 나는 것이 당연한 것 같았다.

나는 쓰라린 배를 쓰다듬으며 방송국에서 보았던 소소한 정보를 정리해 보았다. 사실 그것들은 정보라기보다 그냥 보았던 것이라고 해야 맞는 것들이었다. 일단 4층에 위치한 회의실에 갔을 때 눈에 띄는 것이라곤 책상에 올려 있는 마시지도 않은 커피, 그리고 꺼지지 않은 컴퓨터와 전등들, 바람에 펄럭이는 서류 정도였다. 그것은 내가 편의점에서 보았던 것처럼 사람들이 아무런 준비도 없이 사라졌다는 것을 말해주는 증거였다. 그 서류들에 혹시 나에게 필요할 정보가 있을까 싶었지만 그것들은 특집 방송이나 예능에 관련된 것들뿐이었다. 그제야 나는 내가 예능국에 있다는 것을 알게 되었다. 내게 당장 필요한 것은 말 그대로 '뉴스'였기에 엘리베이터에 나타나 있는 안내를 따라 6층 보도국으로 발걸음을 옮겼다. 하지만 그곳에도 내게 필요한 정보는 존재하지 않았다. 인터넷으로 본 것처럼 모두 '그 일'이 일어나기 전의 것들뿐이었다. 내가 아는 정보들, 나와 모든 사람들이 공존했던 때의 이야기들, 심지어 녹화되어 있는 영상 자료들도 모두 내가 잠들기 전의 것들이었다.

아나운서실을 가도, 뉴스를 방송하는 스튜디오에 가도, 피디들의 회의실에 가도 모든 것은 같았다. 오직 내가 잠들기 직전의 것들만 존재했다. 이곳까지 아무런 정보가 없다면 정말로 사람들은 어떻게 된 것인지, 궁금증은 눈덩이처럼 커져가고만 있었다.

나는 10분을 더 변기와 씨름을 하고 내 안의 모든 것들을 아래로 뱉어낸 후에야 밖으로 나설 수 있었다. 온몸에는 쓰라림과 공허함이 동반되어 있었다.

　세면대로 향해 거울에 비친 얼굴을 보니 그 모습이 가관이었다. 아침에 나올 때보다 더 초췌해진 얼굴, 퀭한 눈, 말라비틀어진 입술. 깔끔해 보였던 인상은 어디로 가버렸을까, 아마도 사라, 그녀가 사라지면서 같이 가지고 간 모양이었다.

　물을 틀어 손을 씻었다. 그 사소한 것이 너무나 귀찮게 느껴졌다. 간섭할 사람이 아무도 없다는 것이 인간을 이토록 무기력하게 만들고 있었다. 나는 그 귀찮음을 이겨내며 손을 씻고 내친김에 고개를 숙여 얼굴도 씻었다. 차가운 물이 정신을 깨우는 것 같았다. 시원하고도 상쾌한 기분이었다. 하지만 이 기분은 어차피 물이 마르는 순간까지만 지속될 것이었다. 나는 고개를 들어 거울에 비친 내 얼굴을 다시 보았다. 씻기 전보다는 나아진 것 같았다. 물론, 그것은 아주 미세한 차이였다.

　나는 숨을 크게 들이쉬었다. 그리고 몸을 돌려 밖으로 나섰다. 사람들이 사라진 것에 대한 힌트를 찾는 것, 그것이 오직 지금의 내가 해야 하는 일이었다.

　투두두둑.

　나가려던 발걸음이 멈칫거렸다. 아마 세면대의 물을 제대로 잠그지 못한 모양이었다. 나는 그 사소한 일에 고민을 했다. '그냥 두고 갈까, 아니면 몸을 돌려 물을 잠글까.' 나는 머리를 긁적거렸다. 그리고 몸을 돌려 세면대로 향했다. 하지만 두 개의 세면대 어디에서도 물은 떨어지지 않았다.

투두두둑.

나는 멍하니 그 세면대를 바라보았다. 그 소리는 세면대에서 나는 것이 아니었다.
"젠장……."
빠른 걸음으로 화장실 측면에 위치한 창문으로 다가갔다. 그리고 그 창문을 열어 밖을 보았다. 창밖에는 많은 건물들이 우뚝하니 서 있었다. 그렇지만 내 눈에는 그 건물들을 대신해 다른 것이 들어왔다. 생리적인 문제로 잠시 간과하고 있던 일, 비가 내리고 있었다.

나는 급하게 건물 밖으로 뛰쳐나왔다. 하지만 차가 주차되어 있는 곳까지 향하지는 못했다. 건물 밖으로 비가 내리고 있었기 때문이었다. 잠시라도 비를 맞고 싶지가 않았다. 하지만 다른 방법이 있을까, 나는 입고 있던 재킷을 머리끝까지 올리고서 달렸다. 건물 입구 앞에 주차해 두었던 차와의 거리가 너무나 멀게 느껴졌다.
차에 오르자마자 시동을 걸었다. 부르릉거리는 신음 소리가 빗물에 울려 더욱 크게 느껴졌다. 하지만 믿음직스럽지 않았다. 차 안에 작게 표시된 시계를 보았더니 시간은 4시 10분이었다. 나는 시선을 창밖으로 돌려보았다. 비가 내리고 있다 하더라도 세상은 너무나 어두워 보였다. 찬란하게 느껴졌던 도시의 불빛은 사라졌고, 있다 하더라도 빗물에 삼켜져 희미했다. 나는 차를 빠르게 몰았다. 이 비가 너무나 무섭게 느껴졌다.

그렇게 한참을 달렸다. 차의 속도는 평소보다 빨랐지만 답답하기만 했다. 주변에 다른 차가 없어 그런 것일 수도 있었고, 자라나는 조급함이 차의 속도보다 빠르기 때문일 수도 있었다.

거대한 도시의 건물들이 괴물처럼 보이기 시작했다. 그들에게 빛이 없다는 것이 나의 눈을 그리도 흐리게 만들었다. 내가 멈추면 그것들이 일그러져 나를 덮칠 것만 같았다.

"봄인데 이렇게 춥다니."

난 왼손으로 핸들을 잡고, 오른손으로 히터를 틀었다. 하지만 차의 속도는 절대 줄이지 않았다.

주인과 대상을 잃어버린 쇼핑몰을 한참 지나자 자주 보던 카페가 눈에 들어왔다. 앞으로 20분 정도만 더 가면 집에 도착할 수 있을 것 같았다.

번화가를 벗어난 거리에는 어둠과 그나마 자신의 역할을 제대로 수행하는 잔잔한 가로등 불빛들이 일어나 있었다. 마치 아직까지 사람들이 존재하는 마냥 반짝거리고 있었지만 거리 어디에도 그것을 봐줄 만한 사람은 없었다. 빠르게 지쳐 가는 나와 이 쏟아지는 빗방울들을 제외한다면 말이다.

❖

"빌어먹을."

나는 습관처럼 욕을 한 다음 길게 한숨을 내뱉었다. 그리고 손으로 젖은 머리를 대충 털며 주방으로 향했다.

식탁에 재킷을 벗고, 물이 조금 남은 생수통과 〈로빈슨 크루소〉를 올려두었다. 벗은 재킷의 안주머니를 뒤지니 물에 젖어 초라하게 느껴지는 반지 케이스가 나왔다.

집에 왔다는 생각은 나에게 안도감을 선물했다. 더불어 허기짐이 딸려왔다. 나는 일단 조금 남은 생수를 한번에 들이켰다. 물이 뱃속으로 들어가자 느껴지던 허기짐은 배가 되었다. 나는 먹을 것을 찾아 냉장고와 선반을 뒤졌다. 하지만 당장 먹을 만한 것은 아무것도 없었다. 사라와 함께 먹으려 했던 케이크가 있었지만 나는 금세 눈을 다른 쪽으로 돌려 버렸다.

"이게 대체 무슨 거지 같은 일이야……."

아무리 짜증난다 말을 해봐야 들어주는 사람은 없었다. 더불어 사라진 음식이 짠하고 나타나는 것도 아니었다. 나는 한참을 주방에서 서성이다가 거실로 돌아오고 말았다. 갑작스런 비 때문에 편의점을 들르지 못한 것이 마음에 걸렸다. 머릿속에는 '낮에 음식을 좀 챙겨둘 것을.' 하는 후회가 밀려들어 왔다.

한숨을 쉬고서 습관적으로 TV를 켰다. TV에서 회색빛이 나오는 것을 보고서 그제야 '아, 나오지 않지.' 하고 알아챘다.

"음식도 없다, 물도 없다, TV도 나오지 않고."

나는 결국 멍한 표정을 지은 채 컴퓨터를 켰다. 그리고 인터넷에 접속해 전날 보았던 기사들을 다시 점검했다. 혹시나 새로운 정보가 올라와 있지 않을까 하는 기대를 품었지만 그 많던 정보들은 모두 휴식을 취하고 있었다.

멍한 표정을 유지하던 나는 나의 개인 홈페이지로 들어가 글을 확인했다. 하지만 여전히 사라가 남긴 글은 기분이 이상하다고 했던 그 글뿐이었다. 나는 한숨을 크게 쉬고서 그녀의 홈페이지로 들어가 글을 남겼다.

오늘은 그날처럼 비가 왔어. 너와 사람들이 사라진 그날처럼 말이야. 내일은 네가 없는 네 집에 들어가 볼 생각이야. 네가 나에게 줬던 열쇠 기억하지? 혹시나 알게 되더라도 화내지는 말아줘. 네가 남겼을 작은 쪽지나 흔적을 보고 싶은 마음이니까.

내일 네 집에 들어갔을 때 네가 소파에서 잠들어 있다면 얼마나 좋을까? 그건 내 욕심일까? 너는 이곳이 아니더라도 잘 지내고 있는 거겠지? 부디 그렇겠지? 비가 오는 날이라 더욱 네가 그리워. 네가 있었다면 지금 내리는 비가 나에게 다르게 느껴졌겠지.

사라야, 아픈 곳은 없는 거지? 잘 지내고 있는 거지?

마침표가 아닌 물음표로 글을 마무리했다. 혹시나 그녀가 내 질문에 대답을 해주지 않을까 하는 마음에서였다. 그것도 헛된 기대라는 것을 나는 이미 알고 있었다.

"콜록, 콜록."

기침 소리가 작은 집 안에 울렸다. 감기가 오려는 모양이었다.

'오자마자 따뜻한 물로 씻었어야 했는데……..'

이제 와 그런 생각을 해봐야 소용은 없었다. 이미 축축한 기운이 몸을 적시고 있었다.

컴퓨터를 끈 나는 부엌에 두었던 책과 반지 케이스를 들고서 방으로 향했다. 모든 것이 귀찮았다. 씻는 것도, 옷을 벗는 것까지도. 그저 피곤함을 단 채 침대에 누웠다. 반지 케이스와 〈로빈슨 크루소〉도 나와 같이 침대에 몸을 던졌다.

바로 자지 않고 침대에 놓인 책을 들었다. 이런 상황에서 책을 읽는다는 것이 너무도 느긋한 행동이 아닐까 하는 생각이 스쳤지만 지금으로선 책을 읽는 일 이외에는 달리 할 일이 없었다. 나는 책의 첫 페이지를 펴 중얼거리듯 작게 읽기 시작했다.

"나는 1632년 영국의 요크에서 태어났다. 아버지는 독일의 브레멘 출신이며 영국으로 건너와 헐(Hull)에서 무역을 시작하셨다. 아버지는 무역으로 상당한 부를 모아 무역을 그만두고 요크로 이사해 나를 낳으시고 편안한 여생을······."

〈로빈슨 크루소〉는 허구의 소설이다. 그것이 실화를 바탕으로 썼다고 하더라도 이 안의 시련과 그것을 극복해 가는 에피소드들은 다니엘 디포가 만들어낸 이야기임이 분명하다. 하지만 나는 그것들을 무시해야 했다. 이 책이 세상에 혼자 남겨진 나에게 어떤 용기를 줄 것이라고 생각하기 때문이었다. 다니엘 디포가 로빈슨에게 앵무새와 개, 그리고 친구 프라이데이를 주었던 것처럼 저 위에 있는 무엇인가도 이 시련을 겪고 있는 나에게 이 책을 주었으리라 기대해 보는 것이었다.

책을 읽다 보니 난 어느새 현실과 꿈의 경계선에 들어서게 되었다. 글씨는 흐릿하게 보이지만 그렇다고 아직 잠이 든 것은 아니었다.

나는 로빈슨이 되는 상상을 했다. 그처럼 집을 짓고, 맛있는 음식을 만들기 위해 토기를 제작하고, 농사를 짓고, 몇 년 동안 그렇게 버티다 보면 마지막 에피소드가 나올 테고, 잘하면 이 외로운 세상에서 탈출할 수 있으리라 하는 생각이 들었다. 물론 그렇게 되기 전까지 무엇인가를 찾을 수 있다는 희망은 버리지 않았다. 나는 더욱 의연하고 강하게 버텨야 했다. 그녀를 만날 때까지 꼭 그래야만 했다.

'내일은 강아지라도 찾아봐야지.'

그런 건조한 생각을 했다. 개라도 있다면 조금은 덜 외롭겠지 않을까 하는 마음이었다. 그리고 나는 천천히 눈을 감았다. 내 옆에는 그녀에게 줄 반지가 나와 함께 누워 잠이 들고 있었다.

당신은 누구인가?

잠들어 있는 나에게 누군가가 물었다. 난 여전히 누워 있고, 그 소리의 출처를 찾아 눈을 뜨려고 하지만 고작 실눈 정도였다. 아무리 몸에 힘을 주어도 움직이지 않는다는 것은 꽤나 고통스러운 일이었다.

뿌옇게 보이는 내 작은 시야에는 3개의 실루엣이 잡혔다. 그것은 오묘해 차마 사람이라고 확신할 수가 없었다. 그들 중 둘은 멀찌감치 떨어져 나를 바라보는 듯했고, 나머지 하나는 바로 내 앞에 있었다. 나는 문득 그가 천사일지도 모른다는 망상에 사로잡혔다. 왜냐면 그 존재의 몸은 하얀 빛으로 둘러싸여 있었고, 내가 느끼는 나의 몸도 마치 현실이 아닌 어떤 공간에 있는 것 같았기 때문이었다. 뭐랄까, 그것은 하늘에 붕붕 떠서 바람에 따라 이리저리 흘러 다니는 것 같은 기분이었다.

다시 묻지. 당신은 누구인가?

하얀 빛에 둘러싸여 있는 존재가 다시 물어왔다. 나는 그의 질문에 작은 실소를 머금었다. 물론 그 실소가 내 입술로 나타났는지에 대해서는 확신할 수 없었다. 그만큼 몽롱한 기분에 모든 것을 맡기고 있었다.
"무슨 소리야……. 너희들은 누구지?"
나는 그렇게 말했다. 역시나 입술이 움직였는지는 알 수가 없었다.

그럼 다르게 묻겠네. 당신은 지금 어디에 있는 거지?

그 말을 듣는 순간 그가 천사가 아님을 확신했다. 이것은 꿈인 것 같았다. 하지만 대개의 꿈이 그렇듯 꿈 안에서는 이것이 꿈인지 아닌지 단정 지을 수 없었다.
"그게 무슨 소리야. 사라는 어디에 있지? 사람들은 다 어디에 있는 거야?"

바보 같은 존재의 질문에 나는 몸에 힘을 주었다. 하지만 아무리 힘을 준들 움직여지지 않았다.

....

하얀 존재는 침묵했다. 고개를 돌려 뒤에 있던 다른 존재들과 시선을 마주치는 듯했다. 하얀 존재는 다시 고개를 돌려 나를 바라보았다.

그녀는 없다. 물론 다른 사람들도 그곳에는 존재하지 않지.

"뭐?"
하얀 존재는 입으로 추정되는 무엇인가를 뻐끔거리며 나에게 말을 했다. 하지만 나는 그것이 속삭임 이상으로 들리지 않았다. 그가 뱉은 소리는 내 귀 언저리까지도 날아오지 못하고 허공에서 흩어졌다. 아무리 미간을 구기며 그 소리에 집중을 하려고 해도, 또 그의 입술 모양을 읽으려고 해도 알 수가 없었다. 나는 그에게 말하려고 했다. 더 크게 말해달라고, 좀 더 자세히 이야기를 해달라고. 하지만 내 입은 조금도 움직이지 않았다.

그때, 내가 바라보는 시선이 연기처럼 더욱 뿌옇게 변하기 시작했다. 내 시야가 나빠지는 것인지, 아니면 정말로 그들이 그렇게 흩어지고 있는 것인지 알 수가 없었다. 하지만 분명한 것은 뱉은 담배 연기처럼 그들이 내 앞에서 사라지고 있다는 것이었다.

그들은 그렇게 멀어졌다. 뿌옇게 변해서 허공을 날아가고, 나는 잊어버리게 되었다. 꿈이었는지 어떤 신기한 현상이었는지 모르지만 그 모든 것들은 내가 알지 못하는 내 머릿속 어디론가 숨어 더 이상 기억할 수 없게 되어버렸다.

6

 8시 20분. 비가 그치고 아침 해가 밝게 떠올랐다. 나는 생각보다 차분한 기분을 유지한 채 아침을 맞이했다. 더 이상 달그락거리는 소리도 들리지 않았고, 중요할 지난밤의 꿈도 연기처럼 사라져 기억나지 않았다. 방에서 나오며 잠시 베란다를 바라보기는 했지만 스스로 사람들이 없다는 것을 인정하고 있었고, 헛된 기대도 사라져 버렸다.

 나는 화장실로 향해 소변을 누었다. '졸졸졸.' 하는 소리와 함께 유난히도 노란 소변이 변기통으로 떨어졌다. 그 물줄기는 꽤나 오랜 시간 지속되었다. 목이 말랐지만 집에는 식수가 없었다. 침을 꿀꺽 삼켰더니 갈증이 더욱 진하게 몰려왔다.

 오줌을 다 누고서 가볍게 세면을 했다. 세면을 하면서 나오는 수돗물을 살짝 맛보았더니 바로 미간이 찌푸려졌다. 은은한 소독

향이 느껴졌기 때문이었다.

　화장실을 나와 거실에 놓인 컴퓨터로 향했다. 컴퓨터를 켜고, 곧 그녀가 아무런 글도 남기지 않았다는 것을 확인하고서 다시 껐다.

　나는 간만에 옷을 갈아입기로 했다. 물에 젖어 있던 셔츠와 속옷들을 모두 세탁기에 넣어버리고 수건에 물을 묻혀 대충 몸을 닦아내었다. 차라리 샤워를 할까 하는 마음은 곧 귀찮다는 생각으로 마무리되었고, 나는 그저 새로운 속옷을 입는 것에 만족하고야 말았다. 모든 것이 그렇게 변했다. 언제나 당연시했던 목욕도, 음식도, 물도, 일도. 며칠 사이에 많은 것들이 변하고 있었다. 그 당연하면서도 꼭 해야 할 것 같았던 일이 지금의 나에게는 아무런 의미조차 부여하지 못하고 있었다.

　편안한 옷으로 갈아입은 나는 TV 아래 서랍에서 사라가 주었던 열쇠를 챙겼다. 밖으로 나가려고 했을 때 시선이 방 쪽으로 향했다. 그리고 침대 위에 있는 반지 케이스가 보였다. 나는 방으로 가 반지 케이스를 주머니에 넣었다.

　"아니지."

　반지 케이스를 다시 주머니에서 꺼내 침대 옆 서랍에 고이 모셔두었다. 감정에 휩싸이는 것은 지금의 나에게 방해만 된다는 사실을 알기 시작한 것이었다.

　사라의 집을 둘러본 다음, 부모님 댁으로 갈 계획이었다. 두 분이 계실 것이라 기대하는 것은 아니었다. 어쩜 그것은 예의의 문제인 것도 같았다. 그리고 그 집에서 키우던 개를 데리고 올 생각이었다. 개털이라면 끔찍했지만 지금은 살아 있는 무엇이라도 옆에 있었으면 했다. 그렇지 않으면 한없이 슬퍼질 것만 같았다.

밖으로 나가기 위해 문 앞에 섰다. 그리고 대충 뒹굴고 있는 회색 스니커즈를 슬리퍼처럼 뒤를 구겨 신었다. 내가 개털을 싫어하듯이 그녀가 나를 보면서 가장 싫어하는 행동 중에 하나였지만 별 상관은 없었다. 평소라면 귀찮아서라도 피했을 그녀의 잔소리가 이제는 듣고 싶은 목소리가 되었기 때문이었다.

딸깍하는 건조한 금속음이 울렸다. 바로 사라의 집 문이 열리는 소리였다. '띵동.' 하는 벨 소리도 울리지 않았고, 문을 두드리는 소리도 나지 않았다. 대신 딸깍이라는 건조한 소리가 그녀의 집으로 향하는 나의 걸음을 안내했다.

사라의 집에 들어가자마자 숨을 크게 들이쉬었다. 은은한 향기가 콧속으로 스며들었다. 나는 숨을 한 번 더 들이쉬고 그녀가 잠들었을 방과 화장실을 뒤져보았다. 물론 사라는 없었다. 은은하던 향기가 어느새 잔인하게 느껴지고 있었다.

이리저리 두리번거리던 나는 결국 거실의 작은 소파로 향했다. 그리고 소파에 앉아 집 안의 사소한 것들을 살피기 시작했다.

사라의 집은 그녀의 성격만큼이나 심플했다. 작고 검은 TV와 내가 앉아 있는 갈색 가죽소파, 그리고 대학로에서 사왔다던 중절모를 쓴 호랑이 그림을 떡하니 거실에 걸어놓고, 정말 어울리지 않을 것 같은 녹색 책장까지 자리를 잡고 있었다. 하지만 그 책장 안에는 단 두 권의 책만 있을 뿐이었다. 바로 작은 사이즈의 성경과 〈이상한 나라의 엘리스〉였다. 언젠가 표지가 예쁘다는 이유로 사두었던 책 같았다. 그 책들을 제외한 책장의 다른 공간에는 작은 선인장과 액자가 놓여 있었다. 그중 몇 개는 나와 찍은 것이었다.

어울리지 않을 것 같은 가구들이 그녀의 집 안에서는 묘한 어울림을 선사하고 있었다. 그녀이기에, 오직 그녀의 집이기에 가능한 일은 아닐까 하고 생각해 본 적이 있기도 했다. 사라는 특이했다. 말 그대로 독특한 매력의 소유자였다. 그녀의 그런 모습이 마음에 들기도 했고, 조금은 싫기도 했다. 이런 이상한 취향의 가구들도, 독특한 그녀의 성격도.

깔깔깔.

사라의 웃음소리가 들리는 것만 같았다. 나는 감성적으로 변해가는 스스로를 책망하듯 자리에서 일어났다. 그리곤 주방으로 가 냉장고를 열어 반쯤 남아 있는 생수통을 꺼내 들었다. 나는 그 물을 남김없이 한번에 들이켰다. 갈증은 여전했지만 크게 배가 고프지는 않았다.

나는 빈 생수통을 식탁에 올려두고 사라가 잠들었던 방으로 들어갔다. 그녀가 남긴 자취를 보고 싶어서였다. 특별한 것은 없었지만 지금의 나에게 그 모든 것은 특별해 보였다. 싱글사이즈의 작은 침대와 여자 화장대치고는 적은 수의 화장품들, 그리고 작은 거울과 붉은색의 옷장. 이것이 전부였다.

이 방에서 사라가 잠들었을 것이었다. 집에 들어오면 옷을 정리하고, 화장을 지웠을 것이다. 그리고는 침대에 누워 나에게 전화를 걸었을 것이다.

사라는 시내의 작은 의류 매장에서 일을 했다. 일이 끝나 집으로 오면 나에게 전화를 걸어 그날 온 손님들의 행동부터 같이 일하는 언니의 사생활까지 일기를 쓰듯 말해주곤 했다. 그녀의 이야기를 한참 듣다 보면 딴생각을 하기 마련이었는데 그때마다 사라는 관심이 없냐며 토라지고 말았고, 나는 언제나 대수롭지 않게 그녀를 달래고 넘겨 버리려 했다. 하지만 지금은 너무나 후회가 되었다. 그녀의 하루 일과를 들어주지 못한 것, 저녁 늦게 그녀의 말 상대가 되어주지 못한 것, 그녀가 자신의 목소리를 듣기 싫어한다고 느끼도록 한 것까지 모두 다.

가슴이 너무나 답답했다. 사라의 방 구석구석 시선을 돌릴 때마다 사라진 그녀에게 더욱 잘해주지 못한 내가 바보처럼 느껴졌다.

나는 한숨을 쉬고 방 안을 다시 둘러보았다. 곧 특별한 점이 없다는 것을 확인하고 돌아서려고 했다. 그때 돌아서는 내 시선이 옷장 위를 스치다가 멈춰 섰다.

"아, 그러고 보니……."

그녀의 옷장 위를 보다가 문득 어떤 물건을 생각해 냈다. 그 물건은 갈색의 선물 상자였고, 나는 그것이 그녀의 옷장 위에 있다는 것을 알고 있었다.

　침대를 밟고 옷장 위를 더듬었다. 까치발을 들고서야 손가락 끝에 딱딱한 것이 느껴졌다. 그 상자를 손가락으로 건드려 가면서 겨우 집어 내리고는 "대체 어떻게 올려둔 거야."라며 그녀를 작게 탓했다.

　상자의 뚜껑에는 검은 리본이 장식되어 있었다. 이것은 오래전 내가 그녀에게 준 선물상자였다. 하지만 단순한 선물상자 이상의 의미가 있는 물건이었다.

　상자 뚜껑에 먼지가 쌓여 있을 것이라고 생각해 나는 후우— 하고 바람을 불었다. 하지만 신기하게도 작은 티끌 하나 날리는 것이 없었다. '그녀가 사라지기 전에 이 상자를 보기라도 한 것일까.' 하는 생각이 머릿속에 떠올랐다.

　조심히 상자를 열자 많은 물건들이 나를 반기고 있었다. 이 물건들의 출처는 모두 나였으니 어떻게 보면 내가 옛 주인이 되는 물건들이었다.

　상자 안에는 지난 3년간 내가 주었던 작은 인형이 달린 펜, 장신구, 많은 엽서, 다양한 방식의 편지, 같이 찍은 사진 같은 잡다한 물건들이 들어가 있었다. 예를 들어 그것은 추억 상자 같은 것이었다. 그 상자가 '선물 상자'가 아니라 과거형의 '추억 상자'가 되어버린 것은 슬프게도 시간이 우리를 조금씩 느슨하게 만들어 버린 탓이 컸다. 그렇다고 사라를 사랑하지 않는 것은 아니었다. 그녀가 사라지는 순간까지도 나는 함께 살아가는 날을 상상하고 행복에 잠기고는 했으니까.

나는 상자에 있는 편지 중에 하나를 들었다. 하얀 종이를 돌돌 말아서 빨간 리본으로 묶은 편지였다. 그것은 교생이었던 내가 사라에게 준 첫 번째 편지였다.

이 선생님이 친구이자, 제자인 너에게 이렇게 손수 편지를 쓴다는 것에 대해 먼저 감사하는 마음을 갖고 읽었으면 좋겠구나.
너와 알게 된 것은 얼마 되지 않았는데, 참 나는 많은 것을 너에게 배우고 있구나. 사실 내가 너의 교생 선생님으로서 가르침을 줘야 하는데, 이건 뭐 오히려 너에게 배우고 있다는 것이 마냥 기쁘지는 않다만, 앞으로 너에게 가르쳐 줄 것이 많아질 것이라고 생각하고 있단다.
세상에는 우리 같은 사람은 많아. 그렇지만 너처럼 당당하고 대수롭지 않게 견뎌내는 사람은 많지 않지. 나 같이 숨어버리거나, 혹은 나보다 조금 나은 정도라고 생각해. 하지만 너는 너무나 다르구나. 우리 같은 사람들은…….

오늘은 이곳에서 잠이 들고 싶었다. 내가 해야 할 일이 저 밖에 널려 있지만 오늘만은 이곳에서 이렇게 시간을 보내다 잠이 들고 싶었다.
나는 그녀에게 주었던 작은 선물들을 보면서 작게 웃었다. 그리고 그 물건들을 보는 것이 지겨우면 그녀가 썼던 작은 베개에 얼굴을 파묻고 향기를 맡았다.
"보고 싶다."
한가롭게 시간을 보낼 수는 없다고 머리가 말하지만 몸은 이곳에서 떠날 생각을 하지 못하고 있었다. 사라의 향기를 두고 돌아설 수가 없었다. 밥을 먹지 못해도, 목이 말라도, 오늘만은 이곳에서 잠이 들고 싶었다.

　사라와의 기억이 자꾸만 떠올랐다.

❖

실습 두 번째 날, 그리고 사라를 다시 보았던 날.

　무슨 일인지 울리는 알람조차 느끼지 못한 채 늦잠을 자고야 말았다. 나는 허겁지겁 옷을 입고, 머리에 대충 물을 뿌린 채 학교로 향했다. 역시나 날씨는 따뜻함을 가득 머금었지만 마음속에는 조급함만이 넘쳐흘렀다.

　학교로 도착한 나는 바로 교무실로 향했다. 시간은 정확히 오전 9시 27분이었다. 발걸음에는 봄과 어울리지 않는 무거움이 가득했고, 교무실의 안쪽에 있는 교감 선생님의 자리에 도착했을 때에는 그 무거움이 배가 되어 오금을 저리게 만들었다.

　"저, 교감 선생님."

　내 목소리에도 교감 선생님은 고개를 돌리지 않았다. 땀이 흐르고 있었지만 그것조차 느끼지 못할 만큼 긴장되었고, 그 긴장되는 목소리로 다시 한 번 그를 불렀다.

　"교감 선생님?"

　교감 선생님은 나를 힐끗거리더니 컴퓨터로 다시 눈을 돌렸다.

그리고 조용한 말투로 이야기했다.
"지금이 몇 시인가요?"
"아, 그게……."
교감 선생님이 시간을 몰라 물은 것은 아니었다. 나는 대답하지 못하고 고개를 숙였다. 그제야 그가 컴퓨터로 향해 있던 의자를 내가 서 있는 방향으로 돌렸다.
"지금이 몇 시냐고 묻지 않습니까."
"죄송합니다."
교감 선생님은 한참을 침묵했다. 무슨 생각을 하고 있는지 모르겠지만 그사이 내 심장은 터질 것처럼 빨라지고 있었다.
그 침묵을 지나 교감 선생님이 말을 뱉었다. 나는 여전히 고개를 숙이고 있었다.
"그러면 오늘이 몇 번째 실습입니까?"
"죄송합니다."
교감 선생님은 작게 한숨을 토해냈다. 그 작은 한숨이 온 교무실의 공기를 무겁게 만드는 것처럼 느껴졌다. 그는 말했다.
"이런 식으로는 곤란합니다. 우리도 어떤 식으로든 실습 나오신 분들의 평가를 해줘야 하는데……."
"정말 죄송합니다. 다시는 이런 일 없도록 하겠습니다."
내가 할 수 있는 말이 이것 말고 또 무엇이 있을까 싶었다. 나는 그저 조용히 고개를 숙였다.
"어쨌든 앞으로 하는 거 모두 지켜보겠어요. 일단 수업 시작한 지 꽤 됐으니까 다음 시간부터 들어가요. 괜히 들어가서 수업 방해 말고."

"네, 죄송합니다. 정말 죄송합니다."

그렇게 죄송하다는 말만을 남긴 채 돌아섰다. 생각했던 것보다 크게 혼이 나지 않은 것은 다행이었다. 하지만 그런 생각도 잠시, 교감 선생님은 뒤돌아 나가는 내 뒤에다가 많은 말들을 했다. 요즘 사람들은 기본적인 것도 잘 모른다는 말, 열정이 없다는 말, 정신도 없다는 말.

실습이 이틀째 되는 날부터 앞날이 꼬이는 것만 같은 기분이 들어 머릿속이 복잡했다. 나는 마련된 책상에 내 가방을 놓고서 조용히 교무실을 빠져나갔다. 담배를 피우며 마음을 달랠 생각이었다. 머릿속이 이러저리 얽혀서 고장 날 것만 같았다.

교무실을 나서면 오른쪽과 왼쪽에 각각 유리로 된 문들이 존재했다. 오른쪽 문은 정문을 통해 등교하는 학생들과 선생님들이 들어오는 곳이었고, 왼쪽에 있는 문으로 나가면 멀리 매점과 조립식으로 이루어진 선생님들의 흡연 공간이 존재했다. 나는 왼쪽에 있는 문으로 나가 흡연실로 향했다. 그리고 주머니에서 얼마 남지 않은 담배를 하나 집어 입으로 가져갔다.

"어?"

입에 담배를 문 채 주머니에 있을 것이라고 생각했던 라이터를 찾았다. 바지를 토닥거리며 뒷주머니까지 살폈지만 아무리 옷을 털어도 라이터는 나오지 않았다. 일이 꼬이고 있었다. 이따금 그런 날이 있었던 것 같았다. 가도 가도 끝이 없는 불운의 날. 부디 끝까지 그러지는 않길 바라며 혹시 떨어져 있을지 모를 라이터를 찾기 위해 시선을 부지런히 움직였다.

무릎을 꿇어가며 의자 밑을 살피는 도중에 저 멀리 깊숙한 곳에서 푸른 라이터 하나가 빛을 내는 것을 볼 수 있었다. 물론 남들에게 라이터가 반짝거리며 빛이 났다는 말을 하면 웃을지도 모르겠지만 내 눈에 그것은 놀랍도록 반짝거렸다.

양복을 입었음에도 몸을 거의 눕혀서 멀리 떨어져 있는 푸른 라이터를 꺼내고서 머리에 흐르는 땀을 닦았다. 라이터에는 〈blue bar〉라는 문구가 새겨져 있었다. 라이터 기름이 조금밖에 남지는 않았지만 당장은 쓸 수 있을 것 같았다. 나는 다행이라 생각하며 담배 끝에 불을 붙이려 했다. 그때 밖에서 어떤 목소리가 들렸다.

"아, 그럼요. 제가 다 알아서 처리해 놨죠."

익숙한 목소리, 그것은 아침에 들었던 목소리였다. 고개를 살짝 내밀어보니 교감 선생님과 방금 잠에서 깬 것 같은 뚱뚱한 교장 선생님이 이곳으로 오고 있었다. 불운이 이어지고 있는 것이었다.

나는 와이셔츠의 포켓에 라이터와 입에 물고 있던 담배를 넣었다. 그리고 크게 호흡을 하고서 그곳을 빠져나갔다. 이곳으로 들어오는 그들과 정면으로 마주친 나는 고개를 꾸벅 숙여 인사를 했다.

"수고하십시오."

숙인 고개를 들었을 때 교감 선생님의 시선이 나를 강하게 압박했다. 나는 그것을 견디기 힘들어 재빨리 그들을 뒤로한 채 학교 건물 안으로 들어갔다. 사회라는 것이 그런 것 같았다. 고개 숙이고 피하는 것, 그리고 살아남는 것.

  나는 포켓에 들어 있는 담배와 라이터를 손으로 만지작거리면서 이 상황을 어떻게 해야 할지 생각해 보았다. 담배는 피우고 싶었고, 그들이 나올 때까지 어슬렁어슬렁거리며 돌아다니고 싶지도 않았다. 순간 전날 담임 선생님과 이야기를 나누면서 들었던 몇 가지의 팁이 머리에 떠올랐다. 3층에서 수업을 연속으로 하게 되는 경우, 1층까지 내려가서 담배를 피우지 않고 옥상으로 올라가서 담배를 피운다는 것이었다. 나는 다른 생각은 할 것도 없이 계단으로 향했다.

  공기는 맑았다. 그리고 시원했다. 사방에서 부는 바람이 모두 나를 중심으로 흐르는 것 같은 기분이었다.
  이제 담배만 피우면 되었다. 그러면 좋은 일들만 생길 것 같았다. 이것이 좋지 않은 하루의 작은 터닝 포인트가 될 것이라고 생각했다.
  나는 입에 담배를 물고, 〈blue bar〉라고 써진 라이터를 엄지손가락으로 힘차게 돌리며 담배 끝에 댔다. 하지만 잠깐의 반짝임만 있을 뿐, 불꽃이 일어나지 않았다.
  "아, 뭐야."
  라이터의 기름을 확인했다. 조금 전에 본 것처럼 몇 번 쓸 정도의 양은 남아 있었다. 양손으로 바람을 막으면서 다시 불을 붙이려고 해보지만 '치이익.' 하는 괴기한 소리와 노란 반짝임만 일어날 뿐이었다.

　욕이 목에 걸렸다. 대체 무슨 날인지 마음대로 되는 것이 하나도 없었다. 몇 번 더 라이터를 사용해 보지만 똑같은 소리, 똑같은 모습뿐이었다.

　"아, 정말 짜증나네."

　기분을 좋게 만들던 바람들이 귀찮게 느껴지기 시작했다. 나는 불이 붙지 않은 담배의 향만을 느끼며 운동장 쪽을 바라보고 있었다.

　"불 빌려 드릴까요?"

　그때, 내 뒤에서 어떤 목소리가 들려왔다.

　"깜짝이야!"

　나는 소스라치게 놀라며 소리가 들려왔던 곳으로 고개를 돌렸다. 정확한 출처는 옥상으로 들어오는 문 위에서 나온 것이었다. 그 높은 곳에 어떤 사람이 서 있었다. 햇볕이 내 눈을 가려 정확하게 보이지는 않았지만 이내 익숙해지면서 목소리의 출처가 여자이자, 학생이자, 그리고 첫날 내 정신을 빼놓았던 사람이라는 것을 알게 되었다. 그녀는 멀뚱한 표정으로 나에게 다시 이야기했다.

　"라이터…… 빌려 드려요?"

　나는 몇 초간 그 질문에 대답하지 못했다. 이 상황이 이해되지 않고 있는 것이었다. 눈을 몇 번 껌뻑이며 이 상황에 적응을 했다. 그녀는 학생이었고, 나는 선생이었고, 그녀는 나에게 라이터를 빌려준다고 하고 있었다.

"너 4반 학생이지? 수업 중에 거기서 뭐 하는 거야."
"에이, 그냥 여기 숨어 있을까 하다가 불이 필요하신 것 같아서 나온 건데."

그녀는 당당했다. 그녀가 당당하다는 사실은 나를 더욱 당황스럽게 만들었다.

"당장 안 내려와? 너 담배 피우고 있었던 거야?"

그녀는 내 말을 무시하고서 내 시선이 닿지 않도록 뭉툭하게 올라온 구조물 뒤로 쏙 하고 숨어버렸다. 나는 그 행동을 괘씸히 여겨 시선에 그녀가 들어오도록 구조물 반대편으로 움직였다.

그곳에는 낡은 의자들과 책상들이 쌓여 있었다. 아마도 이것들을 밟고 저곳까지 올라간 것 같았다. 그녀는 그 위, 구조물이 만들어낸 그늘에 차분하게 앉아 나를 바라보았다. 내가 "당장 내려와!" 하고 말했지만 아랑곳하지 않았고, 그저 작은 미소와 함께 라이터를 내밀었다.

"정말 혼난다!"

나는 그렇게 말하고 쌓여져 있던 의자를 밟았다. 그곳으로 올라가기 위함이었다. 마음 같아서는 단번에 올라갈 수 있을 것 같았는데 몸은 마음처럼 쉽게 움직이지 않았고 오히려 애를 먹고 있었다.

팔을 난간에 걸치고서 다리에 힘을 줘 그곳에 올라가려 했지만 발밑에 있던 책상들이 와르르 무너졌다. 나는 팔만 걸친 채 몸을 가누지 못하고 대롱대롱 매달려 있었다. 입에서는 자꾸만 욕이 나오려고 했다. 어쩌면 나도 모르게 욕을 뱉었는지도 모르는 일이었다. 그때 그녀가 손을 내밀어 내 팔을 잡았다. 자존심은 허락하지 않았지만 나는 그녀의 도움을 받게 되었고, 그녀의 도움과 몇 번의 힘을 더 주고서야 그곳에 완전히 올라설 수 있었다.

 숨이 차오르고 땀이 흘렀다. 올라가면 그녀를 된통 혼내주겠다 생각했지만 흐르는 땀에 그런 생각마저 잊어버렸다.

 숨을 들이켜는 나에게 그녀는 다시 라이터를 내밀었다. 그녀의 당당함에 나는 할 말을 잃었고, 멍하니 그녀와 라이터를 번갈아 바라보았다.

 "선생님도 학생 때부터 담배 피우신 거 아니에요?"

 "그게……."

 그녀는 그럴 줄 알았다는 듯이 웃으며 말했다.

 "어차피 이곳에서 한 달만 있을 거잖아요. 그렇게 미움받고 떠나고 싶어요? 담배 피운다고 다 나쁜 건 아닌데."

 나는 숨을 마저 고르며 멍하니 그녀의 얼굴을 바라보았다. 그리고 그 당당함에 바보같이 수긍하기 시작했다. 어떤 힘 때문인지, 내리쬐는 햇볕에 정신이 혼미한 것인지 알 수가 없었다.

 "아, 모르겠다."

 나는 그녀가 들고 있던 라이터를 받아 담배에 불을 붙였다. 깊게 들이쉰 공기와 함께 연기가 가슴 안으로 스며들었고, 나는 구조물 옆 그늘에 천천히 몸을 눕혔다.

 "저도 하나만 주시면 안 돼요?"

 나는 그녀를 어이가 없다는 듯 바라보며 말했다.

 "너 설마 그것 때문에……. 절대 안 돼."

담배를 입으로 가져가던 나는 그녀가 했던 말이 자꾸 마음에 걸려 이내 피우고 있던 담배를 버려 버렸다. 아쉬운 것은 잠시였다. 나는 그녀에게 물었다.

"담배 때문에 수업 빼먹고 여기 있는 거야?"

"뭐 그런 건 아닌데, 그냥 제일 싫어하는 수학 시간이에요. 그리고 이곳에 있으면 바람도 잘 불고, 기분도 좋고, 아무 생각도 들지 않으니까."

"거참, 이상한 놈이네."

잠시 정적이 흘렀다. 나는 말 없는 그녀의 명찰을 힐끔 보았다. 그리고 마치 이름을 처음 알았다는 듯이 말했다.

"부모님이 이름은 예쁘게 지어주셨네."

"아뇨, 저 부모님 없어요. 선생님들이랑 수녀님이 며칠 동안 고민해서 지어주신 이름이래요."

"선생님?"

"보육원 선생님들이요. 성경에 나오는 이름이래요. 자세히 보지는 않았지만."

나는 "아…… 미안."이라고 속삭이듯 말했다. 하지만 그녀는 그저 귀여운 미소를 머금었다.

"에이, 뭐가 미안해요? 전 선생님들이 제 이름을 지어주셨다는 거, 키워주셨다는 거, 사랑해 주셨다는 거 모두 자연스럽고 또 자랑인데요. 다른 사람들은 키워준 엄마, 아빠가 전부지만 전 부모님이라고 할 수 있는 선생님들이 많은걸요."

그녀는 자신의 머릿속에 미리 저장이라도 해둔 것처럼 자연스럽게 대답했다. 그 말을 들은 내 마음은 요동치기 시작했다. 거칠었던 호흡은 이미 정상적으로 되돌아왔기에 이 진동은 그녀가 만들어낸 것임을 알 수 있었다.

목이 간지러웠다. 어떤 이야기가 나오려고 하는 것이었다. 그동안 꺼낼 수 없었던 이야기가 있었다. 언제나 안쪽에 있었고, 목 밖으로는 나오지 않았던 이야기였다. 그 이야기가 그녀의 몇 마디의 말과 웃음에 뛰쳐나오고 있었다.

"그렇게 당당할 수 있다니…… 대단하네. 난 죽어도 그렇게 못하겠던데."

"네?"

나는 바로 대답하지 않고 허공을 바라보았다. 짧은 시간이 흘러 내 입에서는 내가 그동안 보물 상자처럼 꼭꼭 숨겨둔 이야기들이 나왔다.

"나도 고아야. 지금 부모님은 양부모님이시고…… 10살 때 나를 보신 부모님이 입양하셨거든."

"아……."

사라지지 않을 것 같았던 그녀의 웃음이 사라졌다. 자신의 이야기를 할 때는 그리도 아무렇지 않은 것처럼 하더니 다른 사람의 말을 들은 때는 다른 모양이었다. 하지만 이내 그녀는 웃음을 되찾았다. 웃음이 잠시 사라졌던 것은 단지 놀랐기 때문인 모양이었다. 나는 그녀를 슬쩍 보고서 하늘로 시선을 움직였다. 그리고 다시 말하기 시작했다.

"그런데 내 주변에는 아무도 그 사실을 몰라. 내 가장 친한 친구도, 학교 동기들도. 사실 창피했어, 남들은 다 있을 것 같은 부모님이 없다는 게. 아무도 모르게 하고 싶었지. 때때로…… 지금의 부모님들을 인정하기 싫다는 생각을 했어. 아니, 어쩌면 지금도 그런지도 모르지. 헌데 넌 나랑 비슷한 처지에 놓여 있으면서도 대하는 방식이 전혀 다르네.”

"에이, 그게 무슨 대수라고. 남들은 다 있을 것 같은 부모님이 있잖아요. 선생님한테 단지 친부모님이 아닐 뿐이지.”

그녀가 그렇게 말한 후로 우리는 한참이나 침묵했다. 하늘을 보니 구름이 정처 없이 세상을 떠다니고 있었다. 사방에서 부는 바람은 상쾌했고, 작고 작은 이 그늘에서 아무에게도 하지 않았던 비밀을 풀어놓았다는 것에 신비로움을 느끼고 있었다.

나는 수업이 끝날 것 같다는 생각이 문득 들어 시계를 보았다.

"내려가자. 곧 수업 끝나겠다.”

높이가 상당해 어떻게 내려가야 되나 하고 생각하는 찰나 뒤에서 그녀가 말했다.

"우리 친구할래요?”

"친구?”

내가 고개를 돌리자 그녀는 활짝 웃었다.

"그냥 친구요. 비슷한 처지에 있는 사람끼리 친구하는 거죠.”

"글쎄…….”

"왜요? 그냥 친구하자는 건데.”

"뭐, 생각은 해보지.”

말을 마치고 내려가기 위해 천천히 몸을 움직였다. 아래를 보니 다리가 작게 떨려왔다. 옆에 있던 그녀는 그런 내게 보라는 듯 폴짝 뛰어 쉽게 아래로 내려갔다. 나는 결국 다시 한 번 그녀의 도움을 받으며 힘겹게 내려와 말했다.

"너 먼저 내려가. 나도 곧 갈게."

어떤 오해의 소지도 남기고 싶지 않았다. 그때까지 우리는 선생과 학생의 사이였기 때문이었다.

7

 다음날, 나는 화장실로 가 대충 얼굴을 씻고 그녀의 집에 두었던 내 두 번째 칫솔로 이빨을 닦았다. 몸에 힘이 없었다. 젖은 수건처럼 무거웠고, 또 축축했다.
 나는 그녀의 아파트 문을 잠그고 길을 나섰다. 노인처럼 낡은 아파트를 나오는 발걸음은 너무나 무거워 쉽게 떨어지지 않았다.
 그 길로 차를 타고 부모님이 살고 계신 시골로 향했다. 두 분이 아직까지 살고 있을 것이라는 생각은 들지 않았다. 차를 타고 가는 동안의 날씨는 맑았고, 날씨가 흐리지 않다는 것이 나에게는 용기가 되어 다가왔다. 코란도는 우렁찬 울음소리를 내며 자신의 역할에 충실하고 있었다.
 부모님이 사시는 곳은 도시와 그리 멀지 않았다. 보통 차를 타고 가면 1, 2시간 걸리는 거리였지만 아무도 없는 세상의 도로에서는 그것보다 훨씬 적은 시간이 걸릴 것이었다. 나는 차의 속도를 올려 보았다. 꽤나 빠른 속도였지만 체감으로 느껴지지는 않았다.

그렇게 빠른 속도를 유지하던 나는 중간에 잠시 속도를 늦추었다. 그것은 내가 보지 못했던, 혹은 평소에 모르고 지나쳤던 어떤 곳을 발견했기 때문이었다.

"저런 곳이 있었나?"

나는 그렇게 생각했다. 한산하다 못해 허무하게까지 느껴지는 도로 옆에 작은 길이 하나 나 있었다. 한 번도 보지 못했던 길이었다. 거침없이 펼쳐져 있는 도로에 어울리지 않는 길, 푯말도 없는 그 샛길에는 온통 나무와 어둠만이 있었고, 그 때문에 안쪽은 전혀 보이지가 않았다. 그동안 모르고 지나쳤을 수 있을 만큼 작은 길이었지만 나는 이상하게도 그 길에서 눈을 떼지 못했다.

'왜 보지 못했을까.'

차를 멈추다시피 서행하던 나는 이내 속도를 올리기 시작했다. 쓸데없는 의구심이라는 생각이 들어서였다. 멀어지는 순간에도 백미러로 그 길목을 바라보았다. 우거진 나무와 그 나무로 인하여 생기는 어두운 길, 왠지 모르게 그 길도 나를 바라보는 것 같았다.

"어두운 길이라……."

나는 잠깐 보았던 그 길의 이름을 혼자서 정해 버렸다. 그리고 바라보던 시선을 돌려 전방에 고정시켰다.

그 후로 채 30분도 걸리지 않아 부모님이 살고 계시는 동네에 도착했다. 그곳은 산 좋고, 물 좋다고 말할 수 있는 아름답고 소박한 마을이었다. 입구에는 커다란 나무 두 그루와 작은 구멍가게가 마을을 지키고 있었고, 마을 구석마다 자리 잡은 밭이 푸근함을 더하는 곳이었다. 부모님이 살고 계시는 곳은 마을 뒷산 바로 아래였는데, 뒤로는 울창한 대나무 숲이 있어 바람이 불면 '싸아아—' 하는 외로운 소리를 들을 수 있는 곳이었다.

코란도는 오르막길을 힘차게 올라 부모님의 집으로 향했다. 귓가에는 대나무 춤추는 소리가 들려왔다. 인적이 없는 탓에 예전보다 더욱 뚜렷하게 느껴지는 것 같았다.

"어머니! 아버지!"

녹색 대문의 집 앞에 도착하자마자 나는 차에서 내려 그렇게 외쳤다. 없을 것이라 예상을 하면서도 일말의 기대는 가지고 있는 모양이었다. 하지만 역시나 내 부름에 대답하는 것은 간간히 들려오는 대나무의 소리뿐이었다.

나는 부모님 집 문 앞에 섰다. 언제나 이 문을 열고 들어가면 부모님은 집 안에서 슬그머니 나오셨고, 마당에 묶인 누렁이는 나를 보고 컹컹거리며 폴짝 뛰었다.

'뭔가 좀……'

그렇게 중얼거리며 문에 손을 대었다. 그리고 천천히 밀었다. 눈 앞에 가장 먼저 보여야 할 것은 목줄을 차고 있는 누렁이어야 했다. 하지만 보이는 것은 주인 없는 목줄과 개밥 그릇뿐이었다.

나는 불안한 기분이 들어 다시 집 밖으로 나섰다. 이 마을은 누렁이처럼 집마다 개나 고양이, 닭 같은 가축들을 키웠다. 하지만 누렁이는 없었다. 과연 녀석이 이 질겨 보이는 개 목걸이를 풀고

도망이라도 갔을까, 아니면 누군가가 개를 풀어준 것일까. 자꾸만 고요한 것이 마음에 걸려 동네 어귀를 뒤지기 시작했다. 그리고 곧 더 큰 문제를 발견했다. 누렁이는 물론이고, 옆집에서 키웠던 사냥개, 수십 마리의 닭을 키우셨던 이장님 댁의 닭들, 동네를 활발하게 누비고 다니던 고양이까지도 모두 사라진 것이었다.

나는 그것을 확인하고 돌아와 입에 담배를 물었다. 그리고 다시 부모님 댁 안으로 들어섰다. 조용한 집 안에 남겨진 것은 아무것도 없었다. 주무셨을 방 안에는 적막감만 가득했고, 바닥은 놀랍도록 차가웠다. 모든 것은 어디로 갔을까 하는 궁금증이 다시 나를 고통스럽게 만들었다.

"빌어먹을."

그렇게 욕을 내뱉으며 마당으로 나와 개밥 그릇을 발로 차버렸다. 하지만 아무리 화를 내어도 해결되는 것은 없었다. 나는 세상에 남겨진 한 명의 사람이 아니라, 단 하나의 존재였다.

"하아……."

담배를 버리고서 마루에 앉았다. 그리고 하늘을 바라보았다. 흰 조각구름이 떠다니는 맑은 날씨였다. 고개를 내린 나는 등 뒤에 놓인 집으로 시선을 움직였다. 그러자 내가 인정하지 않으려고 했던 나의 부모님의 얼굴이 떠올랐다. 그 얼굴을 떠올리니 미안하다는 감정도 새록새록 나타났다.

내가 두 분에게 해주지 못했던 것, 두 분이 버려졌던 나에게 베풀었던 것, 진심으로 두 분에게 사랑한다는 말을 해주지 못한 것, 그리고 왜 나를 선택했냐며 두 분의 눈에 눈물이 나게 했던 것과 그 일은 미안했다고 진심으로 말하지 못한 것까지. 모든 것들이 머릿속에 빛처럼 스쳐 지나가고 있었다. 단지 어려서 그랬다고 말하기에는 두 분에게 너무나 많은 상처를 주었었다. 그것은 내 기억과 가슴 안에 항상 남겨져 있었음에도 없애려고 노력조차도 하지 않았었다.

어린 시절 고아원에서 처음으로 만난 아버지가 나에게 물었었다.
"몇 살이니?"
나는 대답하지 않았다. 그러자 옆에 있던 어머니가 물었다.
"이름이 뭐야?"
나는 또다시 대답하지 않았다. 마음에는 커다란 벽이 있었다. 그 어떤 도구로도 뚫을 수 없는 고집이 있었다. 어쩌면 지금까지도 그 벽은 얇은 종이처럼 남아 있는지도 몰랐다.
"다른 친구들 데려가요. 전 우리 아빠 올 때까지 안 가요."
나는 고아원 마당에서 놀고 있는 다른 친구들을 가리키며 그렇게 말했다. 그러자 어머니와 아버지는 환하게 웃었다.
"그래, 그럼 고아원 대신 우리 집에 가는 건 어떠니? 네 아빠가 올 때까지만 우리랑 같이 있는 거야."
나는 그들을 바라보며 말했다.
"어째서 그래야 하죠? 전 농담이 아니에요. 정말로 아빠가 오면 떠날 거라고요."
"그래도 괜찮아. 네 아빠가 빨리 널 찾아주었으면 좋겠구나."

그 말에 나는 지금 부모님의 자식이 되었다. 사실 그때는 두 분을 따라가는 게 고아원의 생활보다 나을 것 같다는 생각이 들기도 했었고, 두 분의 말이 맞는다면 고아원이나 두 분의 집이나 아버지를 기다리는 데에는 별 차이가 없을 것 같기도 했다. 여기서 문제는 나는 두 분의 말을 진심으로 생각해 그 집에서도 내 친아버지를 기다렸고, 두 분은 그날이 오지 않을 것임을 알기에 꼭꼭 닫힌 내 마음을 열려고 하셨다. 물론 그 문은 어른이 된 이후에도 한참이나 열리지 않았다. 그렇게 지내던 어느 날, 사라라는 여자가 나타났고, 나에게도 조금씩 변화가 생겼다.

사라가 아니었다면 더욱 부모님과 단절되었을 것이었다. 그녀의 도움이 나를 변화하게 만들었다. 삐딱한 생각으로 얼룩진 나에게 강해지는 법과 사람들에게 진심으로 다가가는 법을 알려주었다. 세상은 혼자만 살아가는 것이 아니라고 말해주었고, 그 말을 증명하듯이 항상 내가 보고 싶어 하는 그 자리에 그녀가 있었다. 사라의 설득과 힘으로 내 안의 문은 조금씩 열려갔다.

이런 일이 일어날 것을 예측하지 못한 것은 당연했지만 미리 부모님께 사라를 보여 드리지 못한 것이 마음에 걸렸다. 그녀를 보았다면 얼마나 좋아하셨을까.

그때, 바람이 불어왔다. 그 바람은 집 뒤에 있는 대나무들을 건드려 춤을 추게 만들었다. 그리고 동시에 싸아아— 하고 서글픈 소리가 들려왔다. 나는 그 소리를 들으며 남겨져 있던 마지막 담배를 입에 물었다.

담배를 피우는 동안 외롭고 씁쓸한 바람은 계속해 불어왔다.

그 바람은 점점 더 강해졌고, 그만큼 대나무들의 소리도 짙어져만 갔다. 그때, 다른 소리가 섞여 들리기 시작했다. 바람에 의한 소리가 아니라 무엇인가 땅으로 떨어지는 소리였다. 몇 번 되지 않던 소리는 조금씩 더해져 곧 수많은 소리를 만들어내기 시작했다. 그것은 빠른 속도로 거대해져 나를 압박해 왔다.

쾅! 하는 소리와 함께 멀리서 빛이 번쩍거렸다. 하늘에서 비가 떨어지고 있었다. 빌어먹을 비는 자신이 내려야 할 때를 전혀 알지 못하고 있었다. 이해되지 않는 상황의 연속이었다. 비는 마치 내가 슬퍼할 때에, 그리고 난처한 상황에서만 내리는 것 같았다.

'왜 자꾸 이럴까?'

머릿속에는 왜 이렇게 세상이 나를 힘들게 하는 것일까 하는 궁금증만 뱅글뱅글 맴돌고 있었다.

나는 빠르게 차를 몰아 마을을 벗어났다. 얼마 후, 오는 길에 보았던 '어두운 길'을 지나쳤고, 도무지 줄지 않는 빗줄기에 두려움은 더욱 커지고 있었다.

'저번에도 별일 없었잖아.'

스스로를 애써 위안하면서 속도를 더욱 올렸다. 핸들을 돌릴 때마다 끼이익— 소리가 들려왔고, 코란도는 빗길에 쓰러질 듯 몸을 흔들어대고 있었다. 내 몸속, 혹은 저 깊숙한 어디에서 이 비를 두려워하라고 말하는 것만 같았다.

한참을 달려 나는 도시로 진입하게 되었다. 비는 더욱 굵어져 차의 천장을 꿰뚫어 버릴 것만 같았다. 어디서 이런 비가 날마다 내리는지 빌어먹을 세상은 정말 단단히 고장이 난 모양이었다.
 이 커다란 도로에서 나와 같이 움직이는 것은 떨어지는 빗방울들뿐이었다. 다른 어떤 것들의 방해도 받지 않은 채 한참을 달리다 보니 휙휙 지나치는 저 빌딩들 중 하나를 냅다 들이받고 싶다는 생각도 들었다. 하지만 나는 곧 그 불길한 생각을 머릿속 저편으로 보내 버렸다. 나에게 필요한 것은 오직 믿음뿐이었다. 별일이 없을 것이라는 믿음, 할 수 있다는 믿음, 사라를 만날 수 있다는 그 믿음.
 그리고 얼마나 달렸을까, 빨리 가야 한다는 생각 때문에 잊고 있던 것이 아차 하고 떠올랐다. 그것은 바로 음식과 물이었다. 음식이야 참을 수 있다지만 물을 못 먹는 것은 상당히 고통스러운 일이었다. 나는 지친 코란도를 천천히 다루면서 잠시나마 버틸 수 있는 음식과 물을 찾기 위해 어두운 세상에 시선을 뿌렸다.
 멀리 편의점이 보였다. 그곳은 내가 며칠 전에 샌드위치와 책을 가지고 온 곳이었다. 아무래도 제대로 된 음식 따위는 사치임이 분명했다.
 나는 편의점 앞에 차를 멈추고, 시동을 걸어놓은 채로 급하게 내렸다. 비는 그 짧은 순간에도 어깨를 흥건히 적셨고, 신발 안으로도 물이 스며들어 왔다.
 편의점 문을 열자, 작은 종소리가 매장에 울리며 내가 오는 것을 누구에겐가 알리고 있었다. 번개가 쳐서 혹시나 매장 불이 꺼져 있지는 않을까 하는 걱정을 했지만 편의점의 불은 켜져 있었고, 시선을 한결 여유롭게 만들고 있었다. 나는 편의점 문 앞에 있던 노란 바구니를 들어 허기를 채울 수 있을 만한 음식들을 마구 집어넣었다.

그때 쾅 하는 천둥소리가 크게 들려왔다.

"젠장!"

매장 전체가 들썩거리는 것만 같았다. 그 소리가 꼭 나를 재촉하는 것만 같았다.

바구니에 대충 음식들을 챙긴 나는 밖으로 나가 차 뒷좌석에 그 바구니를 던져 버렸다. 그리고 다시 물을 가지러 가기 위해 매장으로 돌아왔다. 물은 품 안에 품을 수 있을 만큼의 최대 양을 가지고 와 음식 바구니 옆에 대충 놓았고, 혹시나 더 필요한 물건이 없는지를 살피기 위해 매장 안으로 또다시 들어섰다. 문득, 무엇인가에 쫓기고 있다는 기분이 들었다. 누군가 지체하는 나를 보면 가만두지 않을 것만 같은 그런 기분이었다.

잠시 매장을 둘러보다가 건전지와 부탄가스를 챙겨 차로 돌아왔다. 머리와 어깨는 물론이고 작은 시간 사이에 속옷까지 빗물에 흠뻑 젖어버렸다.

차에 올라탄 나는 조수석에 남은 물건을 내려놓고서 집으로 향하려고 했다. 몸도 마음도 젖어 쓰러지기 직전이었다.

"아, 맞다."

출발하기 직전 주머니에 손을 넣었다. 담배가 얼마나 남았는지를 알려고 한 것이었으나, 만져지는 것은 몇 개의 동전뿐이었다.

'어떻게 하지?'

잠시 고민이 있었지만 다시 차에서 내려 편의점 문을 열었다.

되는 대로 많이 가져가야겠다는 생각과 함께 카운터 뒤 담배들이 비치되어 있는 곳으로 이동했고, 나는 안쪽에 걸려 있는 검은 편의점 봉투를 뜯어 종류에 상관없이 담배를 넣었다.

정신이 하나도 없었다. 하지만 그 정신이 없는 순간, 머릿속에 노란 번개 하나가 치듯 이상한 점을 발견하게 되었다. 나는 그 이상한 것이 무엇인지 알기 위해 담배를 담는 것을 잠시 멈추고 카운터 주변을 급히 살폈다.

"어디에…… 간 거지?"

창밖으로 번쩍하고 번개가 쳤다. 나는 당황하고 있었다. 아니, 당황하기 직전이었다. 당황하고 싶지 않아서 카운터 주변을 살폈다. 없었다. 아무리 뒤져도 찾을 수가 없었다.

그때, 뒤에서 희미한 목소리가 들려왔다.

오…… 류예…… 요.

"누구야!"

급하게 고개를 돌려 주위를 살폈다. 매장 안에는 그 어떤 사람도 없었다. 잘못 들은 것일까? 하지만 언젠가 한 번 들었던 목소리 같았다. 나는 몇 번이나 주위를 둘러보고 매장 밖으로 고개를 내밀어 차가 있는 곳을 보았다. 하지만 사람은 없었다.

'무슨 소리였을까.'

궁금증은 오래 유지되지 못했다. 당장 내가 집중해야 할 것은 다른 곳에 있었기 때문이었다. 나는 다시 카운터로 돌아와 내가 잃어버린 물건을 찾으려 했다. 하지만 아무리 살펴도 보이지가 않았다.

사람이 없었으니 누가 가져가지도 않았을 것이다. 내가 아니면 편의점 문이 열릴 일이 없으니 어디론가 날아가 버릴 일도 없을 것이다.

"말도 안 돼······."

며칠 전, 책과 음식을 사고 카운터에 올려두었던 2만 원, 그 돈이 바람처럼 사라진 것이었다.

맑은 기계음과 함께 아파트의 문이 열렸다. 나는 온몸이 흥건히 젖은 채 집으로 들어왔다. 편의점에서 챙긴 물건들이 상당한지라 대부분은 차에 두고 오른쪽 손에는 두 통의 생수를, 왼쪽 손에는 몇 개의 인스턴트 음식과 담배를 담은 봉투를 들고 왔다. 나는 그것을 주방의 식탁에 올려두고 수건을 가지고 와 온몸의 물기를 닦아내었다.

그리곤 생각을 정리하기 시작했다. 머릿속은 복잡했다. 얽히고 얽혀서 풀리지 않는 매듭처럼 꽉 묶여 있었다. 그 편의점 카운터에 놓아두었던 내 돈이 없어졌다는 것, 그것은 단지 말처럼 잃어버렸구나 하고 끝낼 수 있는 이야기가 아니었다. 돈이 사라질 이유가 없었다. 누군가가 그 돈을 만지지 않았다면 말이다.

'문은 닫혀 있었고, 사람들은 없고, 동물도 없는데 대체 누가

돈을 가져간 걸까?'

아이러니하게도 그렇게 사람을 찾던 내가 두려워하고 있었다. 이미 스스로도 사람이 없는 세상이라 확신을 하고 있었던 모양이었다.

'왜 기쁘지 않은 걸까?'

아무리 생각해도 이해되지 않았다. 왜 내가 두려워해야만 하는 것인지 알 수가 없었다.

감기가 걸릴까 봐 축축하게 젖은 옷들을 벗고서 욕실로 향했다. 샤워기에서 따뜻한 물이 흘러 몸을 포근하게 안아주었다. 차가웠던 빗물이 몸에서 떨어져 나가는 것 같은 기분을 느끼며 조용히 손으로 얼굴을 감쌌다. 생각해야만 했다. 사라진 2만 원에 대한 행방을 추적해야 했다. 하지만 아무것도 떠오르지 않았다.

샤워를 하고서 편의점에서 챙겨온 물을 마셨다. 좀 차가웠지만 워낙 목이 말랐던 터라 생수병의 절반 정도를 입안으로 부어버렸다. 그리곤 추리닝을 챙겨 입고서 반쯤 남겨진 생수병과 함께 베란다로 향했다. 비는 그치지 않았다. 오히려 맹렬하게 지상으로 추락하고 있었다.

"하나, 둘, 셋."

나는 눈에 보이는 불빛들을 세어보았다. 가로등이 내는 빛이 약 10개, 맞은편 아파트 단지에 켜진 불이 4개 정도. 변한 것은 없었다. 더 꺼진 불도, 더 켜진 불도 없었다. 불 켜진 몇몇 곳에 사람이 있지는 않을까 생각을 해보지만 지나쳤던 방송국과 거리들을 생각하며 이내 고개를 흔들어 버렸다.

결국 조용히 커튼을 닫았다. 그리고 모든 것을 뒤로한 채 침실로 움직였다. 유일하게 나를 반기는 것은 침대 위에 놓인 〈로빈슨 크루소〉뿐이었다. 나는 침대 위에 누워 책을 폈다. 비는 매우 거칠게 내리고 있었고, 쉽게 그칠 것 같지 않았다. 비가 그칠 때까지는 이 책을 읽어야 할 것 같았다.

얼마나 읽었을까, 조금씩 잠이 오기 시작했다. 느슨하고, 따뜻한 바람이 몸을 감싸는 것만 같았다. 책이 내 손에서 톡 하고 떨어지는 것이 느껴지지만 멈추지도, 굳이 정신을 차려 책을 줍지도 않았다. 어떤 약을 먹은 것처럼 나는 그렇게 서서히 잠이 들어가고 있었다.

그때 작은 목소리가 들려왔다. 너무나 작은 목소리라 어렴풋이 느껴지기만 할 뿐이었다. 나는 허공에 대고 "뭐라고요?" 하고 물었다. 하지만 그것이 정말 내 입으로 말한 것인지, 아니면 마음속으로만 외친 것인지 알 수가 없었다. 눈을 작게 떠 시선을 고정하려고 하지만 오직 내 앞에는 하얀 빛 덩어리뿐이었다. 언젠가 들어본 목소리였다. 아니, 요즘 자꾸 내 귀에 들려왔던 목소리 같았다.

"이제 내가 당신을 구하러 갈게요……."

그 소리와 함께 나는 깊은 잠에 빠져들었다. 그리곤 기억하지 못했다.

8

 며칠이 흘렀다. 5월이 얼마 남지 않은 날이었고, 점심시간을 훌쩍 넘긴 오후였다. 나는 사라에게 전화를 걸었다. 그것은 습관이었다. 피아노 선율은 여전히 내 귀를 간질였다. 하지만 더 이상 그 음악은 나에게 감동으로 다가오지 않았다.
 나는 베란다로 향했다. 비는 여전히 내리고 있었다. 잠시 멈추는 것같이 줄어들다가도 어느새 두터운 폭우가 되었다. 밤낮으로 어두운 탓에 몇 시인지 알기 위해서는 벽에 걸려 있는 시계나 휴대폰을 보아야만 했다.
 밖으로 나가지 못한 나는 이미 〈로빈슨 크루소〉를 몇 번이나 반복해 읽었고, 사라의 작은 홈페이지에 많은 글을 남겼으며, 또 깊은 고민과 생각에 빠져 있었다. 하지만 그 어떤 것에도 명확한 답은 없었다. 나는 서서히 좁은 집 안에서 죽어가고 있었다. 사실, 나아갈 생각을 하지 않은 것은 아니었다. 좀 더 많은 음식을 가져와야만 했고, 사람을 찾아야 하기도 했으며, 사라의 집에도 가봐야 했다. 하지만 나갈 수가 없었다. 그것은 바로 바람처럼 사라진 돈 때문이었다. 저 비가 내리는 세상 어딘가에 그것을 손댄 이가 나를 바라보고 있는지도 몰랐다. 내가 나와서 빗속을 거닐기를, 그리고 쓰러지기를 바라고 있는 것만 같았다. 공포는 그렇게 다가와 나를 힘겹게 만들었다.

돈을 가져간 것이 평범한 사람일 수도 있었고, 나도 세상에 존재하는 어떤 이라도 만나고 싶어 했지만 이상하게도 두려움이 앞섰다. 이유는 알지 못했다. 나도 모르게 그것이 '인간'이 아닐지 모른다는 생각을 하고 있는 것 같았다. 용기가 없다고 스스로를 아무리 질책해 보아도 나는 조금도 나아가지 못했다.

내리는 비에 고개를 떨어뜨리고, 몸을 돌려 방으로 들어가려 했다. 해야 할 작은 일이 있었기 때문이었다.

그녀의 옷장 위에 놓여 있던 내 선물들처럼 내가 잠드는 침대 밑에도 그녀가 주었던 작은 추억들이 상자 안에 들어가 있었다. 오늘은 그것을 볼 생각이었다. 그녀가 주었던 편지, 사진, 작은 장난감 같은 물건들이 나를 부르고 있었다. 하지만 분명 그것을 다 본 후에는 쓰라린 외로움만이 남을 것이었다.

그때, 세상 밖으로 뿌려진 시선을 거두려 하자 무엇인가가 스치듯 느껴졌다. 나는 이내 다시 비가 내렸던 세상으로 시선을 건넸다.

"뭐, 뭐야."

저 멀리서 무엇인가가 반짝거리고 있었다. 언제나 봐왔던 열 몇 개의 불빛들 중 하나가 아니었다. 더 먼 곳에서 그것은 빛나고 있었다. 그냥 빛이 나고 있었다면 상관이 없었겠지만 그것은 잠시 꺼졌다가 다시 불을 밝혔다. 그리고 흔들렸다. 누군가에게 어떤 소식을 알리듯, 혹은 누군가가 그 빛을 봐주길 바라고 있는 것처럼 흔들리고 있었다.

잘못 본 것일까, 혹시나 기대가 만들어낸 신기루와 같은 환영은 아닐까. 하지만 그것은 분명 나를 향해 흔들리고 있었다. 아무리 눈을 껌뻑이고 다시 보아도, 고개를 흔들어 정신을 맑게 해서 보아도 그것은 맹렬히 흔들리고 있었다. 저 먼 곳에서 나를 향해 누군가가 손을 내밀고 있는 것이었다.

몸이 떨리고 있었다. 어떻게 행동해야 하는지 머리는 알고 있지만, 몸은 쉽게 행동에 옮기지 못하고 있었다. 그렇게 몇 초인가, 아니면 몇 분인가를 떨고만 있다가 나는 갑작스럽게 움직였다. 비를 뚫고서 저 빛을 찾아가기로 결심한 것이었다. 누군가가 저곳에서 나를 찾고 있었다.

나는 그렇게 두려워하던 비를 뚫고 코란도와 함께 달리기 시작했다. 확인해야만 했다. 더 이상 숨어 기다리거나 무서워할 수만은 없었다. 그것이 무엇이든 확인을 해야만 했다.

빛이 나오고 있던 건물은 집과 생각보다 그리 멀지 않은 곳에 위치했다. 나는 아직 꺼지지 않은 조그마한 불빛을 보면서 속도를 올리고 있었다. 빛은 조금 전보다 작아졌고, 또 흔들리는 움직임도 줄어들었지만 동네가 번화가와 다르게 어두웠던지라 무엇보다 뚜렷이 느껴졌다.

 기분 탓인지 비는 집에서 보았을 때보다 더욱 맹렬히 떨어지는 것 같았다. 긴장감은 배가 되었고, 갈아입었던 옷의 곳곳마다 땀이 배이기 시작했다.

 '제발, 내가 갈 때가지 그곳에 있어줘.'

 단지 그 생각뿐이었다. 다른 사람들은 있는지, 사람들을 사라지게 만든 것은 무엇인지, 편의점에 있던 돈은 어떻게 된 것인지와 같은 질문들은 모두 나중의 문제였다. 사람이 있다는 것, 그것을 확인하는 것만이 최선의 문제였다.

 나는 더욱 속도를 올렸다. 빗길이 미끄러웠지만 그것 따위는 전혀 신경 쓰이지 않았다. 그리 멀지 않았던 거리가 긴장감 때문에 멀어 보였고, 지나치는 나무들과 건물들을 보며 마치 제자리를 맴돌고 있는 것 같은 착각도 들었다.

 건물이 눈 안에 들어오자 나는 차를 세웠다. 바퀴와 도로가 마찰하는 소리는 내 귀와 온 세상에 울려 퍼졌다. 빛이 흔들렸던 곳은 6층 높이의 폐건물이었다.

 이런 곳이 있었던가? 건물 전신의 유리는 어린아이의 이빨이 빠진 것처럼 허전했고, 어두운 그림자가 건물 전체를 감싸고 있는 것 같았다. 오래되어 폐건물이 된 것인지, 아니면 공사 중인 건물인지는 확실히 알아보기가 힘들었다. 건물의 위쪽에서는 내가 찾아온 빛이 여전히 빛나고 있었다. 그 빛의 움직임이 유난히도 반가웠다. 나는 차에서 내려 그를 불렀다. 발밑으로는 질퍽거리는 흙이 느껴졌다.

"저기요! 어이!"

순간 빛이 맹렬히 흔들렸다. 하지만 대답은 들려오지 않았다. 나는 흔들리는 빛에 불안감을 느끼고 빠르게 건물 안으로 들어섰다.

위층으로 올라가기 위해서는 건물 안에 있는 계단을 통해야만 했다. 어두운 계단 하나하나가 커다란 어려움이 되었다. 앞이 보이지 않는 이곳에서 나는 몇 번이나 넘어질 것처럼 흔들리고 있었다. 왼쪽 발목이 시큰거렸다. 무리를 하자 전에 삐끗했던 발목마저 다시 아파오기 시작하는 모양이었다.

급한 마음에 주머니를 뒤졌다. 다행스럽게도 바지 안에는 몇 개의 동전들과 함께 작은 라이터가 있었다. 평소 깜빡하고, 사소한 것을 귀찮아하던 성격이 도움이 되는 순간이었다.

나는 라이터를 켜고 조심스레 계단을 올라섰다. 건물 안에는 문조차 존재하지 않았다. 라이터를 켜고 계단을 올라가면서 그 건물이 짓다가 만 건물이 아니라 오래되어 버려둔 건물이라는 것을 알게 되었다. 머릿속에 '오래된 건물'이라는 생각이 입력되자 나는 왠지 모를 오한에 몸서리를 쳤다. 공포심에 다리가 후들거렸지만 애써 발걸음을 재촉했고, 불빛이 보였던 층을 찾으며 올라서고 있었다.

5/4

벽에 그려진 숫자가 라이터 불빛에 나타났다. 몇 걸음만 더 올라서면 5층이었다. 언뜻 불빛이 보이던 층이 5층이나 6층쯤이었으니 이번 층에 누군가가 있을 가능성이 높았다.

"앗 뜨거!"

달궈진 라이터의 열기가 엄지손가락을 건드렸고, 갑작스러운 통증에 라이터를 떨어뜨리고야 말았다. 급한 마음이 들어 바닥에 손을 대고 더듬거렸지만 작은 라이터는 손에도, 눈에도 걸리지가 않았다.

더 이상 시간을 지체할 수가 없었다. 라이터는 잃어버렸지만 희미한 감각을 믿어보기로 하고서 천천히 계단을 다시 올라섰다. 한 발자국 한 발자국 올라설 때마다 두려운 감정은 커져갔다. 하지만 그 두려움 뒤로는 기대가 따라오고 있었다.

"저기요!"

계단을 몇 개 남겨두지 않았을 때였다. 두려운 마음에 혹시나 있을 사람을 불렀다. 크게 말을 했더니 두려움이 조금은 줄어드는 것 같았다.

나는 벽을 더듬으며 5층까지 완전히 올라서게 되었다. 천천히 오른쪽으로 돌자, 곧 손에 차가운 감촉이 느껴졌다. 미간을 구겨가며 집중해 보니 그것은 철문이었고, 그 아래에는 수북하게 종이들이 쌓여 있었다. 아무래도 고지서나 신문들인 것 같았다. 몇 걸음 옆으로 가자 문이 없는 공간이 눈에 들어왔다. 나는 잠시 그 앞에 멈춰 숨을 골랐다. 그리고 다시 걸음에 힘을 주었다. 바닥에는 비닐이나 박스 같은 것들이 버려져 있는지 자꾸만 발에 걸렸다.

투툭.

먼 곳에서 어떤 소리가 들려왔다. 떨어지는 빗소리에도 묻히지 않을 만큼 또렷한 소리였다. 무슨 소리였을까, 나는 희미한 시야를 안내자 삼아 소리가 들렸던 쪽으로 빠르게 움직였다.

내가 생각했던 것보다 그 공간은 매우 넓은 것 같았다. 안쪽으로 움직이자 잘 보이지 않았던 먼 곳에서 작은 빛이 흔들리고 있었다. 그리고 그 주위에 탁자로 보이는 많은 실루엣들이 눈에 들어왔다. 나는 양손을 뻗어 더듬거리며 앞으로 나아갔다. 작은 것 하나하나 놓치지 않으려고 노력했지만 잘 보이지 않는 터라 무엇을 놓치고 있는지조차 알 수가 없었다.

어느 정도 다가가서 보자 바닥에서 흔들리며 빛을 내고 있는 물건이 작은 손전등이라는 것을 알 수 있었다. 내가 보고 싶어 하는 것은 손전등이 아니라 손전등을 쥐고 나를 찾았을 사람이었다. 누군가가 저것을 들어 나를 불렀고, 나는 그 행동에 응답을 해 두려움을 이기고 이곳에 왔지만 그는 도무지 보이지가 않았다.

"저기요!"

역시나 대답은 들리지 않았다. 나는 아쉬운 한숨을 쉬고서 손전등을 향해 마저 걸음을 옮겼다.

그때였다.

무엇인가 옆구리를 '콕' 하고 찌르는 느낌이 들었다. 깜짝 놀라 고개를 돌리니 흐릿한 시야 사이로 뾰족한 물건이 보였다. 그것은 여전히 나를 향하고 있었고, 나는 기겁하며 손전등이 떨어져 있는 곳으로 냅다 몸을 날렸다. 주위의 탁자나 의자 같은 것들이 나와 부딪쳐 쓰러지며 우당탕 소리를 내었다. 재빨리 손전등을 들어 그쪽을 비추자 끝이 긴 막대기가 나타났다. 자세히 보니 그것은 당구장에서 쓰는 큐였다. 그 큐는 낡고 전혀 쓸 수 없을 것 같은 당구대 위에 놓여서 여전히 나를 노려보고 있었다.

"휴······."

나는 안도의 한숨을 내쉬며 손전등을 비추며 주위를 둘러보았다. 당구장은 아니었다. 당구대는 내가 지나쳐 온 하나만 있었고, 큐도 그것뿐이었다. 그 외에는 작은 식탁들이 놓여 있었고, 내가 몸을 날린 곳 뒤로는 작은 바가 존재했다. 이곳은 술집으로 쓰던 공간인 듯 했다.

긴장이 조금 풀리자 오른손을 들어 얼굴을 닦았다. 비와 땀으로 범벅되었던 시야가 조금은 넓어지는 것 같았고, 그제야 이곳저곳에 부딪친 통증들이 느껴졌다.

"저기요! 누구 없어요?"

통증에 신음 소리를 낼 여유조차 없었다. 목소리는 떨리고 있었다. 나도 모르는 공포심이 그렇게 만들었을 것이었다. 이 공포심을 애써 모르는 척하며 손전등을 들고 흔들었을 누군가를 찾았다. 아까 들렸던 딱딱한 소리는 분명 이 손전등이 떨어지며 낸 것이라고 생각되었다. 아무도 없는 바닥에서 이것이 굴러다닐 일은 없었기 때문이었다.

어째서 내가 찾는 사람이 이 손전등을 떨어뜨리고 피해 버렸는지 이해가 되지 않았다. '이해가 되지 않는 일'이라고 느끼자 순간 파르르 몸이 떨렸다. 누군가가 나를 이곳으로 부르기 위함이었다면, 단지 나를 집이 아닌 이곳으로 움직이게 만들 생각이었다면 나는 꼼짝 없이 함정에 걸린 것이기 때문이었다. 하지만 이내 고개를 흔들었다. 지금은 피하거나, 두려워할 때가 아니었다.

손전등의 주인이 빛을 흔들었을 창가로 시선이 움직였다. 원래는 커다란 창문들로 닫혀져 있어야 했지만 지금은 몇 개의 창문만 있을 뿐 그 세월을 짐작할 수 있는 모습이었다. 나는 유리가 없는 창문 쪽으로 향했다. 내리는 빗소리가 더욱 크게 들려왔다. 이곳에서 누군가가 손전등을 흔들었을 것이었다. 하지만 그 사람은 지금 이곳에 없는 것 같았다.

번쩍하고 번개가 저 멀리 어둠이 가득한 거리에 떨어졌다. 나는 이제는 포기하고 집으로 돌아가야 하는 것은 아닌가 하는 생각을 하기 시작했다. 하지만 그때 다시 나를 긴박하게 만드는 일이 생겼다.

쾅!

떨어진 번개를 따라 천둥소리가 뒤늦게 들려왔다. 그리고 다시 빗소리가 들렸다. 하지만 그 소리에 다른 소리가 더해졌다. 그것은 누군가가 비를 뚫고서 달려가는 소리였다.

나는 창밖으로 손전등을 내밀었다. 동그랗게 비추어지는 빛을 살짝살짝 걸치며 무엇인가 움직이고 있었다. 아니, 달아나고 있었다. 나는 그것이 사라지기 직전에야 간신히 빛으로 그 움직임의 끝을 향할 수 있었다.

그것은 하얀 비옷을 입은 사람이었다. 그는 어디론가 바삐 달려가고 있었다. 얼굴은 보이지 않았고, 옷에 달린 후드를 푸욱 눌러쓴 채 빠른 속도로 나와 멀어지고 있었다.

"저기요! 어이!"

내 소리를 듣고 그가 멈칫거렸다. 손전등의 빛도 그를 잠시 캐치할 수 있었다. 하지만 곧 다시 속도를 내며 어둠 속으로 사라져버렸다. 원체 가로등도 없이 어두운 곳이라 그의 모습은 금방 시야에서 사라지고 말았다. 남은 것은 어둠과 빗소리뿐이었다. 나는 그를 잡을 수 있지 않을까 하는 생각으로 계단을 통해 건물 밖으로 뛰어 내려갔다.

어두운 계단에 손전등을 비춰가며 빠른 속도로 내려오자 왼쪽 발목에 지끈거리는 통증이 다시 시작되었다. 계단에서 자꾸만 미끄러졌고, 또 넘어질 것만 같았다. 분명 위험하다는 생각이 머릿속에 떠오르고 있었지만 나는 멈춰 쉬거나 걷지 않았다.

건물 밖으로 나오자마자 비를 맞으면서 그가 사라진 쪽으로 달렸다. 그리고 손전등의 빛이 이곳저곳을 살폈다. 하지만 나나, 빛은 그를 다시 캐치하지 못했다.

"이봐! 멈추란 말이야!"

작은 희망이라도 유지하기 위해 그가 사라졌던 곳으로 계속 달려갔다. 궁금증을 해소시켜 줄 마지막 단서일지도 모른다는 생각이 온몸을 지배하고 있었다. 하지만 '조금만 더 다가가면, 조금만 더 다가가면.' 이라는 바람과 달리 곧 극심해진 왼쪽 발목의 통증이 일어났고, 나는 그 통증과 함께 때굴때굴 바닥을 구르고야 말았다. 통증과 추위, 그리고 이 허망한 상황에서 일어나려고 노력했다. 온몸은 바닥의 더럽고 질척거리는 흙들에 범벅이 되고야 말았다.

나는 절뚝거리며 차가 있는 곳으로 걸어왔다. 그리고 시동을 걸고서 그가 사라졌던 곳으로 다시 한 번 차를 움직였다. 헤드라이트가 근방의 거리를 비추며 그를 찾았지만 더 이상 움직이는 것은 떨어지는 비 이외에 아무것도 찾을 수가 없었다.

그는 나에게 일말의 희망만 남겨둔 채 사라지고 없었다. 어디로 가버렸을까. 나는 누구인지도 모르는 사람에게 버림을 받게 되었다.

"크으……."

집으로 돌아온 나는 차에 실어져 있던 음식과 물을 가지고 와 식탁에 내려놓았다. 발목의 통증이 심해져 입에서는 신음 소리가 흘러나왔다. 더러워진 옷을 벗고서 베란다 앞으로 향해 앉아 빨갛게 부어오른 왼쪽 발목을 어루만졌다. 단지 삐끗한 정도이기를 바라면서 발목을 좌우로 움직여 보았다. 하지만 곧 찌릿한 통증이 강하게 느껴지고 얼굴이 구겨졌다.

내 시선은 발목과 비가 내리는 베란다 밖을 번갈아가며 향하고 있었다. 혹시나 사라진 그가 다시 나를 찾고 있을지도 모르는 일이었다.

"왜 도망친 거지."

혼잣말이 빗속에 잠긴 집 안에 울렸다. 이해할 수가 없었다. 왜 그렇게 손전등을 흔들다가 내가 오자 숨어버린 것일까, 해답은 오직 그만이 알 것이었다.

베란다 밖에는 여전히 비가 떨어지고 있었다. 나는 빗소리가 점점 더 크게 들리는 것을 느낄 수 있었다. 내리는 비와 함께 어디선가 속삭이는 소리가 들리는 것 같았다. 또 그 어떤 것이 나를 바라보고 있는 것 같은 기분도 들었다.

미안해요…… 우린 신중해야 해요…… 미안해요…….

비 때문에 잘 들리지 않는 것인지, 아니면 정신이 어떻게 된 것인지 알 수가 없었다.

나는 절뚝거리면서 화장실로 향했다. 그리고 세면대 위 거울을 바라보았다. 거울에 비친 모습이 놀랍도록 초라해 보였다. 살이 붙어 좋아 보인다는 소리를 들었던 얼굴에는 까칠함만이 남아 있고, 피곤한 기색이 역력했다.

"후……."

한숨이 흘러나왔다. 이 상황을 어떻게 이해하고 헤쳐나가야 하는지에 대한 답이 나오지 않았다. 누군가 나를 격려해 준다면 모를까, 혼자서는 견디기가 힘들었다.

 욕조에 따뜻한 물을 한껏 틀어넣고 들어갔다. 발목의 통증도 조금씩 나아지는 것 같았다. 나는 잠시라도 이 힘들고 외로운 상황에서 벗어나길 바라며 차오른 물속으로 몸을 눕혔다. 그러자 그윽한 따뜻함이 느껴졌다. 예전에는 이런 따뜻함을 언제나 느낄 수 있었다. 사라의 작은 몸에 기대었을 때, 서로의 입술을 맞닿았을 때, 그리고 그녀를 품에 안고서 잠이 들었을 때.

 나는 오른손을 물 밖으로 꺼내 들어 보았다. 이 두텁고 못생긴 손에 사라의 손이 잡혀 있었다면 세상의 사람들이 없더라도 상관없지 않았을까 하는 생각이 지금 이 순간에도 들고 있었다.

 눈물이 날 것만 같았다. 나는 숨을 들이켜며 얼굴까지 모두 물 안으로 넣었다. 온몸에는 따뜻한 기운이 맴돌았지만 여전히 추웠다. 난 그것을 느끼면서 사라를 생각했다.

 "다 사랑하기 위함이다."

 얼마 전, 사라는 이 욕조 안에서 내 어깨를 부드럽게 주물러 주며 그렇게 말했었다. 나는 그녀의 질문에 고개를 반쯤 돌리며 물었다.

 "무슨 소리야?"

 "다 사랑하기 위함이다. 그대가 열심히 사는 이유도, 생각을 하는 이유도, 그렇게 힘들게 살아가는 이유도, 지금 이 순간도."

 사라는 그렇게 말하고 뒤에서 내 몸을 꼭 안았다. 그녀의 작은 가슴이 등에 살포시 닿았다.
"엄마가 말해준 거야."
그녀는 가장 가깝게 지내던 보육원의 수녀님에게 엄마라는 칭호를 사용하곤 했었다.
"멋있네, 그 말."
나는 몸을 완전히 돌려 사라를 바라보았다. 욕조에서 나오는 수증기가 그녀의 얼굴에 살포시 앉아 마음을 설레게 만들었다. 그녀는 내 눈을 응시하며 말했다.
"우리가 지나쳐 온 모든 것들이 다 사랑하기 위함이래. 오빠가 힘들었던 것도, 내가 힘들었던 것도. 그리고 우리가 앞으로 힘들게 될 것들 모두 다……."
"무슨 일 있어?"
"아니, 그냥…… 기분이 이상해서……."
그녀는 그렇게 말하고 나를 다시 꼭 끌어안았다.

커다란 숨소리를 내며 물 밖으로 몸을 일으켰다. 사라가 그날 느꼈던 이상한 기분이라는 것은 무엇이었을까, 어쩌면 이 상황을 예상했던 것은 아니었을까.
나는 손으로 얼굴에 묻은 물기를 대충 닦아내고 자리에서 일어섰다. 그리곤 온몸에 적셔진 물기를 말리지 않은 채 침실로 향했다.
몸에서는 물이 떨어지고 있었고, 나는 침대에 앉아 옆에 있는 작은 서랍을 열었다. 안에는 푸른 반지 케이스가 있었다. 그 케이스를 꺼내 열어보니 여전히 빛나는 반지가 주인의 손가락을 기다리고 있었다. 나는 그것을 꺼내어 만지작거렸다. 조금씩 복잡한 생각도 지워지는 것만 같았다.
 반지를 한참이나 만지작거리던 나는 그 행동을 멈추지 않고 그대로 침대에 몸을 눕혔다. 몸에 묻어 있는 물기 때문에 침대가 축축해지고 있었지만 크게 신경이 쓰이지는 않았다. 그저 눈을 감을 뿐이었다.

 "조금만 기다려요."

 귓가로 그런 속삼임이 들리는 것만 같았다.

9

사라와 친구가 되기로 한 그날 이후부터 우리는 작지만 소소한 만남을 이어가게 되었다.

물론 그것은 다른 모든 이들에게 비밀이었다. 사라와 나는 당시 친구 사이였지만 세상의 이목이 그렇게 단순하지 않다는 것을 알고 있었기 때문이었다. 하지만 정작 문제는 얼마의 시간이 흐른 뒤부터였다. 나는 어느 순간부터 애인이었던 은지의 연락을 피하게 되었고, 사라의 연락을 기다리고 있었다. 아니라고 말하면서도 그렇게 행동하는 나의 모습은 언제나 거울을 통해 보이기 마련이었다. 그것이 어떤 행동인지 알고 있음에도 나는 나의 행동과 마음을 모르는 척 태연하게 사라와 밥을 먹고, 차를 마시고 이야기를 나누며 하루하루를 지냈다. 사실 그때만큼은 선생님이라는 내 직업에 대한 열정도 식었던 때가 아닌가 싶었다.

 주말, 학교 일을 마치고 집으로 돌아온 나는 편안한 옷으로 갈아입고 잠시 휴식을 취했다. 창밖에는 부슬거리는 비가 종일 내리고 있었다. 봄비는 이틀에 한 번꼴로 내리고 있었지만 그리 싫지는 않았다. 아마도 사라 때문일 것이었다. 그녀는 비를 좋아했다. 그녀와 처음으로 단둘이 밥을 먹던 날, 그날도 오늘처럼 비가 왔다. 흐르는 비는 지나치는 사람들의 발걸음을 재촉하게 만들었고, 모든 옷자락에 스며들었다. 그때 우산이 없던 우리는 작은 레스토랑에서 밥을 먹고 쉽사리 밖으로 나서지 못했었다. 차를 멀리 주차해 놓은 터라 그곳까지 향하는 동안 그녀도 나도 흠뻑 젖어버릴 것만 같았기 때문이었다. 그 때문에 미간에는 주름이 생겼다. 짜증스러운 표정을 한껏 짓고 있던 나에게 사라는 말했다.
 "비 맞고 갈래요?"
 나는 이상하다는 얼굴을 하고서 그녀를 바라보았다.
 "왜?"
 사라는 어깨를 으쓱이면서 말했다.
 "그냥요. 비 내리는 거 싫어해요?"
 "대부분의 사람들이 그렇지 않을까?"
 "난 좋은데."
 나는 전보다 더 이상하다는 얼굴로 그녀에게 물었다.
 "왜?"
 나를 바라보던 그녀는 비가 떨어지는 거리로 시선을 보내며 말했다.
"그냥, 비가 오면 다 깨끗해지는 거 같잖아요. 더러운 것들도 쓸려 내려가고……."
"넌 정말 이상한 애야."
"에이, 그러지 말고 우리 달려가요."
"감기 걸릴지도 몰라."
그녀는 다시 어깨를 으쓱거렸다. 그리곤 내 손을 잡고서 거리로 뛰어나갔다. 우리는 그렇게 차까지 달려나갔다. 그 이후로 나는 비를 싫어하지 않게 되었다.

회상에 젖어 있는 사이, 바지 안에 들어 있던 휴대폰에서 강한 진동이 느껴졌다. 나는 주머니에서 휴대폰을 꺼내보았다. 은지에게 온 연락이었다. 한참이나 멍하니 휴대폰을 바라보다가 결국 받지 않았다. 왜일까? 역시나 정답을 알면서 모르는 척했다. 진동은 얼마 후에 멈추었다. 휴대폰 액정에는 부재중 전화가 남겨지게 되었고, 다른 생각은 지워 버리려는 듯 시계를 보았다. 시간은 오후 7시였다. 나는 담배와 지갑을 챙겼는지 확인을 하고 집 밖을 나섰다. 보육원으로 향해야 할 시간이 다가왔기 때문이었다.
8시 정도가 되었을 때 나는 보육원 앞에 도착해 그녀를 기다리기 시작했다. 언제나 그렇듯 약속 시간으로부터 10분 정도만 기다리면 사라가 나타날 것이었다.
비는 여전히 차 앞 유리에 떨어져 부서졌고, 잠시의 시간을 때

우기 위해 라디오를 켰다. 라디오에서는 채널마다 비에 관한 노래를 틀어주느라 바빠 보였다. 그중 내가 선택한 채널은 〈비처럼 음악처럼〉이라는 노래가 흘러나오는 곳이었다.

잠시 후, 노래의 마지막 추임새가 차 안 공기를 타고 흐르며 DJ가 사연을 읽기 시작했다. 사랑하는 사람과 비가 오는 날 헤어졌고, 그 사람이 그리워 이 음악을 틀어달라고 했다는 이야기였다.

라디오 1부가 끝이 나고 시간을 보니 8시 30분이었다. 그녀는 아직 나오지 않았다. 문자를 하나 보내볼까 하던 중에 멀려서 그녀가 달려나왔다.

"휴우……"

차 문을 열고 재빨리 올라탄 그녀는 손으로 머리와 어깨를 닦아내었다. 깨끗해 보인다고 생각했던 얼굴이 전보다 더욱 빛나 보였다.

"우산을 쓰고 나오지."

"괜찮아요. 오래 기다렸죠?"

"아니, 무슨 일 있었어?"

"선생님들이랑 이야기를 좀 하느라…… 독립하는 것 때문에요."

나는 놀랐다. 한없이 어려 보이는 이 아이가 홀로 독립한다며 말하는 것에 대한 놀라움이었다.

"독립? 갑자기 왜."

사라는 태연하게 말했다.

"이제 곧 성인이니까. 보통은 훨씬 이전에 나가곤 해요. 지금 보육원에도 제 또래는 없는 걸요."

"그래도…… 어디 갈 데라도 있어?"

"음, 알아봐야죠. 방학 때마다 아르바이트해서 모아둔 돈도 좀 있고, 선생님들도 도와주신다고 했고."

안쓰럽게 느껴졌다. 돕고 싶지만 무엇을 도와야 하는지 몰랐다. 내가 지금 할 수 있는 것은 그녀에게 따듯한 커피 한 잔을 사 주는 일밖에는 없는 것 같았다.

차를 몰아 근처에 있는 커피숍을 향하던 중 그녀가 말했다.

"이제 곧 어른이 된다는 거 정말 실감이 안 나요."

"다를 게 뭐 있나."

"그럴까요? 하지만 사람들이 보는 시선이 다르니까."

"그런가?"

잠시 대화에 공백이 생겼다. 차 위로 떨어지는 비만이 그 공백을 달래고 있었다. 부슬거리며 내렸던 비는 어느새 두터워졌고, 끄지 않은 라디오의 소리도 잘 들리지 않았다. 나는 한쪽 손으로 라디오를 껐다. 잠시 후, 그녀는 차 안의 공백을 깨뜨리듯 말을 뱉었다.

"그러고 보니, 선생님도 이제 얼마 안 남았네요."

"응?"

"학교 나오는 거 말이에요."

"아, 일주일 정도 남았지. 실습 끝나고도 자주 보자."

다시 공백이 생겼다. 그녀는 작게 한숨을 뱉었다. 그리고 말을 꺼냈다.
"제가 어른이 되고, 선생님이 제 선생님이 아니게 되면⋯⋯ 저를 조금은 여자로 봐줄려나."

나는 급하게 차를 멈추었다. 끼이익하는 소리가 선명히 들려왔다. 사라는 태연히 물어왔지만 그 내용은 전혀 그렇지 못했다. 그녀는 나의 갑작스러운 움직임을 무시하고 말을 이었다.

"하긴, 선생님한테는 애인이 있으니 안 되겠죠."

나는 사라를 보았다. 그녀는 아무렇지 않게 창밖을 바라보고 있었다.

"어떻게 알았어?"

"다른 교생 선생님이 그러던데요, 선생님한테 예쁜 애인이 있다고."

동기가 이야기한 모양이었다. 정적이 흘렀다. 어떻게 대답을 해야 할지 알 수가 없었다. 나는 당황하고 있었다. 어째서 일까, 어째서 이렇게도 혼란스러운 것일까.

그제야 지금까지 애써 미뤄왔던 마음에 정리가 필요하다는 것을 느끼기 시작했다. 감정이라는 것은 내가 피한다고 피해지는 게 아니라는 것과 숨긴다고 숨겨지는 게 아니라는 것을 알아가고 있는 중이었다.

은지를 사랑하느냐고 묻는다면 '그건 잘 모르겠는데.'라고 말해야 했다. 나는 사랑하는 것이 무엇인지 모르니까. 그런 건 고아원에서 다 잊어버렸으니까. 하지만 혹시 사라를 사랑하느냐고 묻는다면 뭐라고 말해야 할까.

그때 빵빵거리는 소리가 뒤에서 들려왔다. 나는 정신을 차리고 천천히 차를 움직였다. 힐끔거리며 사라를 보았더니 그녀는 창밖에 내리는 비만 쳐다볼 뿐이었다.

우리는 도심 외각의 작은 카페로 향해 따뜻한 커피를 마셨다. 하지만 평소와는 다르게 조용하기만 했다. 오직 창가를 통해 빗소리만 들려오고 있었다. 사라도 나도 아무런 말을 할 수가 없었다.
얼마나 지났을까, 비가 서서히 줄어들 때쯤에 사라가 앞에 놓인 잔을 만지작거리면서 내게 말했다.
"제가 너무 이상한 말을 했죠?"
"응?"
"괜히 그런 말은 해가지고……."
나는 손사래를 쳤다.
"아니야, 그런 거 아니야."
그리고는 다시 침묵했다. 비는 그쳤고, 카페 지붕에서만 물이 뚝뚝 떨어지고 있었다. 시간이 흐르고 각자의 집으로 돌아가야 할 때가 되었을 때가 돼서야 사라는 말을 꺼냈다.
"어쩌면 제 욕심이겠죠. 하지만 숨길 수가 없는걸요."
앞뒤 없이 꺼낸 말이지만 이해하는데 어렵지는 않았다. 그리고 그녀가 꺼낸 숨길 수 없다는 말에 머리가 개운해졌다.
그렇게 내가 정확히 무엇을 해야 되는지 알게 된 것이었다.

10

쳐벅 쳐벅—

 축축한 발걸음 소리가 또다시 고요한 아파트의 새벽을 적셨다. 나는 그 소리를 열쇠 삼아 잠에서 살짝 깨어났다. 하지만 몽롱한 기분에 내가 잠에서 깨어난 것인지, 아니면 꿈을 꾸고 있는 것인지조차 알기가 힘들었다.
 빗물에 젖은 발걸음 소리가 계속해 들려오고, 정신도 천천히 돌아오기 시작했다. 언제부턴가, 그러니까 폐건물을 다녀온 후로 밤이 되면 이 소리가 들려왔다. 처음에는 그 소리가 반갑게 느껴졌으나 자꾸만 그 젖은 소리가 거슬렸다.
 '며칠간 비가 안 왔는데…….'
 공포가 느껴졌다. 어째서 밤마다 들려오는 발걸음 소리는 젖어 있을까, 그리고 왜 귀로 생생히 들려올까. 그 소리는 아파트 전 층에 울리고 있었다. 힐끔거리며 눈을 떠 창밖을 바라보았지만 비는 오고 있지 않았다. 하지만 눈을 감으면 빗소리가 들리는 듯했다. 그리고 빗물 사이를 걷는 듯 질퍽거리는 발걸음 소리가 귓가 주변에 맴돌았다. 때때로 그 소리는 바로 천장 위에서 들려왔고, 아래층에서 울려왔고, 내 이불자락 안에서도 들려왔다.

쳐벅 쳐벅—

내가 할 수 있는 일은 그저 덮고 있던 이불을 단단히 붙잡는 것뿐이었다.

비가 그친 이후로도 집 안에서 며칠을 더 쉬어야만 했다. 발목의 통증도 그랬지만 비가 그친 그날부터 누군가 나를 주시하고 있다는 느낌을 강하게 받았기 때문이었다. 단지 느낌 때문만은 아니었다. 새벽녘 나를 깨우는 젖은 발걸음 소리, 베란다 밖에서 느껴지는 작은 시선들, 그리고 귓속으로 스며드는 어떤 속삭임들은 누군가 분명 나를 주시하고 있다는 것을 알 수 있게 해주었다. 어젯밤도 그랬다. 진흙에 한껏 담근 것 같은 발걸음 소리가 고요함에 절여진 아파트를 깨웠다. 시간은 0시 28분, 그 소리는 우리

집 앞까지 다가와서 나를 크게 흔들고는 사라졌다.
　아침에 일어난 나는 커튼을 살짝 걷어보았다. 최근 비가 오지 않았다는 이유만으로도 마음이 안정되는 것 같았다. 밝은 햇살이 살짝 걷어진 커튼 사이로 나를 비추지만 예전처럼 밖으로 나아갈 생각은 하지 못하고 있었다. 아마도 그 발걸음 소리 때문일 것이었다.
　나는 커튼을 닫고서 소파에 앉아 발목을 들어 이리저리 돌려보았다. 아직 잔 통증은 남아 있지만 움직이는 데에는 거의 무리가 없었다. 오늘 밤이라면 가능할 것만 같았다. 그 소리의 진원지를 찾는 일, 그 발걸음 소리의 주인공을 잡고서 앞으로 전진하는 일을 오늘 하기로 마음먹은 것이었다.
　단지 발목의 통증 때문에 일을 미룬 것은 아니었다. 그 소리의 주인이 누구인지 알아내는 것은 사실 두려운 일이었다. 밤마다 이를 갈았다고 하면 맞는 표현일까, 두려움만 간직한 채로 지낼 수는 없었다.
　냉장고에서 소시지를 꺼내 입에 물었다. 차가운 감촉만이 혀에 느껴졌다. 언제부턴가 음식을 전자레인지에 돌리지 않았다. 이미 음식은 나에게 즐거움을 주는 것이 아닌, 단지 섭취의 의미만을 갖고 있기 때문이었다.
　'저녁이 올 때까지 무얼 하고 있을까.'
　요 며칠 동안 항상 고민하던 것이었다. 하루 종일 집 안에 있으려니까 무섭거나, 외롭거나 혹은 무료하기만 했다. 사라가 내 홈페이지에 남겨두었던 글을 읽다가 울고, 그녀가 남겼던 편지

들을 읽다가 울고, 그녀의 생각을 하다가 울고, 그녀가 좋아했던 음악을 듣다가 울고. 이것이 발목이 나을 때까지 내가 한 일의 전부였다. 이젠 눈물도 말라 입으로만 흐느끼며, 남겨진 그녀의 자취를 붙잡고 있었다. 그러다 문득 젖은 걸음의 주인을 잡으면 조금은 그녀나 사람들의 행방을 알 수 있지 않을까 하는 생각이 들었다.

나는 컴퓨터를 켜고 그녀의 홈페이지에 짧은 글을 남겼다. 답이 없을 것은 분명했다. 하지만 그것은 이제 중요하지 않았다.

발목의 통증이 나아가고 있어. 그래, 이건 분명 좋은 일이지. 하지만 다른 일이 생겼어. 어떤 소리가 들려오고 있는 거야. 오늘 나는 그것을 만날 생각이야. 사람인지 아닌지를 알 수 있겠지. 그 사람을 만나면 조금은 너에 대한 소식을 들을 수 있을까?

재밌는 건, 그 존재를 내가 두려워하면서도 기대하고 있다는 거야. 그 진흙을 밟는 것 같은 소리가 '어떤 존재'가 아니라면 나는 슬플 거야. 두려워하면서도 꼭 만나야 한다는 생각을 하고 있는 거지. 물론, 이것은 오직 네 소식을 듣기 위해서야. 오직 네 소식을 위해서.

나에게 용기를 줘. 그리고 네게 다가갈 수 있는 힘을 줘.

그리고 컴퓨터를 껐다. 나는 〈로빈슨 크루소〉를 다시 읽을까 하다가 이내 방에 있는 그녀의 편지들을 떠올렸다.

방으로 향하는 도중에 베란다 밖을 보았더니 세상의 고요함이

숨이 막힐 만큼 거대해 보였다.

　잠깐 잠이 들었다가 눈을 떠보니 자정이 되기에는 조금 아쉬운 시간이었다. 손에는 사라가 교생실습의 마지막 날에 주었던 편지가 들려 있었다. 잠이 많아지고 있었다. 누워 버리고 그녀를 상상하고, 혹은 어떤 생각을 할 때면 어김없이 잠이 들었다.
　슬픈 감정이라는 것은 사람을 힘들고 지치게 만들었다. 나는 눈을 비비며 자리에서 일어나 피곤을 날려 버리듯 크게 기지개를 켰다.
　"아아……."
　순간 머리가 핑— 하고 돌면서 몸이 휘청거렸다. 요즘 기지개만 켜면 머리가 어지럽더니 오늘은 더 심하게 느껴지는 것 같았다.
　'먹는 게 시원찮았나 보네.'
　소시지 같은 인스턴트 음식 따위로는 양이 차지 않는 모양이었다. 나는 냉장고로 향해 물을 꺼냈다. 시원한 물을 마시니 정신이 깨어나는 것 같았다. 오늘 밤에 잘 것까지 몽땅 자버린 듯싶었다. 어쩌면 다행인지도 모를 일이었다. 오늘 밤은 잠이 들지 않아야 했다.
　나는 잠을 완전히 몰아내기 위해 목을 이리저리 움직였다. 그리곤 식탁에 놓인 담배를 입에 문 채 화장실로 향했다.
　담배 연기가 입을 통해 몸속으로 빨려 들어갔다. 연기가 몸 곳곳을 맴돌면 그나마 나는 마음의 안정을 찾았다. 그것은 좋지 않은 현상이었다. 고작 담배로 안정을 찾다니, 너무나 서글픈 일이었다. 아마 그녀가 없기 때문일 것이었다. 난 화장실 변기에 앉아 어울리지 않게 사라를 원망했다.

'사라만 있었더라면.'

몇 번이고 생각한 것이었다. 그녀만 있었더라면 이렇게 초췌한 모습으로 울고 있을 일도, 그녀의 편지와 함께 잠들 일도, 잠에서 깨어나 꿈에서라도 그녀의 모습을 보지 못했던 것을 아쉬워하는 일도 없었을 것이었다.

'처량하게 담배를 물고 이런 생각도 안 했겠지.'

아직도 눈물이 남았는지 코끝이 찡했다. 약해져 봐야 나만 힘이 든다는 것을 알면서도 이렇게 슬픔 속에 빠져 허우적대고 있었다.

쳐벅 쳐벅—

허우적거리는 나를 어떤 소리가 끄집어 올렸다. 물기를 잔뜩 머금은 소리, 어둠을 걷는 오묘한 소리. 나는 변기에서 일어나 화장실 문을 조용히 열고서 시계를 바라보았다. 시간은 0시 13분. 오늘도 어김없이 그 소리가 들려왔다. 나는 방으로 향해 청바지를 입고 벨트를 꽉 조였다. 더 이상 두려워하며 이불만 붙잡고 있을 수는 없는 일이었다.

쳐벅 쳐벅—

"보채지 마라. 금방 간다."

나는 식탁 위에 올려 있던 손전등을 들고서 밖으로 나섰다. 그것은 폐건물에서 가지고 온 것이었다.

최근 얼마 동안 본 빛이라고는 잠깐 바라본 아침 햇살, 커튼을 뚫고 들어오는 약한 빛, 컴퓨터 모니터 정도인지라 유난히 손전등에서 나오는 불빛이 과하게 느껴졌다. 나는 혹시나 불빛을 보고 소리의 주인이 사라지지는 않을까 하는 생각에 전원버튼을 켰다가 다시 끄기를 반복하며 걸음에 힘을 주었다.

소리는 항상 누군가가 귀에 속삭이듯 가까이서 들려왔고, 그것은 발걸음의 주인이 내 주변에서 맴돌았다는 것을 알게 했다. 그가 오기까지 기다리는 것보다 직접 찾아 나서는 것이 낫겠다는 생각이 들었다. 나는 먼저 내가 사는 곳의 복도를 쭉 훑어보고서 계단으로 한 층씩 내려가며 살피기 시작했다.

쳐벅 쳐벅—

발걸음 소리는 들리지만 그 소리가 가까워지는 것인지, 멀어지는 것인지는 알기가 힘들었다. 상식적으로 이해가 되지 않지만 그 소리는 마치 바로 옆에서 들리는 것 같다가도, 한참 멀리서 울리는 것 같기도 했다. 나는 바로 아래층에서 손전등을 비춰가며 천천히 복도를 거닐었다.

손전등을 켜서 아파트 복도를 비춰보았다. 원래라면 복도 끝까지 향할 것이라 생각한 불빛이 중간쯤에서 뚝 끊어지며 더 이상 나아가질 못했다.

쳐벅 쳐벅—

소리는 점점 더 가까워졌다. 아마 그 존재는 나와 같은 층에 있는 모양이었다. 발걸음 소리를 들어보면 곧 마주칠 것 같았다. 하지만 소리가 가까워지는 방향으로 손전등을 비추어도 불빛에는 아무것도 잡히지 않았고, 서늘한 바람만 휑하니 불어왔다.
 그사이 '쳐벅.' 하는 걸음 소리가 또다시 들려왔다. 그 소리는 마치 내 옆을 지나치고 있는 것만 같았다. 귀를 스쳐 가듯 들리는 소리는 나를 극도로 불안하게 만들었다. 하지만 여전히 손전등의 불빛에는 아무것도 비춰지지 않았다.
 '어디에 있는 거지?'
 어둠만 가득한 8층 복도, 나는 혹시나 하는 생각과 함께 고개를 들어 위층으로 시선을 건넸다. 그리고 들려오는 발걸음 소리에 집중했다.
 '젠장!'
 귀를 스쳐 가는 소리, 그 소리는 바로 내가 서 있는 곳이 아니라 내 머리 위에서 들리는 것이었다. 발걸음의 주인은 아마도 내 집 앞을 지나고 있는 모양이었다. 그 존재는 언제나 그렇듯 내가 잠든 곳 주변을 서성이고 있었다.
 나는 최대한 숨을 죽이며 계단을 올랐다. 혹시나 그가 달아날까 봐 손전등을 끄고 9층 복도로 고개를 살짝 내밀었다.

'사람인가?'

처음에 든 생각은 그것이었다. 눈이 어느 정도 어둠에 익숙해지긴 했지만 정확히 보이지가 않았다. 어떤 검은 존재가 집 앞에서 꿈틀거리며 움직이고 있었다. 얼굴도, 제대로 된 형체도 보이지 않아 나는 그것이 인간인지 아닌지조차 구분할 수가 없었다.

'지금 달리면 잡을 수 있을까?'

관심사는 그것뿐이었다. 저것을 잡아서 무엇인지 보는 것, 그리고 묻는 것.

어떤 행동을 하는 중인지 살피지만 역시나 정확하게 보이지 않았다. 그저 조금씩 꿈틀거릴 뿐이었다. 나는 손전등을 단단히 쥐었다. 여차하면 달려서 잡을 셈이었다.

'미치겠네.'

긴장감을 견디기가 너무나 힘들었다. 무거운 공기가 어깨를 짓눌러 뼈마디가 저려왔고, 바라보고 있는 것만으로도 온몸에 힘이 빠지는 것을 느꼈다. 적어도 그것이 무엇을 하는지라도 알 수 있다면 좋으련만, 그저 꿈틀거리는 모습만 보일 뿐이었다.

쳐벅 쳐벅―

그 존재는 천천히 움직이기 시작했다. 그리고 특유의 발걸음 소리를 내기 시작했다. 걸음이 향하는 방향은 내가 있는 계단이었다.

나는 내가 있는 곳으로 올 때까지 숨어서 기다리기로 마음을 먹었다. 반 층 위로 올라가 시선을 그 존재가 올 통로에 고정시키고, 꺼진 손전등을 가지고 있던 손에 힘을 주었다.

쳐벅 쳐벅— 쳐벅 쳐벅—

소리가 점점 커지고 있었다. 축축한 발걸음, 비가 내린 진흙길을 밟고 다니는 듯한 소리가 아파트에 전체에 울리고 있었다. 저 소리 때문에 며칠 동안 두려움에 떨었던 것이 떠올랐다. 손전등을 쥐고 있는 손에는 흥건한 땀이 배어 나왔다.

쳐벅…… 쳐벅.

모습은 보이지 않았지만 나는 그것이 내 바로 앞까지 다가왔다는 것을 소리로 알 수 있었다. 하지만 갑자기 발걸음 소리가 멈추었다.
'어째서일까?'
나는 속으로 그런 질문을 하며 잠시도 놓치지 않으려는 듯이 눈을 크게 떴다.

쳐벅…….

걸음을 떼는 작은 소리가 들렸다. 언뜻 옷자락 같은 것이 보이는 것 같았다. 이제 그 존재의 얼굴을 볼 수 있으리라, 조그마한 힌트 한 조각을 찾을 수 있으리라 하는 기대가 생겼다.

"어? 이봐!"

나는 그렇게 외쳤다. 작게 한 걸음을 떼었던 것은 달리기 위한 준비 동작인 모양이었다. 그것은 이내 놀라울 만큼 빠른 속도로 통로를 지났고, 곧 속도를 유지해 계단으로 뛰어 내려갔다. 그 움직임은 마치 날아가는 것과 같았다. 따라 잡기 위해 나도 다리에 힘을 주었다.

'어떻게 알았지?'

분명 보통 사람은 아니라고 생각했다. 나는 계단을 미끄러지듯이 내려갔다. 하지만 그는 나보다 훨씬 날랬고, 빠른 속도로 벗어나려 하고 있었다.

"거기 서!"

그렇게 말하는 순간, 나는 삐끗거리며 허공을 밟게 되었다. 그 존재가 날 듯 계단을 달려가는 것과는 전혀 다른 모습이었다. 부상이 있었던 왼쪽 발목이 다시 말썽을 부렸는지, 아니면 두려움에 계단을 잘못 밟은 탓인지 알 수가 없었다. 원체 빠르게 내려가고 있던 중이라 몸이 붕 하고 허공에 떴고, 나는 곧 손전등과 함께 바닥에 곤두박질쳤다. 등부터 바닥에 떨어지면서 쿵 하는 소리가 아파트에 울려 퍼졌다. 입에서는 "악!" 하는 단발의 비명이 터져 나왔다.

"젠……장."

숨을 쉬기가 힘들었고, 온몸에는 번개를 맞은 듯 저릿한 통증이 가득했다. 언젠가 보았던 TV의 지지직거리는 화면처럼 시야는 흐릿했고, 정신은 모래성처럼 부스러지고 있었다. 무너지고 있는 정신을 양손으로 모아 쌓아보지만 세상은 자꾸만 아득해지기만 하고 있었다.

그때,

흐릿한 시야로 도망가던 그가 보였다. 자신의 몸보다 커 보이는 나이키 추리닝을 입고 있었고, 무심한 얼굴과 눈으로 정신이 흐트러지는 나를 바라보고 있었다.

"잠깐만…… 당신……."

꼭 어디선가 본 듯한 얼굴이었다. 나는 생각했다.

'저 얼굴이 누구더라, 어디서 보았더라.'

이내 그 얼굴이 누구인지 알게 되었다.

다름 아닌 내 얼굴이었다. 정확히 말하자면 많이 초췌해진 지금의 내가 아니라 예전의 내 모습 같았다.

'어째서 나와 같은 얼굴을 하고 있을까?'

나는 오랫동안 그 궁금증을 이어갈 수 없었고, 앞에 있는 그에게 물을 수도 없었다. 정신은 이미 모을 수 없을 만큼 흩어져 버린 후였다.

바닥의 한기가 등으로 느껴졌다. 눈꺼풀은 점점 더 무거워지고 있었고, 눈에 보이는 것들은 연기가 되어 사라지고 있었다. 그때까지 내 얼굴을 하고 있는 그는 나를 멍하니 바라보기만 했다.

❖

　시야를 뒤덮었던 눈꺼풀이 뻐끔거리며 움직이기 시작했다. 계단 사이 복도에 놓인 창문으로 옅은 빛이 들어왔다. 아침이 와버린 것 같았다.
　숨통이 트이고 있지만 당장 몸을 움직일 수는 없었다. 처음에는 손가락부터 시작해서 목, 허리, 그리고 발목을 움직이자 감각이 서서히 돌아왔다.
　계단에서 굴러 넘어질 때는 죽겠구나 싶었는데 온몸이 무너질 것처럼 아픈 것을 제외하면 그렇게 크게 부러지거나 한 곳은 없는 것 같았다. 하지만 기절이라니, 너무나 좋지 않은 상황에 일어난 일에 나는 한숨을 크게 내쉬었다.
　살짝 기지개를 켜려는데 등에서 묵직한 통증이 느껴졌다. 단순한 근육통이기를 바라면서 등을 굽혀 천천히 움직였다. 그래도 다행인 것은 발목의 상태가 생각보다 괜찮다는 것이었다. 온몸이 다 부러질 듯 아팠지만 결국은 큰 이상은 없다는 것에 애써 위안을 삼으며 나는 어제 일을 생각해 보았다.
　흐릿한 시야였지만 그것은 나의 모습을 하고 있었다. 전체적인 모습은 내가 아닌 것 같았지만 적어도 얼굴만큼은 비슷한 것 같았다. 마치 내가 나를 바라보는 것 같은 기분이 들었었다.
　시야를 계단 아래로 돌리자 그곳에 떨어진 손전등이 있었다. 손전등의 상태는 생각보다 멀쩡했다. 하지만 스위치를 눌러도 불은 들어오지 않았다. 나는 손전등을 들고 힘겹게 계단을 밟아 집으로 향했다.

집에 도착해 싱크대에서 대충 세수를 했다. 의자에 걸려 있는 수건으로 얼굴을 닦은 다음 식탁에 앉아 손전등을 살펴보았다.
"이게 뭐야."
작동이 되지 않는 손전등의 건전지를 다시 끼워볼까 하는 생각으로 손전등 밑을 돌려 열어보았다. 그리고 건전지를 꺼내던 중에 그 안에 꼬깃꼬깃 어떤 종이가 접혀 있는 것을 발견하게 되었다. 종이를 꺼내 펴보니 짧은 글이 적혀 있었다.

손전등을 주었던 곳으로.
늦으면 모든 것이 수포로 돌아갈 수 있으니
다른 생각하지 말고 곧장 올 것.
당장, 지금 당장 올 것.

메시지였다. 순간 어제 나와 닮았던 그 존재가 남겼나 하는 생각이 들었다. 하지만 종이의 모습은 꼬깃꼬깃하고 더러워 오래전부터 손전등 안에서 자리 잡고 있던 것처럼 보였다.
'당장, 지금 당장 올 것.'
'늦으면 모든 것이 수포로.'
이해가 되지 않았다. 내게 쪽지를 남긴 이는 무엇인가에 쫓기고 있는 것 같았다. 하지만 이 작은 쪽지의 내용만을 따라 밖으로 나설 수는 없었다. 아직 내 안의 혼란은 정리되지 않은 상태였다.

베란다 밖으로 시선을 보냈더니 밝은 햇살이 가득했다. 주머니의 휴대폰을 꺼내 시간을 보았더니 8시 10분이었다.

나는 쪽지를 손에 쥔 채로 거실을 어슬렁거렸다. 혼란을 정리하기 위함이었다. 하지만 그것은 쉽게 정리되지 않았다. 모든 것은 혼란 그 자체로 남겨져 있었고, 거실을 어슬렁거리는 발걸음을 무겁게 만들었다.

그때, 스치듯 컴퓨터 전원 버튼의 불빛이 눈에 들어왔다. 분명 평소라면 대수롭지 않게 넘어갈 수 있는 상황이었지만 나는 의아해하고 있었다.

"분명 컴퓨터를 꺼놨었는데……."

손에 쪽지를 쥔 채로 컴퓨터로 향했다. 그리고 마우스를 건드렸다. 모니터는 사라져 있던 화면을 나에게 보여주었다. 화면 속에는 내 개인 홈페이지의 창이 떠 있었다. 궁금증은 더욱 커지고야 말았다. 홈페이지의 방명록 위해 그려진 'N'이라는 글자 때문이었다.

나는 떨리는 마음으로 방명록을 클릭했다. 그리고 그곳에 남겨진 글을 보게 되었다. 그 글을 남긴 사람은 다름 아닌 사라였다.

뭐 하는 거야! 당장 움직이란 말이야!

더 이상 지체할 필요가 없었다. 사라가 나에게 움직이라 말하고 있었다. 그렇다면 내 손에 쥐어져 있는 쪽지도 그녀가 남긴 것일까? 확신할 수는 없었다. 쪽지에 적힌 글씨체가 그녀의 것이 아니었기 때문이었다. 나는 차 열쇠를 챙기고서 빠르게 움직였다. 등에서 느껴지는 통증은 아무런 문제가 되지 않았다. 나는 그렇게 햇살이 비추는 세상으로 나아가기 시작했다.

11

 세상이 적막한 만큼 코란도의 엔진 소리도 더욱 우렁차게 느껴졌다. 그 소리가 떨고 있는 나를 조금이나마 달래주었다.
 나는 속도를 올려 손전등을 주웠던 폐건물로 가고 있었다. 전에 왔을 때와는 다르게 햇살이 온 세상을 비추고 있었다.
 이 길의 끝에 무엇이 있을지 그 건물로 가면 알 수 있을 것 같았다. 아마 어제 도망쳤던 그 사람이 그곳에 있을지도 모르는 일이었다. 전혀 연관성이 없어 보이는 이 일들과 그들, 대체 어떻게 된 것인지 복잡하고 궁금했다.
 차가 없는 도로에서 그곳까지 가는 시간은 얼마 걸리지 않았다. 이제는 이 적막하고 심심한 세상이 익숙하게 느껴지는 것 같아 기분이 이상했다.
 나는 차를 멈추고 100미터 정도밖에 남지 않은 폐건물을 바라보았다. 그리고 주머니에서 쪽지를 꺼내 다시 읽었다. 아무런 생각도 하지 말고 오라고 적혀 있었지만 어찌 그럴 수 있을까 싶었다. 하지만 난 알고 있었다. 내가 여기서 무슨 생각을 얼마 동안 하던 결국 저곳으로 향하게 되어 있다는 것을.

시동을 끄고서 쪽지를 다시 주머니에 넣었다. 걸어갈 생각이었다. 차 문을 열고 땅에 발을 내딛자 딱딱한 감촉이 얇은 신발 밑창을 통해 전해졌다. 며칠 동안 비가 오지 않아 땅이 단단해진 모양이었다.

첫 번째 걸음을 내딛었다. 만감이 교차했다. 나는 숨을 크게 들이쉬고는 성큼성큼 걸어나갔다. 이 세상의 끝을, 그리고 사라를 보기 위함이었다.

건물 앞에 섰을 때 날씨가 점점 어두워지는 것을 느낄 수 있었다. 고작 짧은 시간에 이렇게 우울한 날씨가 되어버리다니, 역시 세상은 제정신이 아닌 것 같았다.

나는 건물 주변을 두리번거렸다.

"저기요! 사라야!"

건물로 들어가며 위에 있을 누군가를 불렀다. 건물의 창문은 대부분 부서졌기 때문에 누군가 있다면 그 소리를 분명 들을 수 있을 것만 같았다. 하지만 아무런 대답이 없었다.

'뭐지? 아무도 없는 건가.'

쪽지가 이미 손전등 안에 들어 있었다면 일주일 정도 전에 나에게 전달하려고 했을 것이었다. 이 쪽지를 준 사람이 나를 기다리다가 포기했을 수도 있다고 생각했다. 그렇다면 사라는 어떻게 된 것일까.

　나는 모든 질문을 뒤로한 채 천천히 계단에 올랐다. 그날 저녁처럼 벽을 더듬으며 힘들게 올라갈 필요도 없었고, 발을 헛딛을 걱정도 할 필요가 없었다. 나는 최대한 느긋한 척, 긴장하지 않은 척하며 발걸음에 힘을 주었다.

　잠시 후, 벽에 적힌 '5/4'라는 숫자가 눈에 들어왔다. 5층을 올라서기 직전에 바닥에서 내가 떨어뜨렸던 라이터를 발견했다. 그날의 두려움이 새록새록 다시 떠오를 것만 같았다. 5층으로 올라선 나는 얼굴만 살짝 내밀어 누가 있는지 살폈다. 하지만 아무도 없었다. 어쩌면 안쪽에 있을지도 모른다는 생각에 나는 조용히 그 누군가를 부르면서 문이 열려 있는 공간 안으로 몸을 들였다.

　"저기요……."

　내 소리는 원래 창문이 있어야 할 자리로 힘없이 흘러나갈 뿐이었다. 대답하는 것이라고는 '와지직.' 소리를 내며 부서지는 발밑 유리조각뿐이었다. 안쪽까지 들어서자 나를 찔렀던 큐와 테이블들이 보였다. 그리고는 아무도 없었다. 쪽지를 남겼던 사람은 날 버리고 가버린 것일까, 또 사라는 어떻게 된 것일까.

　투투둑.

　들려오는 소리에 밖으로 시선을 움직였다. 구멍이 뚫린 창가 밖으로는 조금씩 빗방울이 떨어지고 있었다. 나는 세상이 미쳤다고 확신했다. 아마 하늘은 내가 집 밖으로 나서기를 기다리고 있던 것 같았다.

그때, 내 뒤에서 어떤 목소리가 들려왔다.

"역시 비가 내리는군요."

귀를 스친 갑작스러운 목소리에 재빠르게 고개를 돌렸다. 그곳에는 키가 작고, 짧고 단정한 머리의 30대 남자가 우뚝하니 서 있었다.

"누, 누구세요?"

내가 그렇게 묻자 그는 고개를 갸우뚱하며 나에게 다가왔다. 나는 그의 움직임에 뒷걸음을 쳤다.

"당신에게 쪽지를 보낸 사람이에요."

나는 주머니에 있던 쪽지를 꺼냈다. 그는 고개를 끄덕였다.

"이게 대체 어떻게 된 일이에요?"

"궁금한 게 많겠죠? 하지만 다 알려줄 수는 없어요."

그의 목소리는 분명 어딘가에서 들었던 것이었다. 나는 그 목소리가 들렸던 장면을 기억해 내려고 안간힘을 쓰며 그에게 말했다.

"당신 목소리를 들었어요. 분명 여러 곳에서."

"다 말해줄 수는 없지만…… 분명한 건 이곳에서 손전등을 흔들었던 사람은 나였어요. 그리고 당신의 귓속에 가끔 들렸을 소리 같은 것도 저 맞고요."

"그럼 어제도?"

그는 고개를 좌우로 흔들었다.

"그건 제가 아니에요."

"그러면 왜 그때 손전등을 흔들어놓고 도망친 거예요?"

"미안해요. 나는 더 신중해야 할 필요가 있었어요. 어떻게 될지 알 수가 없으니까……. 하지만 이젠 지체할 수가 없어요."

"저에겐 제대로 된 설명이 필요해요. 사람들은 다 어디에 있죠? 그리고 사라는요? 당신 사라 알죠? 맞죠?"

그는 고개를 끄덕였다.

"하지만 당신 애인은 이곳에 없어요. 미안하지만 그것도 자세히 말해줄 수는 없네요."

"이곳에 없다고요? 그게 무슨…… 전 사라가 아니었으면 이곳에 오지 않았을지도 몰라요. 사라가 제게 글을 남겼기 때문에 온 거라고요. 근데 말해줄 수가 없다니요?"

그의 표정이 순간적으로 일그러졌다.

"네? 글을 남겨요?"

나는 고개를 끄덕였다. 그는 이해가 되지 않는다는 듯이 말했다.

"그게 무슨 말이죠? 대체……."

쳐벅— 쳐벅—

그때, 발걸음 소리가 들려왔다. 축축한 소리였다. 나는 당황했고, 그 모습을 보던 그는 나에게 말했다. 그의 목소리에도 조급함이 묻어나 있었다.

"시간이 없어요. 일단 옥상으로 올라가면서 이야기하죠."
나는 그에게 물었다.
"시간이 없다는 게 무슨……."
"당신을 찾으러 올 겁니다."
"누가요?"
"당신을 지키려는 자들이."

그는 그렇게 말하고 내 손을 잡으려고 했다. 하지만 그에게 완전한 신뢰를 줄 수 없는 나는 다시 뒷걸음을 치고 말았다. '와지직.' 하는 소리와 함께 깨진 유리가 밟혔다. 나는 고개를 돌렸다. 물러난 내 바로 앞에는 깨진 창틀이 존재했고, 밖으로 세상이 보였다. 비가 내리고 있었다. 귀로는 질척이는 발걸음 소리가 여전히 들리고 있었다. 내 시선은 그 소리의 출처를 찾아가고 있었다. 그것은 사람들이었다. 그렇게 보고 싶어 했던 한 무리의 사람들이 이곳을 향해 달려오고 있었다. 질척이는 소리는 그들의 것이었다.

"일단 움직여야 해요!"

그는 조급해하며 그렇게 말했다. 하지만 나는 신경을 쓰지 않고 이곳을 향해 달려오는 사람들에게 집중했다. 자세히 보니 그들의 얼굴이 부자연스러워 보였다. 꼭 모두 가면을 쓴 것만 같았다. 그때 달려오던 사람들 중 하나가 고개를 들었다. 그리고 곧 나와 시선을 마주쳤다. 그들은 내가 생각했던 대로 가면을 쓰고 있었다.

그 가면은 다름 아닌 바로 내 얼굴이었다.

❖

 재촉하던 남자는 내 손을 잡고서 급하게 계단으로 올라섰다. 그 속도가 빨라 마치 내가 끌려가는 것처럼 보일 정도였다.
 이 남자에게 묻고 싶은 것이 굉장히 많았음에도 물어볼 수가 없었다. 나는 지금 패닉 상태에 있었고, 그에게도, 나에게도 대화를 할 만한 여유는 없어 보였다. 이유는 하나였다. 내 얼굴을 그대로 프린트한 가면, 그 가면을 쓴 자들이 지금 우리에게 다가오고 있기 때문이었다.
 그들이 내 얼굴을 쓰고 다니는 이유가 궁금했다. 가면을 쓴 것만 제외하면 모두 전혀 다른 사람들 같았다. 뚱뚱한 사람, 정장을 입은 사람, 어린 소년과 아주머니까지, 다들 내 모습의 가면만 쓰고 있다는 공통점을 가질 뿐이었다. 아마 며칠 동안 나를 괴롭혔던 존재도 저것들 중 하나일 것이라고 생각했다.
 우리는 곧 옥상에 올라섰다. 그는 나를 던지다시피 옥상으로 밀어 넣고는 문을 잠그며 말했다.
 "아마, 얼마 버티지 못할 겁니다."
 "대체 어떻게 된 거예요?"
 나는 토해내듯 참았던 질문을 뱉었다.
 "미안하지만 당신이 궁금해하는 것을 다 말해줄 수는 없어요. 단지…… 힌트를 줄 수 있을 뿐이죠."

"대체 어떻게 하라는 건데요? 네? 어떻게 해야 하는 거냐고요. 가면을 쓰고 있는 것들은 뭐고, 내가 아는 사람들은 다 어디로 간 건데요?"

그는 한숨을 크게 쉬고서 말했다.

"잘 들어요. 지금까지 사람들이 사라졌다고 생각했죠?"

나는 대답을 대신해 그와 시선을 마주쳤다.

"미안하지만 사람들이 사라진 게 아니에요."

"네?"

"당신이 사라진 거죠."

아무 말도 할 수 없었다. 그저 그의 얼굴을 바라볼 뿐이었다. 내가 사라진 것이라니, 무슨 소리인지 도무지 이해가 되지 않았다.

쿵. 쿵. 쿵.

누군가 옥상의 문을 두드렸다. 아마 가면을 쓰고 있던 자들일 것이었다. 남자의 표정에는 큰 균열이 생겼다. 그리곤 다급하게 이야기했다.

"잘 들어요. 이 세상이 미친 것 같다는 생각을 했죠? 하지만 정말로 이 세상은 미친 세상이에요. 잘 생각해 봐요, 이해가 되지 않았던 많은 상황들을. 이곳이 정말로 어떤 곳이었는지를 잘 생각해 봐요. 그 해답을 직접 찾지 않으면 평생 혼자가 될지도 몰라요."

쿵! 쿵! 쿵!

"어째서 다 말해줄 수 없는 건데요?"

그는 대답하지 않았다. 그사이 쿵쿵거리던 소리는 점점 더 커지며 문도 같이 들썩거렸다. 그는 대답을 대신해 문으로 다가가 온몸으로 문이 흔들리는 것을 막으려고 했다. 하지만 그것은 작은 시간조차 벌지 못했다.

'쾅!' 하는 커다란 소리가 울리고, 몇 명의 무리가 문을 밀치며 옥상으로 들어왔다. 그들이 쓰고 있는 가면 안에서 동그란 눈이 번뜩였다. 그 눈은 곧 문을 막으려 했던 남자에게로 향했다.

"이봐! 당신들은 대체 뭐야?"

내 소리에도 그들은 나를 쳐다보거나 동요하지 않았다. 그저 자신들이 원래부터 해야 할 일인마냥 남자를 향해 움직였다. 그리고 그의 작은 반항에도 아랑곳하지 않은 채 몸을 번쩍 들어 올렸다.

"이봐!"

나는 이 세상의 유일한 해답인 남자를 구하기 위해 달려들었다. 하지만 그들 중 유난히 덩치가 큰 사내가 나를 막아섰다. 그 사내를 제외한 다른 자들은 조용하게 자신들의 일을 처리하고 있었다.

빗방울이 나를 막아서는 사내의 가면으로 떨어져 땀처럼 흘렀고, 가면 안의 눈이 나를 노려보았다. 나는 "악!" 소리를 내며 사내에게 달려들었다. 하지만 사내는 단숨에 오른손을 뻗어 내 목을 잡아 들어 올렸다. 그 힘이 얼마나 세던지 그 순간 내가 할 수 있는 행동은 사내의 얼굴로 손을 뻗는 것 정도였다. 나는 사내가 쓰고 있는 가면을 잡아 벗겨내려고 했다. 그의 진짜 얼굴이라도 봐야 할 것 같았기 때문이었다. 하지만 가면은 벗겨지지 않았다. 그것은 마치 원래부터 그 사내의 얼굴에 붙어 있었던 마냥 꿈쩍도 하지 않았.

가면을 쓴 자들에게 끌려가던 남자는 허공에 뱉듯이 소리를 질렀다. 그 소리는 나에게 하는 것이었다.

"당신의 이름이 뭐죠? 생각이 나요?"

"내…… 이름?"

생각하려고 했다. 하지만 기억이 나질 않았다. 그 쉽고 익숙한 이름이 생각나지 않았다. 순간의 망각이라고 치부하려 했다. 그래서 주변 생활에서 볼 수 있었던 내 이름을 기억하려고 했다. 홈페이지에 남겨진 내 이름, 굴러다니는 서류에서 보았던 내 이름, 편지지에서 보았던 내 이름…… 도대체가 모두 기억나지 않았다. 그 장면들은 생생했지만 이름을 기억하려고 하면 모자이크가 되어 있는 것처럼 흐릿하게만 느껴졌다.

끌려가는 남자는 사력을 다해 자신이 해야 할 말을 했다.

"잘 생각해요! 그렇지 않으면 당신은 돌아올 수가 없어요! 이 세상이 얼마나 멍청한 곳인지를 알아야만 해요!"

그때 나를 붙잡고 있던 사내가 내 복부에 커다란 주먹을 내질렀다. 입에서는 "컥!" 하는 소리가 스스로의 의도와 상관없이 흘러 나왔다.

　배에 깊숙한 통증이 느껴지고, 정신이 아득해졌다. 그리고 그들을 보는 시야가 흐려졌다.

　저 멀리 가면을 쓴 자들에 의해 들려 나가는 남자의 모습이 뿌옇게 보였다. 그리고 떨어지는 비를 보았다. 그렇게 서서히 나는 쓰러져 갔다.

　정신을 차릴 때쯤, 옥상에는 비에 젖은 나만 덩그러니 남겨져 있을 뿐이었다.

12

 모든 상황이 전혀 예상하지 못한 곳으로 흘러가고 있었다. 나는 머리를 감싸며 코란도를 몰아 집으로 향했다.
 비는 멈췄다. 하지만 하늘은 여전히 어두웠다. 가면을 쓴 자들이 대체 누구인지, 그리고 그 남자가 나에게 한 말은 무슨 뜻인지 좀처럼 이해가 되지 않았다. 그나마 나를 위안하는 것은 나 아닌 다른 사람의 숨결을 느꼈다는 것, 단지 그것 하나뿐이었다.
 집에 도착한 나는 일단 켜져 있던 컴퓨터를 체크했다. 사라가 나에게 남겼던 글을 다시 보기 위해서였다. 서두르라며 나를 윽박질렀던 하나의 문장, 하지만 유일한 힌트였던 남자도 그녀에 대한 소식은 알지 못하는 것 같았다.
 "없어."
 나는 그렇게 중얼거렸다. 그녀가 남겼던 글이 없었다. 나를 결심하게 만들었던 그 문장이 사라져 있었다. 마치 원래부터 없었던 것처럼 그 누구의 새로운 글도 남겨져 있지 않았다. 나는 그 글을 봤다고 확신했다. 그렇다면 그 글은 원래부터 없던 것이 아니라 사라진 것이었다. 말 그대로 사라졌다. 어째서? 왜? 어떻게?

아무리 고민을 해봐도 해결되지 않는 문제였다. 결국 답은 그 글이 사라진 것이 아니라 내가 잘못 본 것으로 되어야만 했다. 이 세상은 이해되지 않는 것들뿐이었다. 내가 미친 것일까, 아니면 세상이 미친 것일까.

그런 생각을 하자, 아까 전 남자가 했던 말이 떠올랐다.

'잘 들어요. 이 세상이 미친 것 같다는 생각을 했죠? 하지만 정말로 이 세상은 미친 세상이에요. 잘 생각해 봐요. 이해가 되지 않았던 많은 상황들을. 이곳이 정말로 어떤 곳이었는지를 잘 생각해 봐요. 그 해답을 직접 찾지 않으면 평생 혼자가'될지도 몰라요.'

'사람들이 사라진 게 아니에요. 당신이 사라진 거죠.'

무슨 뜻이었을까? 사람들이 아닌 내가 사라졌다는 말, 그리고 이 세상이 미친 세상이라는 것이 어떤 의미가 있을까, 또 어떻게 그것이 힌트가 될 수 있을까.

도무지 정리가 되지 않은 궁금증을 식히기 위해 나는 부엌으로 향했다. 그리고 냉장고에 있는 물을 마시면서 그가 말했던 하나의 문장을 집중적으로 생각해 보았다.

'이해가 되지 않았던 작은 상황들을.'

그가 말한 이해가 되지 않았던 작은 상황들이란 무엇을 뜻하는 것일까, 생각해 보면 혼자가 되고 나서부터는 모든 일들이 다 이해가 되지 않았었다. 시도 때도 없이 내리는 비, 오한과 비슷하게 느껴지는 무서운 감각들, 자꾸만 길어지는 수면의 시간, 내 얼굴 모양의 가면을 한 무리들, 사라진 사라의 글, 그리고 사소한 것이긴 하지만 사라의 집에서 먼지 하나 없는…….

"어?"

나는 물을 식탁에 내려두고서 손으로 식탁 위를 닦듯이 쓰다듬었다. 그리고 손바닥을 보았다.

"……."

내가 혼자가 되고나서, 아니, 그보다 전부터 청소를 한 적이 있었나 싶었다. 사라의 집에서 추억의 상자를 꺼낼 때도, 오랫동안 청소를 하지 않은 집 안 식탁에서도 먼지는 보이지가 않았다.

머리에 섬광이 스쳤다. 나는 거실로 향해 평소에 손이 닿지 않는 소파 밑과 TV 위를 쓰다듬었다. 하지만 먼지 따위는 보이지도, 만져지지도 않았다. 미친 세상이라는 말이 조금씩 이해가 되고 있었다. 현실적으로 불가능한 세상이라는 것이었다. 그렇다면 이 세상은 무엇일까, 나 혼자 존재하는 이 세상은 대체 어떻게 된 세상일까.

쿵. 쿵. 쿵.

불청객을 뜻하는 어떤 소리가 들려왔다. 그 소리는 어지럽고 복잡한, 그리고 해답을 갈구하는 나의 정신을 깨웠다. 소리의 출처는 현관문 밖이었다. 누군가가 문을 두드리고 있었다.

쿵. 쿵. 쿵.

"누…… 구세요?"
나는 현관으로 향해 문에 나 있는 작은 구멍으로 나를 부르는 존재를 확인했다. 그곳에는 나와 똑같은 몇 개의 얼굴이 소름 끼치도록 무서운 눈을 한 채 서 있었다. 나의 시선은 그들 중 대부분과 마주치고 말았다.
"젠장!"
휘청거렸던 나는 놀란 가슴을 쓸어내리며 그 얼굴들을 다시 보았다. 이미 지나친 자들이 왜 이제 와 이곳에 온 것인지는 모르는 일이었지만, 그들에게 순순히 문을 열어줄 생각은 없었다. 그들은 분명히 위험한 존재였다.
다행히 그들은 더 이상 보채지 않았다. 그리고 떠나지도 않았다. 그저 몇몇은 현관문을, 그리고 상당수는 내가 보았던 구멍을 바라보고 있었다. 나는 거실로 돌아와 저들에게 보내는 신경을 다시 이 세상에 대한 궁금증으로 바꾸기 시작했다.
나에게 힌트를 주겠다던 남자는 내가 이곳에 남겨진 이유를 직접 찾지 못한다면 영원히 이곳에 있어야 할지도 모른다고 말했다.

쿵. 쿵. 쿵.

문을 두드리는 소리가 다시 들려왔다. 초대받지 않은 손님의 소식은 언제나 달갑지 않은 법이었다. 나는 잠시 생각을 멈추고 문을 두드린 자들이 무슨 행동을 하려고 하는지 기다리고 있었다. 그들에게 시선과 생각을 집중하자 이상하게도 문을 두드리는 소리는 들리지 않았다. 나는 그들이 굉장히 이해가 되지 않는 행동을 한다고 생각했다. 그리고 다시 조용해진 그들을 뒤로한 채 남겨진 이유를 생각하려고 했다. 그러자 '쿵. 쿵. 쿵.' 하고 멈추었던 소리가 다시 들려왔다. 그들은 어떤 법칙을 두고 소리를 울리는 것 같았다.

다시 그들을 신경 쓰지 않고 아까 그 남자와의 대화 내용을 생각하고 풀이하려고 했다. 그러자 어김없이 '쿵. 쿵. 쿵.' 하는 소리가 울렸다.

저들은 내가 이 세상에 대한 궁금증을 생각하면 소리를 울렸다. 방해하고 있는 것이었다. 내가 진실을 아는 것을 저들은 꺼리고 있었다.

"그래서 그 남자를 끌고 간 건가?"

쿵. 쿵. 쿵.

"내가 진실을 알게 될까 봐?"

쿵. 쿵. 쿵. 쿵. 쿵. 쿵.

그들은 문을 더욱 세게, 그리고 여러 번 울리기 시작했다. 아마 나를 겁주려는 것이거나, 다른 생각을 하지 못하게 만들려는 것 같았다.

"대체 그게 뭔데. 왜 내가 알지 못하게 하는 건데?"

쿵! 쿵! 쿵!

그런 질문을 하자 문을 두드리는 소리는 더욱 커졌다. 문이 부서질 것만 같았다. 커다란 소리를 뒤로한 채 나는 애써 이 세상의 진실과 내가 알게 되어야 할 부분에 대하여 생각을 하고, 또 해답을 찾으려고 했다. 그러자 이번에는 빗소리가 들렸다. 그 빗소리는 평소의 것과 전혀 다르게 느껴졌다. 그것은 닫아놓은 창문을 뚫고, 쳐놓은 커튼을 들썩거리며 내 귀로 생생히 들려오고 있었다.

'나는 이 세상에서 무엇을 하고 있는 거지?'

머리가 아프고 세상이 돌기 시작했다. 기지개를 켜고 어지러웠던 것처럼 온 세상이 빙글빙글 돌기 시작했다. 세상은 혼돈에 휩싸였다. 그리고 무너지는 것처럼 흔들리고 있었다. 어떤 진실을 알게 되면 이 세상은 무너지고 말 것이었다. 어쩌면 나는 이미 진실을 알고 있었는지도 모른다. 하지만 나 혼자 존재하는 이 세상을 유지하기 위해 스스로 모르는 척 연기를 했을 수도 있었다.

"내 이름이 뭐였지?"

이름이 생각나지 않았다. 그 남자가 물었을 때 대답할 수가 없었다. 이름의 단 한 글자도 떠오르지가 않았다. 그것은 무엇을 의미하는 것일까, 어쩌면 이곳에 있는 나는 내가 아닌지도 몰랐다. 그렇다면 나는 누구일까.

그때 '쾅!' 하는 천둥소리가 들려왔다. 그리고 몇 번이나 이어졌다. 천둥소리에 섞여 현관문 밖 불청객들의 문을 두드리는 소리도 커져갔다. 어떤 것이 천둥소리인지, 어떤 것이 그들의 과도한 노크인지 알 수가 없었다. 그 모든 소리는 내리는 빗소리와 섞여 한 번도 느껴볼 수 없었던 놀랍도록 무섭고, 복잡한 소리를 만들어내었다. 이 모든 것은 나를 방해하기 위해 만들어진 것이 분명했다.

하지만 나는 깨닫고 있었다.

"세상이 나를 버린 것이 아니야. 그렇다면 내가 세상을 버린 것이겠지."

나는 눈을 감고, 내가 애써 잊고 있던 것을 다시 끄집어내고 있었다. 진실은 내가 말한 그대로였다. 이 세상은 가짜였다. 진짜 세상은 밖에 있었다. 나는 스스로 만들어낸 세상에 갇혀 이름조차 잊어버렸다. 조금만 더 늦었다면 훨씬 많은 것들을 잊어버렸을지도 모르는 일이었다.

그 순간 주위를 둘러보니 세상에 천천히 금이 가고 있었다. 무너지고 있는 것이었다. 천장의 작은 부스러기들이 아래로 떨어지기 시작했다.
 나는 이 세상을 떠나게 될 것이었다. 가짜가 아닌 진짜 세상으로.
 '내가 눈을 떴을 때, 처음으로 보는 사람이 사라라면 얼마나 좋을까.'
 그런 생각을 하자 입가에 작은 미소가 생겼다.
 온 세상에는 지금까지 볼 수 없었던 커다란 빛이 비와 함께 떨어지고 있었다.

❖

 얼마나 시간이 흘렀을까, 천천히 눈이 떠졌다. 눈꺼풀이 쉽사리 떨어지지는 않았지만 조금씩 힘을 회복하며 세상을 바라보았다. 가장 먼저 보이는 것은 아쉽게도 사라가 아니었다. 바로 내 집 천장이었다. 그녀가 제일 먼저 보이지 않는다는 것은 분명 아쉬운 점이었으나 어차피 곧 만날 것이기에 크게 상관은 없었다.
 나는 몸을 일으켰다. 정신적으로 힘든 감이 있긴 했지만 나에게는 정말 중요한 일이 남아 있었다. 거지 같은 세상, 바로 그 이상한 세상을 나왔다는 것을 확인해야 하는 일이었다.
 천천히 걸음을 옮기며 현관으로 향했다. 그리고 현관문의 작은 구멍으로 앞 복도를 보았다. 가짜 세상이 무너지기 전 무섭도록 나를 바라보았던 가면의 무리들이 있는지를 확인하기 위함이었다.

"아……."

아무도 없었다. 현관문을 열어 복도에 그들이 있는지를 재차 확인했지만 존재하지 않았다. 나는 더욱 큰 기대를 품고 문을 닫았다. 그리고 베란다로 향했다.

그렇게 치던 천둥소리도, 귓가에 울리던 빗소리도 들리지 않았다. 대신 옅은 빛이 커튼 사이로 슬며시 비추어지고 있었다. 나는 그 빛을 향해 걸어가 커튼을 걷고, 창을 열었다. 그리고 파도처럼 쓸려 들어오는 바람을 느꼈다.

"제발."

가슴에 기대를 가득 품은 채 고개를 내밀어 세상을 바라보았다. 할 일을 잃은 채 주차되어 있는 차들과 적막함만이 가득한 도로를 보기 위함이 아니었다. 내가 보고 싶어 하는 것은 언젠가 보아왔던 세상의 분주함이었다.

눈은 잠시 하늘로 향했다가 지상으로 떨어지며 세상 이곳저곳을 바라보았다. 그 장면을 본 나는 눈물을 흘리며 말했다.

"감사합니다. 감사…… 합니다."

누구에게 감사하고 있는 걸까, 이쯤에서 그만한 하늘에게 감사를 하고 있는 걸까, 아니면 포기하지 않은 나에게 감사를 하고 있는 걸까.

세상은 변화되어 있었다. 아니, 되돌아와 있었다. 모든 분주함이 다시 세상에 녹아 들어가 있었다. 도로에는 자동차들이 우렁찬 소리와 함께 움직이고 있었고, 많은 사람들이 거리를 거닐고 있었다. 그것이 바로 내가 그토록 원하는 장면이었다.

그 누구라도 얼굴을 보면서 이 기쁨을 말해주고 싶었다. 아무 나라도 상관이 없을 것만 같았다. 그 사람이 나보고 미쳤다고 손가락질을 해도 그 행위에 고마움을 표시할 수 있을 것만 같았다. 그렇게 한바탕 사람들과 이야기를 나누고서 사라를 찾아갈 생각이었다. 그녀를 만나 반지를 주고, 사랑한다고 말하고, 청혼을 해야 했다.

"저기요! 아저씨!"

나는 마침 아파트 앞을 지나가는 경비 아저씨를 발견했다. 그리고 이 놀라운 기쁨을 말하고 싶어 그를 불렀다. 하지만 그는 듣지 못했는지 자신의 갈 길만 바삐 걸어가고 있었다. 나는 다시 그를 불렀다.

"아저씨!"

그제야 경비 아저씨는 내 목소리를 들었는지 바삐 움직이던 걸음을 멈추었다. 그리고는 천천히 고개를 들었다. 그때 나는 생각했다.

'미리 확신하지 않았다면 얼마나 좋았을까? 그렇다면 실망하지도 않았을 텐데.'

내가 있는 곳은 아파트 9층, 지상에 있는 사람의 얼굴을 구분하기에는 조금 먼 거리였다. 하지만 나는 똑똑히 보았다. 마치 그 먼 거리가 순식간에 좁혀지는 것 같은 착각이 들었다. 얼굴의 모양 하나하나가 뚜렷하게 보이고, 또 느낄 수 있었다. 그것은 충격이었다. 그리고 절망이었다.

　고개를 든 경비 아저씨의 얼굴에는 가면이 쓰여 있었다. 그 가면은 나의 얼굴이었다.

2부
거짓과 함께

1

 사라의 집에서 낮잠을 자다 일어나 보니 창밖에 비가 내리고 있었다. 오랜만에 내리는 가을비였다. 얼마나 잤을까 싶어 손목에 차고 있던 시계를 보았다. 시간은 오후 5시 20분, 이제는 집에 가야 할 때였다. 집에 도착하면 딱 이른 저녁을 먹을 시간이 될 것이었다. 나는 자리에 일어나 잠결에 빠져나와 있던 휴대폰을 챙겼다. 그리고 사라의 집 문을 고이 잠그고 길을 나섰다.
 입구에 대충 주차해 둔 코란도로 향하던 중에 경비실을 지나치게 되었다. TV 소리가 흘러나와 슬쩍 하고 안을 보았더니 마침 계시는 경비원 아저씨와 눈이 마주치고 말았다.
 "아, 안녕하세요."
 내가 그렇게 말하자 그는 고개를 꾸벅였다. 그 모습이 영 어색해 보였다. 시간이 얼마나 흘렀던가, 자그마치 반년이었다. 그 시간을 지나쳤음에도 이따금 놀라고 있었다. 볼 때마다, 그리고 세상 어딘가를 지나칠 때, 혹은 베란다 밖의 사람들의 움직임을 볼 때……. 그들은 모두 가면을 쓰고 있었다. 나의 얼굴을 꼭 닮은 그 가면을 말이다.

가을비가 내리는 오후, 역시나 이 빌어먹을 세상은 그대로였다.

집에 도착해 보니 어깨가 흥건히 젖어 있었다. 나는 대충 물을 털면서 방 안으로 들어가 옷을 벗고 깨끗한 잠옷으로 갈아입었다. 그다음에 하는 일은 언제나 정해져 있었다. 나는 침대 옆에 있는 작은 서랍을 열어 인사를 건넸다.

"별일 없지?"

그것은 사라에게 전해주지 못한 반지에게 건네는 말이었다. 하지만 대답이 없었다. 이 세상 모든 사람들처럼 녀석 또한 아무런 말을 할 수가 없었다.

그렇게 인사를 건네고 부엌으로 향해 내가 먹을 저녁을 준비했다. 인스턴트 미역국과 반찬가게에서 사온 김치 몇 조각이면 준비는 끝이 났다. 그리곤 정말 맛있다는 듯이 먹으면 되는 것이었다. 물론 아무런 맛이 나지 않는 것은 여전했다.

밥을 다 먹은 후에는 설거지를 하고 거실에 놓인 컴퓨터 앞으로 향했다. 사라에게 작은 글을 남기기 위해서였다.

오늘은 간만에 가을비가 내리고 있어. 부스스하니 내리는 것이 어찌나 마음을 뒤집어놓던지…… 그거 알아? 오늘 내 생일이야. 그래서 아침에 사두었던 미역국을 또 먹고 있어. 물론, 맛은 영이지. 맛이라도 느껴지면 참 좋을 텐데. 하긴, 세상 모든 것들이 다 자신의 맛을 잃어 버렸어. 사람들은 자신의 얼굴을 잃었고, 맛도, 움직임도, 이야기도, 대화도 모두 다 사라져 버렸지.

하아, 생일인데 너라도 나타나서 내게 인사를 건네주면 얼마나 좋을까. 사실, 이 세상에 조금씩 적응이 되어가는데 말이야, 근데 네가 없는 건 영 적응이 되지가 않아. 너도 그렇지?

그렇게 쓰고 컴퓨터를 껐다. 나는 자리에서 일어나 베란다로 향했다. 세상 너머로 시선을 던졌더니 많은 사람들이 우산으로 내리는 비를 가리며 움직이고 있었다. 저 많은 우산이 거두어지면 분명 내 얼굴이 나타날 것이었다.

"어쩌다 이렇게까지 되어버린 걸까."

나는 그렇게 속삭이고 궁금해했다. 어째서 세상은 무너지지 않았을까, 나는 그 움직임을 느꼈다. 벼락이 떨어지고 천둥이 쳤던 움직임, 마치 모든 것이 무너지고 새로 만들어질 것 같았던 일들은 오히려 이 말도 안 되는 상황을 부풀리고 말았다.

분명 내가 원하던 대로 사람들이 나타난 것은 사실이었다. 많은 사람들이 나타나 자신의 일을 하고 있었다. 그들은 기계처럼 움직였다. 그리고 복장에 맞게 행동했다. 교복을 입은 학생들은 학교를 갔고, 경비원은 경비실에 있었고, 직장인들은 아침마다 바삐 회사로 움직였다. 그것이 내가 원하는 모습이었다. 하지만 그것들은 거짓이었다. 내 얼굴을 한 채 그리고 내가 건네는 말에 아무런 대답도 하지 못한 채 마치 누군가가 그들에게 배역을 준 것처럼 행동하고 있었다. 하지만 이상하게도 그 배역 안에 내가 아는 사람은 없었다. 사라의 배역도, 부모님의 배역도, 직장 동료들의 배역도, 또 내가 알고 있던 많은 사람들도 없었다. 모두 다 곁눈질로나 봤었을 사람이나, 혹은 아예 모르는 사람들만이 세상을 구축하고 있었다.

나는 주머니에서 담배를 꺼내 입에 물었다.

'사람들이 없는 게 나은 걸까? 아니면 가짜라고 한들 저들이 있는 게 나은 걸까?'

그날로부터 계속해 왔던 고민을 다시 한 번 떠올려 보았다. 하지만 그것은 의미 없는 고민이었다. 어쨌든 그들은 사라지지 않은 채 그리고 자신들이 진짜 사람인 것처럼 살아가고 있었다. 물론 그것이 내가 보지 않고 있을 때도 그렇다고는 확신할 수 없었다.

나는 익숙해져 가고 있었다. 그들의 얼굴을 보면 흠칫하고 놀라기는 했지만 더 이상 나 혼자서 이 세상에서 살아가고 있지 않다는 것은 다행이었다. 매일같이 그들 사이에서 장을 보고, 밥을 먹고, 거리를 거닐었다. 익숙해지지 않은 것이 있다면 사라가 없다는 것과 사라진 내 이름이었다.

이름이 사라졌다. 그건 또한 참 어처구니가 없는 일이었다. 나를 도우려 했던 남자가 내게 이름을 물었고, 그 질문에 대답하지 못한 이후로도 이름은 기억나지 않았다. 하지만 내가 단순히 기억하지 못했다고 말하는 것이 아니라, 사라졌다고 말하는 것은 그 어떤 곳에도 내 이름이 존재하지 않기 때문이었다. 인터넷에도, 이따금씩 오는 가짜 공과용지에도, 심지어 집 안에 있던 졸업앨범에서도 마찬가지였다. 마치 그것은 누군가 의도적으로 흠집을 낸 것처럼 뿌옇게만 보여 나는 스스로의 이름을 더 이상 찾을 수 없었다.

"그 자식은 대체 어디 있는 거야."

이 모든 것에 해답을 가진 남자, 나에게 힌트를 주려고 했던 바로 그 남자. 나는 그를 찾기 위해 몇 번이나 폐건물을 다녀왔다. 그의 말대로 나는 깨달았다. 하지만 세상은 더욱 오묘한 모습으로 변해가고 있었다. 이 문제를 풀어줄 사람은 오직 그뿐인 것 같았다. 이제는 어렴풋이 느껴졌던 속삭임마저 들리지도 않았다. 나는 내일 다시 그 건물로 가봐야겠다는 생각을 하며 거실로 돌아왔다. 그리고 습관적으로 TV를 켰다.

─일요일인 내일 오후까지 많은 양의 비가 전국에 내릴 것으로 예상이 됩니다. 봄비가 내린 후에는 꽃샘추위가 기승을 부릴 것으로 예상되오니…….

"일요일인 내일 오후까지 많은 양의 비가 전국에 내릴 것으로 예상이 됩니다. 봄비가 내린 후에는 꽃샘추위가 기승을 부릴 것으로 예상되오니 아침 출근길의……. 젠장…… 가을비가 내리는데 아직도 꽃샘추위 타령이야."

TV에서는 딱 한 채널만이 나왔다. 그것도 모든 사람들이 사라졌던 그날 밤의 뉴스만 반복되어 나타나고 있었다. 이제는 캐스터가 어떤 말과 행동을 하는지도 달달 외울 정도였고, 이어서 방송하는 스포츠뉴스 아나운서의 독특한 습관까지도 알 수 있을 정도였다. 너무나 뻔하고 익숙한 방송이지만 나는 TV를 끄지 못했다. 이유는 간단했다. 내 목소리를 제외하면 사람의 목소리를 들을 수 있는 것은 이 방송밖에 없었다. 그들은 아무런 말도 하지 못했다. 그리고 표정 또한 변하지 않았다. 마치 커다란 인형처럼.

2

비가 그친 다음날 아침, 사라의 집에 잠시 들렀던 나는 바로 폐건물로 향했다. 그리고 큰 소리로 외쳤다.
"저기요! 어이!"
하지만 아무런 대답도 들려오지 않았다.
"듣고 있다면 대답을 좀 해주란 말이야. 이제는 어떻게 해야 할지 하나도 모르겠다고……."
혹시나 그 남자를 만날 수 있지 않을까 했던 작은 기대는 슬며시 사라져 버렸다.
나는 그를 만났었던 5층으로 향했다. 쌩한 바람이 불었고, 발밑에는 부서진 유리 조각이 가득했다. 나는 그 깨진 유리 조각이 원래 있었을 창가를 통해 바깥세상을 바라보았다. 근처에는 사람들도 보이지 않았고, 오후 3시라는 시간에 어울리지 않게 무척이나 어두웠다.

"이 개자식아!"

욕을 해봐야 작은 메아리만 울릴 뿐이었다. 그가 나를 두고 간 것이라고밖에 생각되지 않았다. 나는 주머니에 있던 담배를 꺼내 몸을 돌렸다. 오늘도 허탕을 친 것이었다. 이제는 내가 뭘 할 수 있는지조차 알 수가 없었다.

입에 담배를 물고 터벅터벅 걸어 밖으로 나섰다. 내려오는 길에 골칫덩어리였던 왼쪽 발목을 이리저리 돌려보았다. 이제는 완전히 나아버린 것 같았다.

나는 담배를 다 피우고 코란도에 올라섰다. 시동을 거는 눈에는 그동안 바보처럼 몰랐던 것이 들어왔다.

"기름을 한 번도 안 넣었는데……."

헛웃음이 나왔다. 계기판의 눈금은 그 끝을 가리키고 있었다. 없다는 뜻이 아니었다. 기름은 언제나 그렇듯 꽉 차 있었다. 사람들이 사라진 날 이후 단 한 번도 기름을 넣었거나, 넣으려고 생각한 적이 없었다. 그것을 어찌 잊고 있었는지 스스로도 신기하게 느껴졌다. 코란도는 반년이라는 시간 동안 조금의 기름도 쓰지 않고 잘만 굴러다니고 있었다.

나는 고개를 절레절레 흔들며 시동을 걸었다. 역시나 우렁찬 소리가 울렸다. 차를 움직이려고 하던 그때 어떤 소리가 들려왔다. 그것은 내가 타고 있는 코란도보다도 훨씬 우렁차고 강한 기계음이었다. 사이드미러를 통해 뒤를 보았더니 커다란 트럭 한 대와 포클레인이 다가오고 있었다.

"뭐, 뭐야."

차에서 내려 그들이 오는 방향으로 향했다. 그들은 천천히 서행을 하고 있었기에 나는 손을 흔들며 그들이 멈추기를 기다렸다.

"저기요!"

그들은 내 손짓을 보고 천천히 멈추었다. 그리고 앞에 오던 트럭의 기사가 고개를 내밀었다. 물론 그도 가면을 쓰고 있었다.

"혹시 저 건물 때문에 오신 건가요?"

근처에 이런 중장비가 필요할 만한 것은 내 뒤에 있는 폐건물 정도였기에 나는 작은 걱정을 하며 그렇게 물었다.

"……"

트럭기사는 참으로 다채로운 모션을 취했다. 나는 그 모션 중에 몇 가지만을 알 수가 있었다. 일단은 그가 그렇다고 고개를 끄덕였다는 것이고, 이어 손가락으로 뒤에 오던 포클레인을 가리켰다는 것이었다.

나는 폐건물을 한 번 가리킨 다음 손으로 X를 치며 그에게 물었다.

"저걸 무너뜨린다?"

그는 고개를 끄덕였다. 내가 "어째서?"라고 물었지만 트럭기사는 몇 번의 알 수 없는 손동작을 보이고 이내 폐건물을 향해 트럭을 몰았다. 그 뒤로는 포클레인이 시끄러운 소리를 내며 따라 움직였다.

그들은 건물 앞에 자리를 잡고 이런저런 푯말들을 설치했다.

그들 중 한 명이 나에게 다가와 멀리 떨어질 것을 요구했고, 나는 그들이 설치한 푯말 바로 밖으로 이동했다.

곧 '쿵!' 하는 소리와 함께 건물이 허물어지기 시작했다. 포클레인은 건물의 옆구리를 찢었고, 찢겨진 잔해를 트럭에 실었다. 이해가 되지 않을 만큼 빠른 속도였다. 나는 그것을 그저 지켜보기만 할 뿐이었다. 약간의 답답함이 일었다. 몇 번이나 왔던 장소고 아무런 소식을 들을 수가 없었다. 이제는 나에게 필요없는 장소인지도 몰랐다. 하지만 저것이 무너지면 왠지 아무런 소식도 들을 수 없을 것만 같았다.

"이제는 어디서 당신을 찾지?"

나는 나지막이 속삭였다. 그리고 허탈감이 몰려왔다.

그 건물이 내게 아무런 도움이 되지 않았더라도 찜찜한 것을 참을 수는 없었다. 그 찜찜함은 집으로 향하는 길 내내 지속되었다. 점점 진짜라고 말하는 세상과 멀어지는 기분이었다. 이름은 사라졌고, 더 이상의 힌트도 없었다. 더욱이 이 세상이 점점 익숙해지고 있었다.

나는 집으로 향하던 차를 돌려 번화가로 향했다. 어떤 맛이 좋은 맛이고, 혹은 나쁜 맛인지 알지도 못하면서 그럴싸한 저녁을 사먹기 위해서였다. 머릿속의 찜찜함을 그것으로 달랠 수 있지 않을까 하는 생각이 들었기 때문이었다.

번화가의 주차장에 차를 세운 나는 사늘한 가을바람에 옷깃을 여미며 종종걸음으로 움직였다. 내가 향한 곳은 대형마트 옆에 있는 작은 레스토랑이었다. 사람들이 사라지기 전부터, 그러니까 내가 진짜 세상에 있을 때부터 가끔 가던 곳이었고, 깔끔한 맛을 자랑하는 곳이었으나, 지금은 단지 조용하고 익숙하다는 이유로 가는 곳이었다.

그곳을 향해 가는 동안 많은 사람들이 내 곁을 지나쳐 갔다. 그들은 나도 자신들과 같은 존재인 것처럼 느끼는지 힐끗거리지도, 바라보지도, 딱히 남들과 다르게 대하지도 않았다. 그저 자신들이 맡은 역할을 묵묵히 수행하고 있을 뿐이었다. 이들이 얼마나 단순하냐면 어떤 이는 아무것도 사지 않은 채 번화가를 뻥뻥 돌기도 했고, 어떤 이는 하루 종일 화장품 가게에서 화장품을 고르는 시늉만을 하기도 했다. 그들은 날마다 조금씩 자신들의 배역을 바꾸어 나갔다. 하지만 그마저도 이제는 새로워 보이지 않았다.

땡그랑하는 소리와 함께 작은 건물 2층에 있는 가게의 문이 열렸다. 나는 창가 쪽 떨어진 자리에 들어서며 안에 어떤 사람들이 있는지를 살펴보았다.

'저번에 있었던 사람이 2명, 새로운 사람이 3명.'

일주일 전쯤 왔을 때 보았던 사람이 2명이나 있었다. 새로운 사람들도 어디선가 보았던 익숙한 실루엣들이었다. 그들은 음식 먹는 시늉을 하는 그 순간에도 가면을 쓰고 있었다. 전혀 벗을 생각도, 음식을 먹거나 진짜 사람과 같은 행동을 할 생각도 없어 보였다.

 지극히 단순함만 남은 사람들을 보고 있는 사이 검은 옷을 입은 남자 종업원이 와서 메뉴판을 내밀었다.

 "어차피 크림파스타만 되면서 메뉴판은 무슨."

 나는 그렇게 말하고 어처구니가 없다는 듯 웃음을 지었다. 그리고 가면을 쓰고 있는 그 종업원에게 메뉴판을 다시 건네주었다.

 "제일 맛있는 걸로 가져다 줘요."

 그는 내 말을 알아들었다는 듯이 고개를 끄덕이고 자리를 떴다. 다행스럽게도 내가 자주 가는 장소의 사람들은 서로의 배역을 바꾸지 않거나, 매우 가끔 바뀔 뿐이었다. 그것이 그나마 나에게 위안이 되었다. 얼굴은 모두 같았지만 이제는 그들의 차림이 내게 익숙해져 마치 진짜 사람인 것마냥 친근하게 느껴지기까지 했다.

 '아무래도 없는 것보단 낫지.'

 그렇게 생각하며 나는 창밖을 바라보았다. 사람들이 지나다니는 장면은 밖에서 보았던 것과 크게 다르지 않았다. 내 앞에는 횡단보도와 보도가 있었고, 사람들은 무척이나 건조한 걸음으로 각자의 목적지를 향하고 있었다. 정확히 말하자면 목적지가 딱히 정해지지 않을지도 몰랐다.

 '사라만 있었다면……'

 또다시 그런 생각이 들었다. 이제는 원래의 사람들이 있었던 세상이나 지금의 세상이나 크게 달라 보이지가 않았다. 하지만 단 하나, 그녀가 없는 것은 여전한 고통이었다.

그런 생각을 하고 있는 도중에 주문을 받았던 종업원이 음식을 내려놓았다. 역시나 심플한 크림파스타였다. 음식이 놓이는 것을 보고 나는 그에게 "고마워요." 하고 말했다. 그러자 그는 고개를 살짝 꾸벅였다.

따뜻해 보이는 음식을 입에 넣었다. 당연히 그 풍미와 향이 입안에 가득 퍼져야 했다. 하지만 엄밀히 말해 맛은 느껴지지 않았다. 나는 쩝쩝거리는 소리를 내며 맛있는 척을 하고 있는 것이었다. 그것은 예전에 먹었던 파스타의 맛을 기억하려는 몸부림 같은 것이었다.

나는 입에 둘둘 만 파스타를 넣고서 창밖을 한 번 보고, 그것을 다 씹으면 다시 입에 음식을 넣고 창밖을 보는 행동을 이어갔다. 그것이 조금 덜 외롭게 식사를 하는 방법이었다.

"콜록. 콜록."

흘러나오는 기침에 놓여 있던 물 한 모금을 마셨다. 그리고 다시 창밖을 보았다. 여전한 풍경이었다. 그때 한 여자가 시선에 스치듯 횡단보도를 건넜다. 나는 대수롭지 않게 다시 고개를 돌렸고, 포크를 들어 파스타를 말았다.

"어?"

움직임이 갑작스레 멈추었다. 포크를 든 채, 그러니까 돌돌 말린 파스타를 입 앞에 멍하니 둔 채로 한참을 그렇게 있었다. 스쳐 간 그 여자의 옆모습이 보통 사람들과 달라 보였고, 또 아련한 기억 속에 있는 그녀의 모습과도 비슷했기 때문이었다.

"사라······."

나는 포크를 던지다시피 내려놓고 일어서서 창밖을 바라보았다. 저 멀리 그녀의 뒷모습이 보였다. 과연 사라일까, 나는 거침없이 식당을 박차고 밖으로 나섰다.

"이사라!"

그렇게 외치며 그녀의 뒷모습이 보였던 곳으로 시선을 던졌다. 어찌나 걸음이 빠른지 그녀는 벌써 저만치 사람들 속으로 사라지고 있었다. 더 이상 지체할 수가 없었다. 나는 다리에 힘을 주어 달려나갔다.

거리에 거니는 사람들에게 치이며 그녀를 찾았다. 하지만 그녀의 움직임은 유령과 같아 잠시 사라졌다가 보이고, 놓쳤다 싶으면 다시 뒷모습이 보였다. 나는 그저 그 뿌연 모습을 따라 달리고 또 달렸다. 그리고 내가 보는 앞에서 그녀는 작은 골목으로 들어갔다.

숨이 턱 끝까지 차올랐고, 거친 숨소리와 함께 그녀가 사라졌던 골목으로 들어섰다. 그리고 그녀를 찾았다. 어디로 사라졌을까. 그녀가 들어왔던, 그리고 내가 들어온 골목에는 주택들의 문과 몇 개의 작은 골목길들이 보였다. 그때 두리번거리던 나에게 작은 소리가 들려왔다. 그것은 발걸음 소리였다.

"사라야······."

나는 그 소리가 들렸던 곳으로 다시 한 번 달려나갔다. 막힌 골목이었다. 이런저런 필요 없는 물건이 잔뜩 쌓여 있었고, 그중 버린 것처럼 보이는 큰 책상 뒤쪽에서 부스럭거리는 소리가 슬며시 들려왔다. 나는 다시 한 번 그녀의 이름을 부르며 다가갔다. 천천히, 그리고 매우 조심스럽게.

"사라야?"

한 걸음씩 내걸을 때마다 심장은 터질 듯 두근거리는 소리를 내었다. 나는 그 책상을 움켜쥐고 조심스럽게 고개를 내밀었다.

"젠장……."

아무것도 없었다. 사라가 사라졌던 골목에는 아무것도 있지 않았다. 그녀가 웅크려 앉아 있을 것이라고 생각했던 곳에는 작은 쓰레기봉투만 있을 뿐이었다. 내가 본 것은 누구였을까, 그리고 사라와 꼭 닮았던, 아니, 사라라고 단정해 버렸던 그 여자는 어디로 사라졌을까.

그때 어떤 것이 내 어깨를 두드렸다. 매우 작은 힘이었다. 나는 빠르게 고개를 돌려 뒤를 돌아보았다. 아무것도 없었다. 누군가 두드렸을 것이라고 생각했던 어깨를 보니 한 방울 정도의 물이 묻어 있었다. 나는 고개를 들었다. 하늘에서는 비가 조금씩 떨어지고 있었다.

아무것도 찾지 못한 나는 다시 그 레스토랑으로 돌아갔다. 음식을 먹고 싶은 마음은 더 이상 없었기에 바로 카운터에 섰다. 그리고 천 원짜리 몇 장을 건넸다. 사실 음식 값을 계산하고 가지 않는다고 해서 그들이 나를 찾으려 한다거나, 다시 찾아왔을 때에 욕을 하거나 하지는 않을 것이었다. 하지만 그럼에도 나는 돈을 건넸다. 내가 준 돈이 얼마인지, 혹은 그 음식 값에 맞는 것인지는 전혀 중요하지 않았다. 아마 돈을 대신해 간다는 인사 한마디를 하고 돌아선다 할지라도 그들은 고개를 꾸벅일 것이었다.

나는 멍한 얼굴을 유지하며 집으로 돌아갔다. 아까 놓친 사람이 꼭 사라인 것만 같아 아쉽고, 기분이 이상했다.

집으로 돌아오는 길에 라디오를 틀어보니 온통 비에 관한 노래가 흘러나오고 있었다. 하지만 DJ의 목소리는 들리지 않았다. 오직 음악뿐이었다. 나는 그 음악을 들으며 곧 집에 도달했다.

엘리베이터를 타기 전, 혹시나 하고 우편통을 살폈다. 몇 장의 공과용지가 들어 있었다. 나는 그것을 꺼내어 하나씩 살펴보았다. 혹시나 슬쩍 끼워져 있을 한 줄의 메시지라도 찾기 위함이었다.

"휴대폰 요금, 전기료, 아하, 예비군 통지서도 있네."

사실 필요 없는 것들이었다. 그 누구도 나에게 법적 조치를 취하지 않았다. 모두 그저 이 커다란 연극의 소품에 불과했다.

"역시나 이름은 없고."

아무리 그 용지 사이의 내 이름을 발견하려 한들 보이지 않았다. 이름이 있어야 할 자리에는 누군가 칼로 장난을 쳐 놓은 듯 긁힌 상처가 남겨져 있었다.

나는 그 용지 모두를 가지고 엘리베이터로 향했다. 엘리베이터에 올라 '9' 버튼을 눌렀고, 문이 닫히려는 순간에 어떤 여자가 황급히 달려왔다. 아직도 사라로 추정되는 사람을 보았다는 생각에 심장이 뜀박질을 하고 있던 터라 엘리베이터로 달려오는 여자에게도 작은 궁금증이 일었다.

내가 엘리베이터 문을 닫지 않고 기다리자 다가온 여자는 고개를 꾸벅이며 안으로 들어왔다. 물론 사라는 아니었다. 길쭉한 키와 아름다운 몸매의 여자는 사라와 꽤나 비슷한, 혹은 훨씬 아름다운 실루엣을 가지고 있었다. 가면에 가려 얼굴이 보이지는 않았지만 얼굴 또한 무척이나 아름다울 것만 같았다.

나와 그 여자는 한참 동안 엘리베이터 안에 서 있었다. 이상하게도 엘리베이터가 올라가는 시간이 평소보다 훨씬 더 길게 느껴졌다. 여자는 나와 같은 층에 사는지 다른 층수의 버튼을 누르지 않았다.

'이상하네, 한 번도 본 적이 없는데……'

나는 그런 생각을 하며 여자를 곁눈질로 슬쩍 보았다. 그녀는 몸까지 돌려 나를 빤히 바라보고 있었다. 가면 안에 있는 동그란 눈동자가 부담스럽게 느껴져 나는 시선을 엘리베이터 위쪽으로 보냈다. 아직도 5층이었다. 뭔가 잘못된 것은 아닐까 싶었다. 하지만 곧 '6'이라고 되어 있는 곳에 빨간 불이 켜졌다.

작게 한숨을 쉰 나는 천천히 시선을 내렸다. 그때, 내 얼굴 옆으로 작은 숨결이 닿았다.

"아! 뭐야!"

나는 깜짝 놀라 몸을 뒤로 물렸고, 그 움직임에 엘리베이터가 흔들렸다. 나를 바라보던 여자가 내 볼에 얼굴을 바짝 붙인 채로 바라보고 있었기 때문이었다. 내가 놀래는 것을 보고도 뻔히 그 자세를 유지하던 여자는 곧 배에 손을 올리며 웃기 시작했다. 분명 아무런 소리도 들리지 않았건만 그녀의 행동을 보고 있으니 마치 깔깔거리고 웃는 웃음소리가 들리는 것만 같았다.

그제야 띵동 하는 소리가 들려왔고, 엘리베이터의 문이 열렸다. 9층에 도착한 것이었다. 나는 몸을 던지다시피 그곳에서 내렸고, 멀찌감치 떨어져 엘리베이터 안을 바라보았다. 여자는 층이 달랐던 것인지 내리지 않고 그저 웃는 행동을 이어갔다. 그리곤 엘리베이터 문이 닫혀지는 순간에 손을 좌우로 흔들며 인사를 했다.

"아, 놀래라. 대체 뭐야?"

나는 놀란 가슴을 달래며 이상한 여자가 타고 있는 엘리베이터가 어디서 멈추는지를 보려고 했다. 아파트는 12층까지 있었다. 하지만 그 엘리베이터는 올라가지 않았다. 다시 내려가기 시작했다. 단 한 번의 멈춤도 없이 1층까지……. 그녀는 이곳에 살고 있지 않은 모양이었다.

3

나는 그 후로 며칠 동안 집 밖을 나가지 않았다. 사라의 집에도 가지 않았고, 그녀의 홈페이지에 글을 남기지도 않았다. 머리가 복잡했다. 아무렇지 않다고 생각했던 외출이 다시 한 번 부담으로 다가왔다.
 얼마나 흘렀을까, 나는 있던 음식들이 떨어지고 나서야 집을 나설 생각을 했다. 그동안 비는 내렸다가 그쳤다가를 반복해 작은 우산을 챙겨야만 했다.
 어느덧 날씨는 더욱 가을답게 변해 차 안의 히터를 틀어야 할 정도가 되어버렸다. 옷을 얇게 입고 나온 터라 뜨거운 히터 바람에도 떨리는 몸은 멈추지 않았다.
 나는 떨리는 몸을 애써 달래며 마트로 향했다. 음식을 구비해 놓아야 했다. 더 많은 시간 동안 집 안에 틀어박혀 있을 생각이었다. 복잡함 때문이었다. 세상에 적응하고 있는 나에 대한 작은 의구심이었고, 또 이 가짜 세상에 대한 궁금증이었다.
　마트 주차장 안은 평소보다 많은 차들이 주차되어 있었다. 아무리 보아도 남은 자리가 없어 결국 밖으로 나와 거리의 한적한 곳에 차를 세웠다. 그리고 우산을 챙겨 내렸다. 그사이 잠시 멈췄던 비가 조금씩 내리기 시작했다.
　근처에 차를 세웠다고 생각했건만 마트까지 걸어가는 데에 15분이 넘게 걸렸다. 전에 내렸던 비 때문인지, 아니면 지금 내리는 이슬비가 벌써부터 땅을 축축하게 만든 것인지 바지 뒷자락에는 흙물이 잔뜩 묻었고, 그 습기가 양말까지 전해지고 있었다.
　기분이 좋지 않은 날이었다. 간만에 나오는 외출이 오히려 기분을 언짢게 만들고 있었다. 나는 그런 기분을 유지한 채로 우산을 접고 마트 안으로 들어섰다.
　"이게 뭐야."
　마트 안에는 굉장히 많은 사람들이 있었다. 평소에도, 그러니까 예전 원래의 세상에서도 이렇게 많은 사람이 모여 있던 것을 본 적이 없었다. 그만큼 엄청난 수의 사람들이 커다란 층 곳곳에서 몸을 부비며 장을 보고 있었다. 그 모습을 본 나는 아연실색할 수밖에 없었다. 사람들이 많이 모인 곳을 좋아하지도 않는 성격이고, 그 사람들의 얼굴이 모두 나와 같은 모습이라 영 찜찜해 도저히 다가갈 수가 없을 것만 같았다.
　이렇게 평소와 다른 모습이라면 무엇인가 뜻이 있기 마련이었다. 예를 들어 이 세상을 총괄하는 감독이 내가 접근하지 말아야 할 것을 막고 있다거나, 혹은 다른 길로 인도하려는 경우를 말하는 것이었다.

　나는 한참이나 마트 입구에서 그 많은 사람들을 바라보고 있었다. 장을 보고 싶었지만 아무리 봐도 낄 틈이 없어 보였다. 비상식적으로 많은 사람들이 아무런 목소리도 내지 않고 부비적하는 모습에서 공포가 느껴지기까지 했다.

　결국 나는 접었던 우산을 다시 펴고야 말았다. 아무리 생각한들, 그러니까 이것이 저 위에서 조정하고 있는 한 가지의 상황이라 한들 저런 사람들 사이에서 장을 볼 수는 없는 노릇이었다. 다른 곳은 어떨까 싶어 나는 마트를 나와 번화가로 향했다.

　얼마 후 도착한 번화가에는 방금 전 간 마트만큼이나 커다란 마트가 있었다. 나는 젖은 신발이 영 찜찜해 슬리퍼도 하나 살 생각을 했다. 그러나 그것보다 더 빨리 해야 하는 것이 생겼다. 그것은 꼬르륵거리는 배에 음식을 주는 일이었다. 아무것이나 대충 먹을까 하며 차에서 내린 나는 우산을 폈다. 내리던 이슬비가 어느덧 두터워져 세상으로 맹렬히 떨어지고 있었다. 생각할 겨를도 없이 나는 눈에 익숙한 음식점으로 몸을 움직였다.

　"아, 추워."

　온몸이 떨려왔다. 차 안의 온도와 다른 차가운 공기가 젖은 옷과 만나고 있었다. 감기가 걸릴 모양인지 목도 간지러웠고, 머리도 어지러웠다. 일단 밥을 먹고, 빨리 장을 봐서 집으로 돌아가야 할 것 같았다.

나는 들고 있던 우산을 레스토랑 입구에 꽂은 채 안으로 들어갔다. 이곳은 내가 자주 왔었던, 그리고 지난번 외출 때 사라의 뒷모습을 보았던 그 레스토랑이었다. 평소라면 어떤 모습의 사람들이 있는지 훑어보면서 들어갔겠지만, 원체 컨디션이 좋지 않았던 터라 일단 안쪽 비어 있는 자리로 냉큼 들어가 앉았다. 그리고 소파에 뉘어 있던 쿠션을 들어 품에 안았다. 온몸에 번진 추운 기운이 강해지고 있었다.

그사이 늘 보던 차림의 종업원이 얼굴에 가면을 쓴 채 뚜벅거리며 나에게 걸어왔고, 늘 그래 왔듯 메뉴판을 내려놓았다.

"파스타."

나는 무뚝뚝하게 말했다. 종업원이 자신이 내려놓았던 메뉴판을 걷어 돌아가려고 할 때 나는 문득 생각이 난 듯 그를 불렀다. 그리고 말했다.

"음식이야 그것밖에 안 된다지만…… 뜨거운 물은 가져다줄 수 있겠지?"

종업원이 날 멍하니 바라보며 고개를 갸우뚱했다.

"뜨거운 물!"

소리를 지르듯 말하는 내 모습을 보고서야 그는 고개를 끄덕이며 돌아섰다. 나는 마치 그가 나를 조롱하는 것 같아 기분이 불쾌했다. 그가 그동안 내가 느껴왔던 대로 몇 가지의 패턴을 가진 인형 같은 존재인지, 아니면 그러는 척하며 나를 조롱하는 것인지에 대한 궁금증이 일었다.

다행히 종업원은 곧 뜨거운 물을 가지고 왔고, 나는 그것을 호

호 불어가면서 마시기 시작했다. 음식이 나와 내 앞에 놓이기 전까지 그 물을 손에서 떼지 않고 계속 홀짝거렸다.

잠시 후 나온 크림파스타는 다른 날보다 더 맛있어 보였다. 나는 가치가 없는 기대를 하며 음식을 입에 넣었다.

"어?"

작지만 분명 맛이 느껴졌다. 그 따뜻함이, 그리고 크림 향기가 느껴졌다. 나는 정말이지 오랜만에 음식을 맛있게 먹을 수 있었다. 불필요한 모션도, 마인드 컨트롤도 필요하지 않았다.

매우 짧은 시간에 음식을 모두 먹어버린 나는 이 이상함이 이해되지 않았다. 가짜라고 확신했던 세상에서 음식 맛이 느껴지는 것은 대체 무슨 뜻일까, 다시 속고 있는 걸까, 아니면 모든 것이 내가 생각한 것과 다른 것일까.

이런저런 생각을 하던 나는 종업원을 불러 따뜻한 물 한 잔을 더 부탁했다. 아까보다는 훨씬 부드러운 목소리로.

뜨거운 물이 나오고 품고 있던 작은 쿠션을 치웠다. 그리고 물이 담긴 잔을 만지작거리며 창밖을 바라보았다. 이제야 조금 여유가 생기는 것 같았다. 비는 시원스럽게도 내리고 있었고, 거리를 지나치는 가면의 사람들은 우산을 쓰며 각자의 역할을 수행하고 있었다. 저 아래를 걸어 다니는 사람 중에 사라의 뒷모습을 보았었다. 하지만 그것이 정말로 사라였는지 확신할 수는 없었다.

나는 물을 한 번 더 마시고 젖은 주머니를 뒤졌다. 휴대폰을 꺼내기 위함이었다. 그동안 아무런 연락이 없었음에도 휴대폰은 항상 주머니나 손에 들려 있었다. 오늘도 역시나 나에게 온 연락은 아무것도 없었다.
　나는 그 휴대폰의 '1'을 꾹 눌러 전화를 걸었다. 귓가로 피아노 선율이 들려왔다. 이제는 아무런 느낌도 들지 않았다. 그녀가 받지 않을 것을 너무나 잘 알고 있기 때문이었다.
　손에 들려 있는 휴대폰은 내 귓가에 닿아 있었고, 나는 다른 쪽 손으로 물을 한 모금 더 마셨다. 그때, 어떤 소리가 들려왔다. 아무도 말하는 시늉만 할 뿐 말하지 않는, 그리고 오직 행동만이 존재하는 그곳에 어떤 소리가 들려왔다. 내 손은 멈추었고, 눈은 잠시 허공을 바라보다가 소리가 들리는 곳으로 움직이기 시작했다.
　그것은 음악 소리였다. 귓가로 들리는 음악이 매장 안에서도 들리고 있었다. 나는 꿀꺽거리는 소리를 내며 침을 삼켰다. 침을 삼키는 소리가 매장 전체에 크게 울리는 것만 같았다.
　'분명 사라의 벨소리도……'
　나는 자리에서 일어나 음악 소리가 들리는 방향으로 움직이며 두리번거렸다. 그렇게 정처 없이 흘러 다니던 시선이 곧 한곳에 고정되었다. 낮은 벽 때문에 보지 못했던, 그리고 지친 몸 때문에 자세히 살피지 못했던 자리에 어떤 여자가 등을 지고 앉아 있었다. 매우 익숙한 모습이었다. 나는 전화기를 든 채 그곳으로 걸어갔다. 주변에 있던 사람들은 모두들 자신의 역할에 집중하느라 나에게 아무런 신경도 쓰지 않고 있었다.
　들리던 음악이 작은 소리와 함께 멈추었다. 휴대폰 너머에서 들려오던 음악도, 또 매장에서 흘렀던 어떤 이의 벨소리도 멈추었다. 내가 다가가고 있는 자리의 여자는 자신의 주머니에서 전화기를 꺼내 귀로 가져가고 있었다.
"여보세요?"
다가가며 그렇게 물었다. 전화는 끊어진 것이 아니라 통화가 이어진 것이었다. 어느덧 나는 그녀의 바로 뒤에까지 도달했다.
"여보······ 세요?"
아무런 대답도 들리지 않았다. 휴대폰에서도, 그리고 내 앞에 앉아 있는 익숙한 뒷모습의 여자도.
"사라 맞지?"
나는 전화를 끊고서 말했다. 그 뒷모습은 너무나 익숙한 것이었다. 바로 사라의 뒷모습, 착각할 수 없는 익숙한 그 모습이 눈앞에 놓여 있었다. 그리고 그녀가 전화를 받았다. 내가 보는 앞에서.
"사라야······."
돌아 앉아 있는 그녀의 어깨에 손을 올렸다. 그러자 그녀가 고개를 돌렸다. 그토록 찾아 헤매었던 사라였다. 그녀의 얼굴에도 가면은 쓰여 있었다. 나와 같은 얼굴의 가면이.
"사라 맞지? 맞는 거지? 얼굴이 뭐야······."
가면을 쓰고 있었지만 나는 그녀가 사라임을 확신했다. 가면 안의 눈동자도, 긴 머리카락도, 몸도, 향기도 모두 그녀였다. 나는 사라의 옆자리에 앉아 그녀의 손을 잡았다. 사라는 그저 멍하니 나를 바라보았다.
눈물이 흐를 것만 같았다. 가면을 쓰고 있다고 하더라도 상관없었다. 나는 그녀에게 물었다.

"너무나…… 보고 싶었어. 대체 어디에 있었던 거야?"
하지만 그녀는 아무런 대답도 해주지 않았다.

❖

 우리는 집으로 돌아왔다. 우리, 이 말이 이토록 정겹게 느껴질 것이라고는 생각조차 해본 적이 없었다. 우리는 그렇게 손을 잡고 집으로 돌아왔다. 비는 그새 그쳤고, 몸을 감돌던 감기 기운마저도 사라졌다. 사라가 내 옆에 있다는 것만으로도 모든 병이 나아버린 것만 같았다.
 "뭐라도 마실래?"
 집에 들어오며 그녀에게 물었다. 하지만 가면을 쓰고 있는 사라는 아무런 대답도 하지 않았다. 나는 그녀를 거실 소파에 앉히고 부엌으로 향했다. 선반과 냉장고를 뒤지며 따뜻한 차가 있는지 살펴봤지만 그 흔한 믹스커피조차 없었다. 그제야 장을 보지 않았다는 사실이 생각나 스스로 머리에 꿀밤을 먹였다. 그렇다고 그녀에게 줄 음식을 위해 밖으로 나가지는 않을 것이었다. 지금은 이 순간 하나하나를 곱씹어야 할 때였으니까.
 결국 나는 뜨거운 물 한 잔을 가지고서 거실로 돌아왔다. 사라는 멍하니 앉아 허공을 응시하고 있었다. 내가 물을 건네자 그녀는 마시지 않고 단지 만지작거리기만 했다.
 "미안, 줄 게 없네."
 사라는 내 말을 듣고는 고개를 돌려 나를 바라보았다. 그리고 작게 웃었다. 입가는 보이지 않았지만 가면 사이의 동그란 눈이 슬쩍 접혔다.

"괜찮아?"

그 웃음에 답하듯 미소를 띠운 나는 사라에게 물었다. 그러자 그녀는 고개를 작게 끄덕였다.

"그동안 어디에 갔던 거야? 며칠 전 레스토랑 앞을 지나간 사람도 너 맞지?"

사라는 어깨를 으쓱거렸다. 말을 하는 동안에도 그녀가 쓰고 있는 가면이 너무나 불편해 보였다. 청초한 얼굴을 가리고 있는 내 얼굴이 어색해 보이기도 했다. 나는 그녀의 얼굴에 손을 올렸다.

"이거 벗으면 안 될까?"

그렇게 말하며 손에 작은 힘을 주었다. 그 가면을 벗겨내기 위함이었다. 하지만 그 가면은 예전 옥상에서 봐왔던 사내, 그리고 세상에 많은 가면들처럼 벗겨지지 않고 꼭 붙어 있었다. 마치 그것이 제 얼굴인 마냥.

내가 자꾸 가면을 벗겨내려고 하자, 사라는 이내 고개를 절레절레 흔들며 내 손을 피했다.

"아, 미안."

그 말에 그녀는 다시 웃었다. 그녀의 입가의 미소를 보고 싶었던 나로서는 그 모습이 무척이나 아쉬워 보였다.

우리는 아무런 말도 없이 한참을 앉아 있었다. 시간이 얼마나 지났을까, 나는 힐끗거리며 사라의 얼굴을 보았다. 어쩌면 의심

거짓과 함께 195

을 하고 있는 건지도 모르는 일이었다. 모든 사람들처럼 그녀도 가짜는 아닐까 하는…….

"하하."

그런 생각을 하는 도중, 나는 멋쩍은 미소를 지어야 했다. 힐끗거리던 내 눈이 그녀와 마주쳤기 때문이었다. 왠지 속마음이 들킨 것 같아서 미안하게 느껴졌다.

그녀는 이제는 식어버린 물컵을 바닥에 내려놓았다. 그리고 천천히 손을 뻗어 옆에 있던 나를 안아주었다.

나는 "아." 하는 단발의 소리를 내었다. 사라의 어깨와 긴 머리카락이 얼굴 가까이 다가오고 향기가 풍겼다. 오직 그녀만이 낼 수 있을 것이라고 생각했던 깨끗한 향기였다. 잠시나마 의심을 했던 내가 바보같이 느껴지는 순간이었다. 한숨이 흘러나왔다. 멈추지 않고서 계속 한숨이 나왔다. 가슴에 가득 차 있던 돌무더기를 내려놓은 느낌이었다.

"고마워, 지금이라도 나타나 줘서."

사라가 내 등을 쓰다듬어 주었다. 눈물이 날 것만 같았다.

"아! 잠깐만."

나는 그렇게 말하고 그녀의 품을 빠져나왔다. 그리고는 달리다시피 방 안으로 들어가 침실 옆 작은 서랍을 열었다. 그동안 내 혼잣말에 고생을 했을 사라의 물건은 여전히 자신의 주인을 기다리고 있었다.

나는 그 물건을 등 뒤로 숨긴 채 거실에 있던 사라에게 돌아왔다. 그리고 말했다.

"눈 감아봐."

사라는 눈을 감았다. 나는 숨기고 있던 물건을 그녀의 작은 손가락에 끼워주었다. 그러자 그녀가 눈을 떴다.

"다음에는 더 좋은 걸로 하자."

사라가 그 말을 듣고 작게 웃으며 나를 끌어안았다. 모든 것이 쿵쾅거렸다. 그것으로 만족할 수 있을 것 같았다. 가면을 쓰고 있다고 해도 그녀는 사라였고, 우리는 이 이상한 세상 안에서 만났으며, 나는 그녀의 손가락에 반지를 끼워주었다. 이 세상의 진위 여부 따위는 더 이상 나에게 아무런 궁금증도 선물하지 않았다.

'나에 대해 항상 궁금해했으면 좋겠어요.'

그때, 언젠가 사라가 나에게 했던 말이 갑자기 떠올랐다. 어째서일까. 나는 사라가 그 말을 했었던 오래전의 기억을 슬며시 되짚어보았다.

오래전 그날, 나는 사라와의 약속을 미룬 채 은지를 만나야 했다.

하늘은 무척이나 어두워 비를 예고하고 있었다. 근래의 날씨가 그랬던 것처럼 오늘이 가기 전에 한바탕 쏟아질 것이었다.

오랜만에 은지의 집을 찾아가는 것이 영 어색했다. 오히려 사라가 지내고 있는 보육원으로 향하는 길이, 그리고 사라의 얼굴을 보는 것이 더욱 익숙해져 있는 때였다. 그동안 이런저런 생각이 머릿속에 복잡하게 얽혀 은지의 연락을 받지 않았고, 그 얽힌 것을 푸는 방법을 알게 된 후에야 연락을 했다. 은지는 나를 나무라지 않았다. 대신 걱정을 했다. 그녀의 걱정에 나는 어떤 변명도 하지 않았다. 그저 만나자는 이야기를 했을 뿐이었다.

저녁 먹을 시간이 다 되어서야 은지의 집 앞에 도착할 수 있었다. 나는 그녀에게 전화를 했고, 그녀는 채 10분도 걸리지 않아 내가 타고 있는 코란도 앞에 나타났다. 아무렇지 않을 줄 알았더니 차에서 내리는 순간 가슴팍이 크게 울렁거렸다.

"무슨 일 있던 거야?"

차에서 내리는 나를 보고 은지는 인사를 대신해 그렇게 물었다. 나는 그저 고개를 끄덕였다.

그녀는 집 앞을 나오면서도 곱게 차려입고 있었다. 추리닝을 대신해 얌전한 청바지와 멋들어진 검정 재킷이 어울려 보였다.

"왜 아무 말이 없어?"

은지는 그렇게 물었다. 나는 그저 그녀의 얼굴을 바라보기만 했다. 그러자 은지는 작게 한숨을 뱉고 내가 있는 쪽으로 걸어왔다.

"일단 밥 먹으면서 이야기하자, 나 배고파."

그녀는 그렇게 말하고 나를 지나쳐 뒤에 있는 차로 향했다. 표정에는 보이지 않았지만 속으로는 기분이 좋지 않았을 것이었다.

"저기 미안한데……."

"응?"

그녀는 멈추어 나를 보았다.

"밥 못 먹을 것 같아."

"왜? 먹고 왔어?"

"아니, 조금 있다가 먹으러 갈 거야."

그녀의 미간에 매우 작은 주름이 잡혔다.

"어디로?"

"은지야."

"왜?"

나는 침을 삼키고서 말을 꺼냈다.

"실습하는 동안에 어떤 학생을 만났어."

"그야 네가 교생이니까……."

"내가 왜 그동안 네 연락을 받지 않으려고 했을까 하고 생각을 해봤어."

그녀는 말없이 나를 보기만 했다.

"그리고 그 학생이 독립해 산다고 했을 때 알게 됐지."

"자, 잠깐 대체 그게 무슨 소리야? 연락을 받지 않은 게 학생 때문이라고?"

은지의 얼굴은 지난 2년간 내가 한 번도 보지 못한 표정으로 변하기 시작했다. 늘 완벽해 보였던 그녀의 얼굴에는 온통 균열이 생겨 있었다.

"녀석을 지켜주고 싶어. 그런 건 처음 느껴보는 거야. 나 같은 사람이 누군가를 지켜주고 싶다고 느낀 건 처음이란 소리야."
 "고등학생을? 너 미친 거야? 대체 왜 그래?"
 "미쳤다고 해도 어쩔 수가 없어. 나도 그렇게 생각하니까. 근데 아무리 생각을 해봐도 어쩔 수가 없어. 널 좋아했던 건 맞지만…… 늘 나와 어울리지 않는다는 생각을 했어."
 "그러면 그 학생은? 그 학생은 너랑 어울린다고 생각해? 너 선생이 되고 싶다며, 정말 좋은 선생님이 될 거라며. 근데 이게 뭐야."
 "나도 많은 생각을 했어. 너한테는 정말 미안해."
 은지는 더 이상 말을 하지 못했다. 얼굴에 나타난 균열은 지워지지 않고 있었다. 나는 한참이나 그녀를 바라보다가 이내 몸을 돌려 차에 올라탔다. 시동이 걸리고, 차가 후진을 하는 동안에도 그녀는 그 얼굴 그대로를 유지하며 나를 바라보았다.
 떠나가는 차 안 백미러에 비친 은지가 내 기억 속의 마지막 모습이었다.

 나는 바로 사라의 보육원으로 향했다. 그 길은 은지의 집으로 향하는 것보다 훨씬 더 긴장되었다. 그때, 작은 소리와 함께 비가 내렸다.
 보육원 앞에 도착한 나는 사라에게 전화를 걸었다. 그리고 차 밖으로 나가 부슬거리며 내리는 비를 맞았다. 사라는 얼마 되지 않아 나타났다. 다른 날처럼 우산을 쓰지 않은 채였다.
 "왜 비를 맞고 있어요?"

"너는?"

사라는 키득거리며 웃었다. 나도 따라 웃었다. 나는 그때부터 그녀를 빤히 바라보았다. 사라는 곧 그 시선이 어색하게 느껴졌는지 "왜요?" 하고 질문을 해왔다. 나는 말했다. 내가 어디를 다녀왔는지, 어떤 이야기를 하고 왔는지, 그리고 앞으로 어떻게 할 건지, 또 그녀에게 어떤 감정을 가지고 있는지. 그 말을 들은 사라는 한참을 멍하니 있었다. 그리고 천천히 내 앞으로 다가왔다. 고개를 푹 숙인 그녀는 나에게 부탁이 있다고 했다.

"선생님이 나에 대해 항상 궁금해했으면 좋겠어요."

"그게 무슨 말이야?"

"뭐 하는지, 어떤 생각을 하는지, 오늘 기분은 괜찮은지, 조금 이상하다면 왜 그러는지 항상 궁금해하고 알려고 했으면 좋겠어요."

"그래, 그게 뭐 어렵나."

"고마워요."

나와 그녀는 대화를 끝내고 늦은 저녁을 먹기 위해 차에 올랐다. 온몸은 축축하게 젖어 있었지만 입가에 걸린 미소는 지워질 생각이 없어 보였다.

4

　그때 사라가 말했던 것처럼 궁금해하고 있는가? 나는 스스로에게 내린 질문에 전혀 답할 수가 없었다. 지금 돌아온 사라에게 궁금증을 품는 것은 영 어색한 일이었다. 나에게 사라는 물음표인 적이 없었던 것 같았다.

　다음날 아침, 누가 깨울 필요도 없이 나는 잠에서 깨어났다. 하지만 눈은 뜨지 않았다. 귀로 어떤 소리가 들려왔기 때문이었다. 그것은 달그락거리는 소리였다. 괜한 기대감은 항상 슬픔으로 다가왔다. 분명 어젯밤 사라가 내 옆에서 잠드는 것을 보았건만 언젠가 그랬던 것처럼 사라져 버릴까 봐 두려워 눈을 뜨지 못하고 있었다. 거실로 나서면 커튼이 펄럭거릴까 봐, 또다시 사라졌을까 봐.

나는 상당한 시간이 흘러서야 눈을 떴다. 그리고 내 옆에 잠들어 있을 사라를 바라보려 했다.
"사라야!"
그녀가 없었다. 또다시 사라진 것일까, 나는 당연히 없을 이불 자락을 들추며 그녀를 찾으려 했다. 그리고 이내 벌떡 일어나 거실로 나섰다. 나는 거실로 나오자마자 베란다를 바라보았다. 창은 단단히 닫혀 있었고, 커튼도 얌전히 자신의 모습을 지키고 있었다.

달그락. 달그락.

주방에서 귀에 익숙한 소리가 들려오고 있었다. 나는 너무나 좁게 형성된 시야를 넓혀 주방을 보았다. 그곳에 사라가 있다. 여전히 내 얼굴의 가면을 쓴 채로.
"놀랐잖아."
나는 그렇게 말하며 주방으로 들어섰다. 식탁 위에는 많은 반찬들이 놓여 있었다. 무친 오이와 잘 익은 김치, 바짝 익은 조기와 콩자반까지. 잠시 후 그녀는 달그락거리던 움직임을 멈추고 무엇인가를 가지고 왔다. 그것은 된장찌개였다.
"네가 이걸 다 한 거야?"
사라는 고개를 끄덕였다. 나는 수저를 들어 그녀가 식탁 위에 내려놓은 찌개의 맛을 보았다.
"와, 맛있다."

예전처럼 맛이 느껴지지 않을지도 모른다고 생각했지만 곧 짭짤하고 고소한 향기가 입안 가득 퍼졌다. 언젠가 내 어머니가 만들어주었던 그 맛이었다.

나는 그녀를 보고 작게 웃었다. 사라는 내 웃음을 보더니 밥 한 공기 퍼 내 앞에 내려놓았다.

"너는? 아, 미안."

그렇게 말하고 밥을 먹기 시작했다. 사라는 먹지 않고 맞은 자리에 앉아 내가 먹는 것을 구경했다. 미안했지만 그녀는 먹지 못했다. 그 어떤 음식도.

"오늘 영화 보러 갈까? 뭐, 극장에서 영화를 해줄지는 모르겠지만."

사라에게 그렇게 물었다. 턱을 받힌 채 나를 보던 사라는 고개를 끄덕였다. 나는 다시 밥을 먹기 시작했다.

그때 머리에 물음표 하나가 나타난다.

'음식을 만드는 것에는 관심조차 없던 사라가 어떻게 이 음식을 만들었을까?'

밥을 입에 넣으며 앞에 있는 사라를 살짝 보았더니 그녀는 여전히 나를 향해 싱그러운 미소를 짓고 있었다.

그렇게 식사를 마치고 우리는 외출을 했다. 명목은 영화를 보기 위해서였다. 간만에 햇살이 세상을 비추고 있어 외출하기에는 더없이 좋은 날이었다. 영화관에 상영하는 영화가 있을까 했더니 뜻밖에도 니콜라스 케이지 주연의 〈콘에어〉가 있었다. 영화관에서는 10년도 훌쩍 지난 영화를 이제야 개봉하는 것처럼 이곳저곳에 광고판을 걸어놓았다. 학창 시절 아버지와 봤던 영화, 마치 그때의 기억을 그대로 옮겨놓은 듯 영화관의 모습이 무척이나 신기하게 느껴졌다. 사실 신기하다는 말도 이제는 너무나 뻔하게 느껴졌다.

학창 시절, 나와의 거리를 좁혀보고자 영화관에 데리고 갔던 아버지를 꽤나 귀찮게 생각해 나는 성가신 표정을 유지했었다. 하지만 그 표정은 오래가지 못했다. 이 영화를 보는 내내 가슴이 두근거려 눈을 동그랗게 떠버렸기 때문이었다. 그런 나의 모습을 보고 아버지는 뭐라고 생각하셨을까. 여하튼 모든 잡생각을 잊어버리기에는 너무나 좋은 영화였다. 몇 번을 보아도 그것은 여전했다.

창구에서 돈을 내밀고 표를 받았다. 영화는 상영 10분 전이었고, 나와 사라는 작은 팝콘과 콜라를 사 상영관 안으로 향했다. 나는 괜히 즐거워 입가에 걸린 웃음을 지우지 못했다. 그녀는 어떨까 싶어 표정을 보았더니 통 알 수가 없었다. 가면 안의 표정이 보고 싶었다.

우리는 정해진 자리로 향했다. 이미 많은 사람들이 영화를 보기 위해 자신들의 자리를 찾아 앉아 있었다. 혼자서 온 사람, 연인과 온 사람, 부모님과 같이 온 사람들까지. 모두들 양손에는 매장에서 팔던 작은 주전부리들과 음료수를 들고 있었고, 마치 먹을 것처럼 입까지 손을 가지고 갔으나 이내 다시 내려놓았다.

영화가 시작되려는지 극장에는 어둠이 내렸다. 나는 들고 있던 팝콘을 입에 넣었다. 짭짜름한 맛이 느껴졌다. 옆에 있던 사라도 팝콘에 손을 얹었다. 하지만 입으로 가져가는 손에는 팝콘이 들려 있지 않았다.

영화가 시작되고 얼마 되지 않아 집중을 하기 시작했다. 니콜라스 케이지가 감옥에 가고, 또 석방을 얼마 남기지 않았을 때 일어나게 되는 일은 모든 근심과 궁금증을 날려 버리기에 충분했다. 그때만큼은 영화에 집중을 해 옆에 사라가 있다는 것도 잠시 잊고 있었을 정도였다. 니콜라스 케이지가 비행기에 타고 그 비행기를 점령한 죄수들과 한바탕 싸움을 벌일 때에 어떤 속삭임이 들려왔다.

"나에 대해 항상 궁금해했으면 좋겠어요."

나는 깜짝 놀라 옆에 있던 사라를 바라보았다. 하지만 그녀는 아무런 움직임도 없이 영화를 보고 있었다. 곧 그녀는 시선을 느끼고 고개를 돌려 나를 보았다. 잘못 들은 것일까, 하지만 방금 들린 목소리는 분명 사라의 것이었다.

"뭐라고 했어?"

내가 속삭이듯 그렇게 묻자 그녀는 어깨를 으쓱거렸다. 나는 혹시나 하는 마음이 들어 고개를 돌려 뒤를 바라보았다. 뒷자리에는 노부부가 영화를 감상하고 있었다. 그들이 한 말은 아니었을 것이었다.

그때, 극장 뒤에 있던 문이 살짝 열리고 어떤 여자가 밖을 나섰다. 찰랑거리는 긴 머리카락이 너무나 낯이 익어 나도 모르게 자리에서 일어나 버렸다. 저 사람이 나에게 속삭인 것일까, 나는 별다른 생각도 없이 방금 문이 열렸던 곳으로 향하려 했다. 하지만 내 움직임을 어떤 손이 잡아 멈추게 만들었다. 그건 내 옆자리에 있던 사라의 것이었다.

"잠깐이면 돼."

나는 그녀에게 그렇게 말하며 다시 나가려 했다. 하지만 그녀의 힘이 얼마나 강한지 도무지 뿌리칠 수가 없었다.

"어, 화장실…… 화장실 다녀올게."

그렇게 핑계를 대었으나 그녀는 고개를 좌우로 흔들었다. 그리고 뒤에 있던 노부부가 손을 들어 자꾸만 앉으라는 행동을 취했다. 나는 다시 한 번 사라에게 말했다.

"급해서 그래. 금방 다녀올게."

그제야 사라의 손에 힘이 풀렸다. 나는 소리없는 걸음을 유지하며 뒷문으로 나섰다. 하지만 문을 열었을 때는 아무것도 없었다. 이미 이 문을 열고 나갔던 사람은 사라져 버린 후였고, 앞에는 내가 보고 있던 영화의 포스터만이 외롭게 걸려 있었다.

왠지 모를 허망한 기분에 화장실로 향했지만 아무리 기다려 본들 소변은 나오지 않았다.

우리는 맛있는 저녁을 먹고서야 집으로 돌아왔다. 머릿속에는 영화관에 울렸던 그 목소리가 지워지지 않고 있었다. 나는 복잡함을 간직한 채 샤워를 하기 위해 옷을 벗고 욕실로 들어갔다.

뜨거운 물로 한참을 씻는데 욕실 문 열리는 소리가 들렸다. 나는 물이 떨어지는 샤워기를 잠그고 눈을 비볐다. 문을 열고 들어온 이는 다름 아닌 사라였다.

"왜?"

그렇게 물으면서도 이상하다는 생각을 했다. 사라가 이 욕실에 들어올 일은 예전에도 많았고, 모두 다 그러려니 할 수 있는 것들이었다. 하지만 나는 "왜?"라고 물었다.

사라는 내 옷을 입고 있었다. 위에는 하얀 티를 입었으나 그 크기가 커 엉덩이까지 다 가려져 있었고, 바지는 입지 않고 있었다. 그녀가 속옷을 입었는지도 알 수가 없었다. 어쨌든 정말 오랜만에 보는 그녀의 얇고 하얀 다리가 무척이나 아름다워 보였다.

"씻을 거야?"

생각해 보면 같이 씻는 일이 많았었다. 하지만 너무 오랜만이라 갑작스레 심장이 두근거렸다.

사라는 대답을 대신해 화장실 세면대 위에 올려 있던 작은 타월을 집어 들었다. 나는 작게 웃고서 다시 물을 틀었다. 따뜻한 물이 발목부터 시작해 차오르고 있었고, 나는 그 위로 앉아 뜨거움을 만끽했다. 사라는 타월에 비누를 묻혀 슬그머니 다가왔다. 그리곤 천천히 내 등을 문질렀다.

"시원하다."

오랜만에 느끼는 여유에 정신은 멍해져 갔다. 입에서는 자꾸만

"아……." 하는 기분 좋은 소리만 새어 나왔다. 나는 뒤에 있는 사라에게 말했다.
"아까, 그러니까 영화 볼 때 화장실 간다고 했잖아."
멈춤이 없던 그녀의 손이 잠시 정지되었다. 나는 고개를 반쯤 돌려 이어 말했다.
"목소리를 들었어. 네 목소리 말이야."
사라의 손은 다시 천천히 움직였다.
"근데 넌 말을…… 그게 아직은 말을 할 수가 없는데 누가 말을 했을까 했어. 그래서 뒤를 돌아보았더니 어떤 여자가 나가더라. 혹시나 했지……. 아, 그 사람이 너라고 생각한 건 아니야. 그냥 말을 하는 사람이 있다는 것 때문에 그런 거지."
나는 사라의 마음이 상했을까 봐 몸을 완전히 돌려 그녀의 눈을 바라보았다.
"괜찮아?"
사라는 고개를 끄덕였다. 그리고 나에게 안겨왔다. 씻지도 않은 그녀의 몸에서는 오직 좋은 향기만이 났다.

나는 몸을 마저 씻고 나와 물 한 잔을 마셨다. 시간은 11시를 넘어가고 있었고, 등을 밀어주던 사라는 잠을 자기 위해 안방으로 들어간 것 같았다. 혹시나 하는 마음에 창밖을 보았더니 비는 내리지 않았다. 나는 물을 한 잔 더 마시고 방으로 들어갔다.
방의 불은 꺼져 있었다. 사라는 침대에 누워 있었고, 나도 그녀의 옆자리를 찾아 누웠다. 아무런 소리도 들리지 않는 그 공간 안에서 시간이 흘렀다. 아무리 눈을 감고 뒤척여 본들 쉽사리 잠이 오질 않았다. 멍하니 그렇게 있는 동안 작은 움직임이 느껴졌다. 사라였다. 그녀의 손이 내 등을 쓰다듬었다.

"안 잤어?"

사라는 대답을 대신해 자신의 손을 내 티 안으로 집어넣었다. 그 손이 차가워 놀라기는 했지만 기분은 좋았다. 그녀의 차가운 손은 내 등을 잠시 만지작거리고 곧 배로 다가왔다. 그리고 천천히, 매우 부드럽게 바지 안으로 움직였다. 나는 그것을 거부하지 않았다. 오히려 간만에 느껴보는 짜릿함은 나를 흥분케 만들었다. 그녀의 손길에 적셔지고 있던 나는 천천히 몸을 돌렸다. 그리고 손을 사라의 옷 안으로 집어넣었다. 곧 부드러운 가슴의 한쪽이 만져졌다.

'어?'

손과 움직임과 빠르게 달아오르던 감정이 멈추었다. 왠지 익숙하지 않은 탓이었다. 그동안 알아왔던 사라의 가슴이 전보다 훨씬 커진 것 같았다. 그 사소한 점이 내 모든 움직임을 막았다. 하지만 과연 그것이 사소한 것일까, 의문은 갑작스레 나타나 머릿속을 뒤집어놓았다.

내 손이 멈추자 사라의 손도 잠시 멈추었다. 나는 자연스레 고개를 들어 그녀의 얼굴을 바라보았다. 어둠에 가려져, 그리고 흥분에 가려져 보지 않고 있었던 그녀의 얼굴을 보자 모든 욕망이 뚝하고 떨어져 버렸다. 어둠 속에서는 그녀가 쓰고 있는 가면이 진짜 나의 얼굴처럼 보였기 때문이었다.

나는 사라에게 "미안."이라고 말하고 몸을 돌렸다. 다음에, 또 다음에도 얼마든지 시간은 있을 것이었다. 사라의 목소리를 찾고, 가면을 벗기고, 또 내 머릿속에 들어 있는 이 물음표를 치워 낸다면 그때 사랑을 속삭여도 늦지는 않으리라. 나는 그렇게 생각하며 서서히 잠이 들었다. 아마 사라도 그렇게 생각하지 않았을까.

❖

그 많은 의문점이 있음에도 나는 사라와의 시간에 집중했다. 같이 일어나고, 밥을 먹고, 대화 같지 않은 대화를 나누고, 외출을 나가고, 또다시 밥을 먹고.
그러던 어느 날, 방에서 같이 낮잠을 자다 일어났더니 옆에 사라가 없었다. 나는 급한 마음에 자리에서 일어나 거실로 나섰다. 그녀는 소파에 앉아 베란다에서 쏟아지는 햇볕을 맞으며 책을 읽고 있었다.
"책 읽는 거야?"
책이라고 하면 이따금 찾아보는 성경과 표지가 마음에 들어서 샀던 〈이상한 나라의 엘리스〉 정도만 알고 있는 사라였다. 그래서 그녀의 손에 책이 들려 있다는 것이 놀라웠다. 예전, 그토록 책과 가까워지라 말을 해도 고개를 절레절레 흔들던 그녀에게 볼 수 없었던 진귀한 장면이었다. 사라의 옆에는 이미 읽었는지, 혹은 읽으려고 하는지 알 수 없는 작은 〈로빈슨 크루소〉가 있었고,

손에는 나도 어디에 뒀었는지 기억조차 가물거리는 생텍쥐페리의 〈남방우편기〉가 들려 있었다. 나는 책을 읽고 있는 사라에게 어떤 책이라고 말을 해주려다가 내용의 한 조각도 기억나지가 않아 금세 포기하고야 말았다.

나는 사라 옆으로 다가가 앉았다. 그리고 〈로빈슨 크루소〉를 집었다.

"웬일이야, 책을 다 읽고."

사라는 유일하게 가면에 가려지지 않은 눈으로 웃음을 만들어 내었다. 나는 그저 갸우뚱하며 그녀에게 물었다.

"어때? 재미있어?"

그렇게 물었더니 사라가 고개를 끄덕였다. 그리고는 책을 잠시 놓고서 부엌으로 향했다. 늦은 점심을 준비하려는 모양이었다.

'요리와 책이라…….'

나는 도무지 익숙해지지 않은 그녀의 태도에 머리 안쪽으로 밀쳐두었던 물음표를 꺼내 들었다.

사라가 '달그락' 거리는 소리와 함께 음식을 준비하고 나는 그녀가 잠시 내려놓았던 책을 들어 읽어보았다.

우리는 그대가 얼굴을 붉히게 만들고 싶었다. 하지만 그대의 얼굴은 전혀 발그레하지 않았다. 아주 조금 난색을 표하고는 연못에 비쳐 너울거리는 달빛을 쳐다볼 뿐이었다. 그대에게는 아마 저 달빛이 연인이 아닐까 하는 생각이 들었다.[1]

〈남방우편기〉, 현대문화센터, 2008년 출판, p.230

'이게 대체……'

오래전 읽었을 때에는 눈물이라도 훔쳤을지 모르겠다고 생각했다. 하지만 그 오래전은 이미 지나 버렸고, 이제는 이 책의 작은 내용조차 이해가 되지 않았다.

책의 구절을 바라보던 시선은 음식을 만드는 사라의 등으로 향했다. 역시나 그녀의 몸매는 예전보다 훨씬 성숙해져 있었다. 그런 모습이 이상하게 느껴졌지만 딱히 싫지만은 않았다. 책을 읽는 사라, 음식을 만드는 사라, 아름다워진 몸매의 사라. 이 중 내가 싫어할 만한 것은 없었다.

5

 시간은 평온하게 흘렀다. 날씨가 매서워 쉽게 외출을 나가기가 힘들었고, 낙엽은 너풀너풀 춤을 추며 떨어졌다. 어둠이 그윽하게 세상에 가라앉을 때쯤 우리는 외출을 했다. 재회를 했던 그 레스토랑으로.

 땡그랑거리는 소리와 함께 사라와 내가 레스토랑으로 들어섰다. 평소보다 사람이 훨씬 많아 시계를 보았더니 7시가 되기에 조금 아쉬웠다. 우리는 비어 있는 자리가 어디 있나 한참을 살피다가 때마침 손님이 나간 창가 자리로 향했다.
 종업원을 기다리는 동안에 나는 바깥 풍경을 보았다. 최근 비는 내리지 않았고, 덕택에 가을의 모습을 만끽할 수 있었다. 모든 것은 고요하고 익숙했다. 이제는 가면이 아닌 다른 사람들의 얼굴조차 기억이 가물거렸다. 딱히 이 세상의 진실을 알아야 할 필요도, 또 진짜 세상으로 나아가야 할 이유도 알지 못했다.

그사이 종업원이 메뉴판을 두고 갔다. 사라가 나타나기 전까지는 크림파스타만 되던 것이 이제는 많은 음식을 만들어내고 있었다. 주위의 많은 사람들이 스테이크나 그라탱처럼 다른 음식들을 먹고 있었다.

먼저 사라에게 무엇을 먹을 거냐며 메뉴판을 건넸지만 그녀는 고개를 저었다. 나는 어떤 메뉴를 시킬지 고민을 하며 어차피 먹지도 못하는 사라에게 물었다.

"그라탱은 어때? 아니면 스테이크를 하나 시키고 다른 걸 먹을까?"

사라가 이번에는 고개를 끄덕였다. 아마 그 어떤 것이라도 상관이 없다는 뜻인 것 같았다.

"손님, 주문 도와드릴까요?"

메뉴판에 손가락을 얹어가며 메뉴를 생각하던 나에게 종업원이 다가와 물었다. 나는 그를 바라보지도 않고서 말했다.

"아뇨, 조금 있다가 시킬게요. 오늘 뭐가…… 맛있…… 어……?"

말의 끝이 흐려졌다. 그리고 메뉴판을 바라보고 있던 시선을 천천히 올렸다. 고요함만이 가득한 이 세상에 나 말고 다른 목소리가 들리고 있었다.

내가 잘못 들은 것일까, 고개를 들어 바라본 종업원의 얼굴에는 역시나 가면이 씌여 있었다. 다른 이들과 틀린 점은 없었다.

거짓과 함께 215

나와 같은 얼굴, 오직 그 사람 자신의 것이라고는 눈밖에 보이지 않는 얼굴.
"방금 뭐라고 했죠?"
그는 말을 하지 않았다. 그리고 나를 뻔히 바라보았다. 잘못 들은 것일까, 나는 고개를 흔들며 그에게 말했다.
"아, 미안한데 조금 있다가 시킬게요."
귓가에 들려왔던 목소리는 언제나 그렇듯 환청이라고 단정 지어버렸다. 그리고 다시 메뉴판으로 시선을 움직였다.
그때,
"주문 도와드릴까요? 하고 말했습니다만."
"뭐?"
나는 재빨리 고개를 들어 그를 바라보았다. 내가 그를 바라보자 그는 얌전히 떨어뜨리고 있던 손을 들어 가면을 만지작거렸다. 그리고 절대 벗겨지지 않을 것이라 생각했던 가면을 슬쩍 들어 자신의 얼굴을 보였다.
"당신!"
"쉿!"
나는 손가락으로 그를 가리키며 크게 말했다. 그러자 주변에 있는 사람들이 우리를 바라보았다. 그는 나에게 힌트를 주려고 했던, 그리고 사라져 찾을 수 없었던 바로 그 남자였다. 힘겹게 찾았던 그가 가면을 쓴 채로 나에게 말을 걸고 있는 것이었다.
"뭐, 뭐예요? 대체 어디에 있다가……."
그가 "쉿!"이라고 했건만 한 번 커지기 시작한 말소리는 줄어들지 않았다. 오히려 더욱 크고 강해져 주위에 있던 사람들의 시선도 한층 노골적으로 변하고 있었다. 그는 가면을 다시 쓰고는 이리저리 눈을 돌렸다.

"조용히 좀 해요."

그는 속삭이듯 말했다. 움직이지 않는 가면의 모습과 그의 말이 마치 복화술을 하는 것처럼 느껴졌다. 나는 그제야 주위를 두리번거리며 말소리를 줄였다.

"어떻게 된 거냐고요."

"일단 주문하는 척이라도 해요."

내가 여전히 어리둥절해하고 있자 그는 허리를 숙여 말했다.

"왜 이따위로 지낸 거예요?"

"네?"

"왜 이렇게 멍청히 지내고 있느냐고요!"

작지만 강한 임팩트를 담은 그의 목소리가 귓가에 전해졌다. 내 시선은 순간 사라에게로 향했다. 그녀는 나를 멍하니 바라보고 있었다.

"무슨 말이에요? 그건 내가 묻고 싶은 말이라고요. 대체 어디에 있다가 지금에서야 나타난 거예요?"

내 질문에 그는 눈을 잠시 감았다. 속으로 화를 참는 듯 보였다.

"당신이 멍청한 짓을 하고 있으니 이렇게라도 온 거 아닙니까."

"멍청한 짓이라뇨?"

나는 그렇게 되물었고, 그의 등 뒤로는 다른 종업원들이 모여 시선을 교환하고 있었다. 그리고 그중 덩치가 큰 종업원 하나가 천천히 걸어오기 시작했다. 나에게 말을 하던 남자는 이상한 점을 느꼈는지 뒤를 힐끗거렸다.

"아무래도 움직여야겠어요."

"갑자기 무슨 소리……."

"내 말을 들어요. 빨리!"

그의 목소리도 점차 커지고 있었다. 그때 멀리서 다가오던 큰 덩치의 종업원이 그의 어깨를 잡았다. 그는 잠시 "아—"하는 한숨 섞인 소리를 내었다. 그리고 재빠른 움직임으로 돌아섰다. 그와 동시에 '퍽!' 하고 커다란 소리가 들려왔다. 돌아서는 남자의 팔꿈치가 종업원의 얼굴을 정통으로 가격한 탓이었다. 팔꿈치에 맞은 종업원은 그 어떤 반항도 하지 못하고 뒤로 쓰러졌다. 그 모습은 거대한 나무가 도끼에 찍혀 무너지는 모습 같았다. 종업원은 쓰러지면서 자신의 뒤에 있던 테이블을 덮쳤고, 그때부터 가게 안은 아수라장이 되었다. 많은 사람들은 악을 질렀다. 물론 소리는 들리지 않았다. 하지만 모두 그런 시늉을 하고 있었다. 그 모습을 본 다른 종업원들은 자신의 동료가 쓰러지자 재빨리 우리에게로 달려왔다. 나는 그제야 사태를 파악하고 자리에서 일어나 앞에 있는 사라에게 외쳤다.

"사라야, 빨리!"

나는 일어서면서 사라의 손을 잡으려 했다. 하지만 다른 종업원들에게 시선을 응시하던 남자가 큰 목소리로 나에게 말했다.

"아니! 그것은 두고 우리끼리 가자고요!"

"그게 무슨 말이에요?"

나는 그에게 물으며 다시 사라에게 손을 건넸다. 하지만 어느새 돌아선 남자가 내 멱살을 잡았다.

"일단! 일단 우리 둘이 이야기를 하자고요. 당신이랑 나만 나가야 한다고!"

나는 사라를 보았다. 이제야 나에게 손을 뻗고 있었다. 하지만 그녀의 엉덩이는 조금도 들썩거리지 않았다. 움직일 생각이 없는 것이었다.

"하지만……."

"빨리! 나중에 다시 오든지 말든지 일단은 나랑 이야기를 해야 해요!"

"젠장!"

그는 멱살을 놓고서 마침 달려드는 다른 종업원들을 밀쳐 냈다. 그리고 내 손을 잡고 밖으로 뛰쳐나갔다. 나는 달려가는 그 순간에도, 그리고 쓰러진 종업원들이 일어나 우리를 쫓아오는 순간에도 고개를 돌려 사라를 보았다. 그녀는 달려나가는 나에게서 눈을 떼지 않고 있었다. 그리고 잡아달라며 건넨 손도 거두지 않고 있었다.

가게의 유리문이 열리면서 땡그랑— 하고 작은 종소리가 났다. 나는 외쳤다. 문이 닫히기 전에 이 말이 그녀에게 꼭 닿기를 바라면서.

"기다려! 꼭 돌아올게! 조금만 기다려!"

❖

 한참을 달렸다. 가게의 문이 열림과 동시에 계단을 날다시피 내려왔고, 혹시나 쫓아올 종업원들을 피하기 위해 남자가 멈춰도 된다고 말할 때까지 달렸다. 머릿속에는 레스토랑에 두고 온 사라와 이 남자가 어떤 말을 할 것인가에 대한 생각밖에 없었다.
 달리던 그가 멈춰 서며 말했다.
 "그만 달려도 될 것 같네요. 차는 어디에 있어요?"
 나는 천천히 멈췄고, 숨이 차올라 헐떡거렸다. 그는 그런 내 모습보다 훨씬 태연해 보였고, 반쯤 돌아간 가면 때문에 괴기하게 보이기까지 했다. 하지만 이내 그 가면을 벗어 인도 옆에 있는 쓰레기통에 던져 버렸다.
 "차요? 하아…… 차는 왜요?"
 나는 숨을 고르면서 그렇게 물었다. 그는 그런 나를 힐끗 보면서 대답했다.
 "걷는 건 위험하니까요. 뭐, 이거나 저거나 위험한 건 마찬가지지만……."
 "위험하다고요?"
 생각해 보니 그의 행동이 지나쳐 보였다. 종업원이 아닌 사람이 종업원인 척했으니 다른 사람들이 다가온 것이고, 먼저 공격을 한 것도 그였다. 헌데 위험하다니.
 "네, 시간이 없어요."

그는 그렇게 말하고 걷기 시작했다. 그리고 재차 "차가 어디에 있다고요?" 하고 물어왔다.

"아까 그 가게 쪽으로 돌아가야 해요. 코너 뒤에 주차를 해두었거든요."

그제야 제 숨이 돌아왔다. 그는 나의 말에 얼굴을 찌푸리고서 뒤돌아 걷기 시작했다. 나는 마치 어미를 따르는 아이처럼 딱 붙어 궁금한 것을 묻기 시작했다.

"저는 설명이 필요해요."

그는 속삭이듯 나에게 말했다.

"해봐요, 어차피 그것 때문에 온 거니까. 그리고 조용히 좀 말해요. 다른 놈들이 우리를 주목하면 할수록 우리가 이야기를 나누는 시간은 줄어들어요."

"시간이 줄어든다고요?"

그는 고개를 끄덕였다.

"네, 그래서 위험하죠. 일단 차를 타는 게 좋은데……."

"뭐가 위험해요?"

"아마도 나는 곧 사라질…… 아니, 죽을 겁니다. 그 시간이 얼마나 남았을지 모르지만요."

나는 걸으며 머리를 긁적거렸다. 복잡한 마음은 아랑곳하지 않을 셈인지 남자는 갑자기 차도를 가로질러 달렸다. 그의 빠른 걸음이 향한 곳에는 큰 은행이 하나 있었고, 앞에는 시동이 걸린 채 주인을 잃어버린 폭스바겐 세단이 있었다. 그는 매우 자연스럽게 그 세단의 운전석 문을 열고 타려고 했다. 하지만 그의 행동을 이해할 수 없었던 나는 멍하니 그 모습을 지켜보기만 했다. 그는 차에 타며 나에게 말했다.

"뭐 해요? 빨리 타요."

나는 "아, 아!" 하는 멍청한 소리를 내다가 차의 조수석으로 다가갔다. 그때, 누군가 내 어깨를 잡아챘다. 강하지 않은 힘이었으나 나는 깜짝 놀라 뒤를 바라보았다. 내 어깨를 챈 것은 나이가 지긋해 보이는 차림의 어떤 여자였다. 보아하니 이 차의 주인임이 분명했다. 그녀는 내가 뒤를 돌아보자 놀랐는지 두 걸음 정도를 떨어져 입에 손을 대고 누군가를 부르는 시늉을 하였다.

"뭐 하냐고!"

차 안에서 고함이 들려왔다. 그 남자였다. 그는 내가 생각할 잠깐을 참지 못하고 차를 움직였다. 고요한 엔진 소리가 들려왔고, 나는 내 뒤에 있는 여자에게 "미안해요!"라고 외치며 차에 올라탔다.

차가 움직이자 여자는 어떻게든 자신의 차를 잡아보려는 듯이 달려들었다. 하지만 그 가냘픈 손으로는 자동차의 움직임을 조금도 늦출 수가 없었다. 결국 그 여자는 도로에서 크게 나뒹굴고 말았다. 나는 그 모습을 사이드미러로 보고서 남자에게 화를 내며 말했다.

"사람이 다칠 뻔했잖아요!"

"사람?"

그는 바보 같다는 표정으로 나를 바라보며 그렇게 말했다. 그리고 차의 속도를 올렸다.

"정말 멍청한 세상에 있다 보니까 바보가 되어버렸군요."

"네?"

"저게 사람입니까? 얼굴에 붙은 가면을 쓰고 다니는 것들이 사람이라고요?"

"그러면요?"

"다 가짜죠. 당신이 만들어낸 가짜. 인간을 만들려고 했지만 능력이 되지 않아 얼굴에 가면을 씌운 가짜요. 처음 나를 만나고, 또 세상이 무너지려고 할 때에 다 알아챈 거 아니었어요? 그런데 이게 대체 뭐 하고 있는 건데요?"

나는 바로 대답을 할 수가 없었다. 그의 큰 목소리에 조그마한 자존심이라도 세우고 싶어 입이 근질거렸지만 딱히 반박할 만한 말이 떠오르지 않았다.

"어떻게 된 거예요?"

나는 고개를 푹 숙이고 그에게 그렇게 물었다.

"뭐가요?"

"당신이 전에 했던 말처럼 진실을 알았잖아요. 헌데 오히려 더 이상한 세상이 되었다고요."

잠시 전방을 향했던 그의 시선이 나에게로 돌아왔다.

"글쎄요. 저도 분명 당신이 깨어날 거라고 생각했어요. 대체 뭐부터 잘못된 건지 알 수가 없었죠. 많은 생각을 했어요. 아마…… 이곳이 어디인지를 아는 것보다 더 중요한 게 있기 때문일 거라고 예상하고 있어요."

"그게 뭔데요?"

"왜 이렇게 된 것인지, 그것을 알아야겠죠."
나는 숙이고 있던 고개를 들며 말했다.
"그러면 말을 해줘요. 왜 이렇게 된 건지, 아니면 어떻게 해야 하는 건지."
"그때도 말했잖아요. 직접 찾지 않으면 안 된다고. 그것도, 이것도."
나는 작은 한숨을 내뱉으며 자동차 창문에 머리를 기대었다. 그리고 그에게 말했다.
"그동안 너무나 지쳐 있었어요. 그리고 이제야 조금씩 익숙해지기 시작했다고요. 모든 게 다 아무렇지 않게 느껴지기 시작했는데……."
"그 멍청한 짓을 그만하게 하려고 제가 온 거죠. 대체 이게 뭔가요? 나갈 방법을 찾으려고 해도 부족한데."
창밖의 많은 사람들은 우산을 들고 있었다. 정신이 없는 사이에 비가 내린 모양이었다. 나를 기다리고 있을 사라가 떠올랐다. 그리고 어떤 고민에 빠졌다.
"당신은 자꾸만 저들이 가짜라고 말하고 있는데, 나는 그런 말을 하는 당신이 진짜인지도 모르겠네요."
"뭐, 뭐라고요?"
대화하는 목소리가 조금씩 줄어들다가 갑자기 커졌다. 전방으로 시선을 돌려 운전을 하는 그는 꽤나 놀랐는지 자꾸만 나를 힐끔거렸다.
나는 말했다.

"정작 당신이 진짜인지 모르겠다고요. 나를 힘들게 만들려는 사람인지, 정말로 도움을 주려는 사람인지……."

"이봐!"

그는 고함을 질렀다. 나는 깜짝 놀라 그를 바라보았다. 그의 얼굴은 시뻘겋게 달아올라 있었다.

"단단히도 미쳤군! 진짜냐고? 진짜가 아니지. 지금 나도 진짜가 아니야. 지금 당신 눈앞에 보이는 거 모두가 가짜라고. 나도, 저 앞에 걸어 다니는 사람들도, 레스토랑에서 기다리는 당신 여자친구도 모두 다! 뭔가 진짜인지 말해줄까? 진짜 당신은 지금 눈을 감고 잠들어 있어. 하지만 내가 사라지면 곧 잠에서 깨어나겠지. 그리고 멍하니 천장을 바라보다가 이런저런 헛소리들을 늘어놓겠지. 밥을 먹으라고 하면 딱 죽지 않을 정도로만 먹고, 아무런 사회적인 기능도 할 수 없는 인형 같은 상태로 지내는 거야. 그게 바로 진짜야."

"무슨 말이에요? 꿈이 아니라고요? 그러면 대체……."

나는 봄의 어느 날, 그러니까 세상이 무너지려고 했던 그때를 떠올렸다. '이 남자가 주었던 그 힌트는 내가 있는 곳이 엘리스의 이상한 나라가 아님을 말해준다. 그렇다면 아마 꿈일 것이다.'라고.

그는 다시 시선을 전방에 집중했다. 그리고 숨을 깊게 들이마셨다. 자신의 욱한 감정을 다스리는 모양이었다. 그는 나에게 차분한 말투로 다시 말해왔다.

"보통 사람들은 자신의 눈을 통해 들어오는 세상을 진짜라고 믿죠. 하지만 때때로 자기 머릿속에 있는 세상이 진짜라고 생각하는 사람들이 있어요. 우리가 흔히 말하는…… 미쳤다던가 하는 것들이요."

"내가 미쳤다고요?"

"뭐, 그렇다고 볼 수 있죠. 세상 모든 미친 사람들의 머릿속을 들여다본 건 아니지만 이런 경우가 드물긴 해요. 머릿속에 실제와 흡사한 세상을 만들고, 혼자가 되었다고 자책하면서 살아가는 건. 지금 세상 사람들의 얼굴에 가면이 쓰여 있는 것과 이따금 발견되는 오류들은 모두 이 세상의 한계 때문이겠죠. 당신이 신은 아니니까."

"무슨 소리인지……."

"당신은 이곳을 나가고 싶어 할 수도 있겠지만, 정작 지금 이 세상을 만들어놓고 당신을 가두어놓은 건 바로…… 그쪽 자신이란 소리예요."

나는 실소를 머금었다. 그의 말이 우습게만 느껴졌다.

"말도 안 돼. 내가 스스로 만들고, 이곳에 가두었다? 그러니까 밖의 나는 미쳐 있고, 여기는 머릿속이다. 내가 보고, 만지고, 느낀 것들이 모두 상상이나 머릿속에서 만들어지는 이야기들이다? 그러면 당신은 뭔데요?"

"나를 믿어야 돼요. 지금 당신 눈앞에 보이는 나는 진짜 세상에서도 당신 앞에 있어요. 나는 잠들어 있는 당신에게 말을 걸고 있어요. 그게 제 기술 같은 거죠. 최면 같은 거라고 보면 돼요. 그러니까 나를 믿어요. 당신의 부모님이 나를 믿고 당신을 맡긴 것처럼."

"부모님이요?"

그는 고개를 끄덕이고 말했다.

"그래요. 이 미친 세상에 익숙해지지 말아요. 당신은 점점 빠져들고 있어요. 헤어 나오지 못할지도 모른다는 생각이 들어서 내가 이렇게 온 거예요."

부모님이라는 소리를 듣자 가슴이 먹먹해져 왔다. 비는 점점 더 거세지고 있었다. 문뜩 생각나는 것이 있어 그에게 물었다.

"당신, 진짜 세상에서 나랑 대화를 나누고 있다고 했죠? 지금?"

그는 다시 고개를 끄덕였다.

"지금 보이는 나는 게임을 할 때의 캐릭터 같은 거죠. 하지만 진짜 현실에선 당신과 나는 지금 이것과 똑같은 이야기를 나누고 있어요. 세상 또한 당신이 말하는 대로 만들어지고 있는 거예요. 자기 자신을 3인칭으로 보고 있는 거죠. 예를 들어 최면을 걸면 어렸을 적 자신을 이야기하잖아요. 전 지금 오래된 집에서 혼자 있어요라던가, 저는 울고 있어요. 그리고 엄마가 보고 싶다고 말을 하고 있어요, 같은. 믿기지 않겠지만 지금 진짜 세상에서는 그런 식으로 대화를 나누고 있어요."

"그러면 제 부모님은 어디에 있어요?"

"……."

그는 바로 대답하지 않았다. 부디 내가 걱정하는 답변이 나오질 않길 바라며 다그치듯 물었다.

"어디에 계시냐고요."

그는 한숨을 크게 내쉬었다. 그리고 힐끗 나를 보며 말했다.

"내 옆에요."

"맙소사."

나는 양손으로 얼굴을 감싸 안았다. 그의 말이 사실이라면 두 분은 내 행동과 말을 듣고 어떤 생각을 하고 있을까, 짙은 걱정에 휩싸여 얼마나 많은 눈물을 흘렸을까.

"사라는요?"

행여 그가 말하는 진짜 세상의 사라도 이런 나의 모습을 보고 있지는 않을까 하는 생각이 들었다. 하지만 그는 한 템포 쉬었다가 고개를 좌우로 저었다.

"애인분은 방금 집으로 가셨어요."

"다들 잘 지내고 있는 거죠?"

"네, 당신만 돌아오면 돼요. 그러니까 나를 믿어요."

"도대체 내가 언제부터 이곳에 있게 된 거죠? 전 그저 프러포즈를 준비하고 있었는데……."

"그건……."

그는 숨을 크게 들이켰다. 그리곤 작게 타이르듯 말했다.

"당신이 잠든 순간부터겠죠. 그 이상은 내가 말할 수 있는 게 아니에요."

"하지만……."

"미안해요."

그리곤 그는 고개를 좌우로 작게 흔들었다.

우리는 한참이나 이야기를 하지 않았다. 머릿속에는 온갖 것들이 뛰어다니고 있었다. 그것들을 잡을 수 있는 능력이 나에게는 없는 것처럼 보였다.

어두운 하늘에서는 여전히 비가 내리고 있었고, 사람들은 거리를 거닐고 있었다.

많은 사람들이 그렇듯 나도 어떤 변화에 대해서 꿈꾼 적이 있었다. 어디론가 갑자기 사라져 전혀 보지 못했던 세상에서 살아가는 그런 상상이었다. 익숙하지 않은 곳, 너무나 새로워 그동안 알지 못했던 곳, 그리고 커다란 모험이 기다리는 그런 곳. 하지만 정작 눈앞에 그런 세상이 나타나자 나는 아무것도 느낄 수 없었고, 무엇도 할 수가 없었다.

"더 궁금한 건 없어요? 시간이 얼마 없을 텐데……."

생각에 잠기고 얼마나 지났을까, 옆에서 운전을 하던 그가 그렇게 물었다. 내 머리는 창에 기대어 있었고, 시선은 비가 내리는 밖을 향해 있었다. 나는 그 시선을 움직이지 않은 채로 그에게 물었다.

"시간이 왜 없는 거예요?"

"당신이 만들어낸 세상에는 몇 가지의 규칙이 있어요. 비현실적인 곳이지만 애써 현실처럼 보이려고 하기 때문에 생기는 그런 규칙이요. 당신을 이곳에서 처음 만났을 때 나는 끌려갔지만 내가 죽거나 사라지는 모습을 보이지는 않았죠. 그래서 내가 다시 한 번 나타날 수 있었던 거고요. 하지만 그건 그들의 실수였어요.

이제는 그 실수를 바로 잡으려 하겠죠."
 나는 슬쩍 고개를 돌려 그를 보았다.
 "만약 누군가 당신을 죽이면 다시 나타나지 못하는 건가요?"
 그는 고개를 끄덕였다.
 "말했잖아요, 비현실적인 곳이지만 현실적으로 보이려 노력하고 있는 세상이라고. 당신 눈앞에서 내가 죽는다면 현실적으로는 되살아날 수는 없는 거니까. 예를 들어 어떤 게임에 확고한 법칙이 있고, 나는 그 법칙에 구멍 난 부분을 찾는 거예요. 사실 처음에는 당신이랑 이야기를 나누는 것도 힘들었어요. 편의점에서 사라졌던 돈 기억나죠?"
 "네."
 "그리고 그 돈이 사라졌을 때 돈을 가지고 간 어떤 것이 있겠구나 하는 생각을 했죠?"
 "뭐, 그렇죠. 그것 때문에 집 밖을 나가지 못했으니까."
 "그건 세상이 놓쳐 버린 거예요. 아까 말했던 것처럼 이 세상을 만들어낸 당신은 신이 아니니까. 원래는 당신을 제외하고 살아 있는 것은 무엇도 없어야 한다는 주제로 만들어진 세상이었는데 실수로 그 돈을 놓쳤어요. 뭐, 그려내는 일을 깜빡했다고 하면 될 거예요. 그게 틈이 되어 단단했던 이곳에 제 이미지를 그려낼 수 있었죠. 그때부터 뒤죽박죽 되어버린 거예요. 당신을 겁먹게 해 진실을 알지 못하게 하거나, 저처럼 비집고 들어오는 것들을 막기 위해 사람을 만들고, 또 당신이 세상이 거짓인 것을 알게 되니 잡아두기 위해 익숙한 것들을 만들었죠, 아까 그 여자처럼."

나는 도무지 이해가 되질 않아 한숨을 푹 쉬고서 좀 더 원초적인 질문을 했다.
"대체 어떻게 해야 하는데요? 방법을 알려줘요."
그는 고개를 저었다.
"그것도 말해줄 수 없어요. 당신이 직접 찾지 않으면 이 세상에 완전히 빠져들지도 몰라요. 내가 해줄 수 있는 말은 여기 모든 것들은 다 가짜라는 거예요. 레스토랑에 있던 그것도요. 내가 생각하기에는 당신이 먼저 인정해야 해요."
그 말을 듣고도, 그리고 부모님이 이런 말을 하는 나를 보고 있다는 걸 알면서도 내 머릿속에서는 그의 말이 온전히 전해지지 않았다. 아직도 의심을 하고 있었다. 이 세상에 대한 의심이 아니라, 나를 기다리고 있을 사라가 가짜라는 말, 내가 먹은 음식이 모두 다 거짓이라는 말, 내가 만진 사라의 손이 가짜라는 말들이.
그사이, 운전을 하는 그가 멍한 표정의 나를 바라보았다.
"안 되겠군요."
그는 그렇게 말하고 핸들을 급하게 왼쪽으로 꺾었다. 그의 그런 움직임에 창에 기대고 있던 나는 급하게 몸을 일으켰다.
"왜, 왜 그래요?"
차는 곧 골목으로 들어섰다. 잠시 후 골목을 빠져나갈 때에 눈앞에는 교차로와 큰 횡단보도가 있었다. 그리고 몇몇의 사람들이 그곳을 건너고 있었다. 우리의 앞에는 한 대의 차가 신호를 기다리고 있었고, 그는 이내 차선을 옮겨 차의 속도를 더욱 올렸다.
"이봐요! 이봐요!"

그의 어깨를 잡으며 그렇게 말했다. 차의 속도는 점점 더 빨라졌고, 금세 횡단보도를 건너는 사람들의 모습이 코앞까지 다가왔다. 그때 정면 가장 가까이에 있는 한 젊은 남자와 눈이 마주쳤다.

"젠장!"

곧 쿵 하는 커다란 소리가 들려왔고, 하늘에 검은 그림자가 날아올랐다. 나는 그 순간 눈을 감았다. 그리고 욕을 내뱉었다.

"뭐야! 당신 미친 거야? 젠장!"

슬그머니 눈을 떠 앞을 보았다. 앞 유리에는 한 줄기의 핏자국이 흘러내리고 있었다. 뒤를 보니 좀 전에 눈을 마주쳤던 남자가 도로에 쓰러져 움직이지 않고 있었다.

그는 천천히 차 속도를 줄이며 나에게 말했다.

"아무리 사람인 척을 해도 이들은 사람이 아니에요. 미쳤냐고요? 아뇨, 당신이 미친 거죠. 다시 한 번 말할게요. 당신은 처음에 아무도 없는 세상을 만들어 스스로를 자책했어요. 하지만 오류가 생겼고, 그때부터 이 세상은 당신을 잡아둘 구실만 찾고 있어요. 진실을 알지 못하게 말이죠. 당신이 애인이라고 생각하는 그것도, 그리고 이 거리를 돌아다니는 사람들도, 비가 내리거나 천둥을 치게 해 당신을 두려움에 떨게 만드는 것도 모두 다 당신을 이곳에 잡아두기 위해 존재하는 거예요. 당신이 외롭다고 느껴서 이 모든 상황을 만들었고, 당신이 그 사람을 그리워해서 그 사람이 나타난 거죠. 하지만 다 인형극에 불과해요. 모두 다 시늉을 하고 있어요. 그리고 그것들은 당신도 괜찮은 척, 만족한 척하며 살아가길 원하고 있다고요. 제발…… 제발 이들을 믿지 말아요. 현실을 생각해요. 현실에서 눈물 흘리며 기다리는 사람들을 생각해요."

나는 그저 고개를 숙였다. 온통 꼬인 머릿속은 풀릴 기미가 보이지 않았다. 떨어지는 빗소리가 유난히도 크게 들려왔고, 전에 없던 두통이 밀려왔다.

"왜 내게 이런 일이 생기는 건지……."

잠시 차의 움직임이 멈추었다. 그는 숙이고 있던 내 어깨를 토닥였다. 고개를 슬쩍 들어보니 앞에 신호가 걸려 차들이 가득했다.

복잡한 머릿속의 모습을 대변하듯 내 몸의 위치는 자꾸만 변했다. 숙이던 고개를 들어 시트에 기대었고, 양쪽 손가락은 깍지를 꼈다. 그사이 신호가 바뀌며 앞 차들이 움직이기 시작했다. 그는 내 어깨에 있던 손을 빼 다시 운전대로 가지고 갔다. 우리가 타고 있는 차도 천천히 움직이기 시작했다.

그는 말했다.

"힘을 내요. 그리고 모든 걸 버려봐요. 이곳저곳을 돌아다니기도 해보고, 의심되는 것들은 모두 들춰봐요. 이곳을 빠져나오기 위해 노력을 아끼지 말……."

"어?"

그때, 내 시선이 운전석 쪽 창문으로 향했다. 무엇인가가 다가오고 있었기 때문이었다. 그것은 커다란 그림자였다. 내가 시선을 고정하고 있자 옆에 있던 그 역시도 고개를 돌려 다가오는 그림자를 바라보았다. 찰나의 순간이라 놀랄 겨를조차 없었다.

쾅!

천둥과 같은 소리가 들려왔다. 그 소리와 동시에 눈앞이 뿌옇게 흐려졌고, 몸은 허공에서 빙글거리며 돌기 시작했다. 그리고 뭔가 부서지는 소리가 들려왔다. 분명 충격을 받았을 것이고, 받고 있을 텐데 아무것도 느껴지지가 않았다. 그저 흐릿한 시야와 멍한 감각뿐이었다. 그 흐릿한 시야로 부서진 유리 조각이 보였다. 그것도 나처럼 허공을 날고 있었다.

몇 번의 흔들림이 이어졌고, 긁히는 듯 거친 소리를 끝으로 움직임은 멈추었다. 하지만 여전히 감각은 돌아오지 않았다.

"이봐요? 이봐요?"

옆에서 물었지만 나는 바로 대답할 수가 없었다. 몸이 뒤집혀 있는 것 같았다. 차가운 물 같은 것이 볼에 닿으며 서서히 감각을 되찾도록 도와주고 있었다.

"아, 젠장……."

어렵게 말이 터져 나왔다. 나는 옆을 바라보았다. 운전을 하던 그는 머리에 피를 흘리고 있었다. 생각했던 것처럼 우리는 뒤집혀 있었다.

"괜찮아요?"

"아……."

내가 대답을 하려고 하는 사이에 운전석 문이 벌컥 열렸다. 그리고 누군가의 손이 쑥 하고 들어와 그를 급하게 끌어내렸다. 거친 그 행동은 도움의 손길이 아니었다. 몸이 뒤집힌 채 피를 흘리던 남자는 어떤 반항도 하지 못한 채 끌려 나갔다. 그제야 혼잡하던 내 정신도 제대로 돌아오기 시작했다. 나는 몸을 꿈틀거리며 차 문을 열었다. 그리고 외쳤다.

"뭐야! 누구야?"

대답은 들려오지 않았다. 나는 한참을 끙끙거려 문을 열고 기어 나왔고, 앉아서 주위를 두리번거렸다. 내가 있는 곳은 인도와 도로의 경계점이었다. 그가 끌려 나간 곳은 내가 뒤집어진 차에 가려 보이지가 않았다. 그때 갑자기 왼쪽 발목에 극심한 통증이 느껴지기 시작했다. 그 통증은 어떤 때보다도 고통스러워 혼자선 일어날 수조차 없었다. 나는 손으로 뒤집혀진 차체를 붙잡으며 천천히 일어나기 시작했다. 그사이 주위에는 많은 사람들이 모여 둥그렇게 원을 그리고 있었다. 차체를 붙잡고 일어났을 때 내 눈에는 많은 것들이 보였다. 우리를 덮친 것으로 보이는 커다랗고 검은, 그리고 번뜩이는 메르세데스 마크가 새겨져 있는 덤프트럭과 도로에 뿌려진 자동차의 파편, 또 언젠가 본 적이 있는 것 같은 커다란 덩치의 사내와 그 사내에게 붙잡힌 채 피를 흘리며 끌려가는 남자가 있었다.

"당신 뭐야?"

절뚝거리며 그 사내에게 향하려 했던 그 순간, 나는 그 커다란 덩치의 사내가 누군지 알 수 있었다. 폐건물 옥상에서 내 배에 주먹을 내질렀던 바로 그 사람이었다.

"다, 당신……."

사내는 나를 힐끗 보더니 남자를 질질 끌고 반대쪽 인도로 걸어갔다. 달려가려고 했지만 왼쪽 발목의 통증이 내 발을 땅에 묻었다.

"오지 마요!"

잡혀 있는 그가 말했다. 나는 그 말에 멈칫거렸고, 그런 나의 모습을 보면서 그는 말을 이었다.

"어차피 이렇게 될 거였어요. 그냥 내가 한 말들 기억해 줘요."

덩치의 사내는 말을 하는 그를 인도 한쪽에 앉혀놓았다. 나는 주위 사람들에게 보채듯 외쳤다.

"누가 좀 도와주세요! 네? 누가 좀 도와줘요!"

하지만 모두들 서로의 눈치만 볼 뿐 아무도 나서지 않았다. 나는 더욱 크게 외쳤다. 여전히 대답은 들려오지 않았다. 그사이 사내가 주머니 안쪽에서 무엇인가를 꺼냈다. 그것은 한 뼘 크기의 번뜩이는 나이프였다. 나는 그것을 보고 왼쪽 다리를 질질 끌며 사내를 향해 움직였다. 하지만 그 움직임은 중간도 가지 못한 채 사라지고 말았고, 이내 도로에 쓰러지고 말았다. 차가운 빗물이 가슴팍을 적셔왔다. 잡혀 있는 그가 이런 내 모습을 보며 씁쓸한 미소를 지었다. 나는 무너진 자세로 그들의 모습을 보았다. 그때 사내가 들고 있던 나이프가 번뜩이는 빛을 내며 떨어졌다. 낙하 지점은 그의 손에 잡혀 있는 남자의 목이었다.

"안 돼!"

순간 고개를 숙였다. 붉은 피가 내 얼굴까지 튀어버린 것만 같았다. 나는 천천히 고개를 들어 그의 얼굴을 보려고 했다. 그의 목에서는 굉장한 양의 피가 뿜어져 나오고 있었다. 그리고 천천히 눈을 감더니 다시 뜨지 않았다.

"왜 이러는 거야! 왜!"

나는 나이프를 들고 있는 사내에게 그렇게 외쳤다. 그 사내는 내 말에 아랑곳하지 않더니 이내 살해한 남자의 목덜미를 잡았다. 그리고 질질 끌고서 자신의 덤프트럭으로 향했다.

"개자식아! 어디로 데리고 가는 거야!"

사내는 트럭 조수석의 문을 먼저 열고서 죽인 남자의 몸을 가볍게 던지고, 자신은 운전석에 타버린 다음 유유히 운전을 해 그 자리를 빠져나갔다. 그가 떠나자 주위를 둘러싸고 있던 사람들도 하나둘 흩어지기 시작했다.

모든 상황이 끝나자 사라지지 않을 것 같던 발목의 통증도 서서히 무뎌져 갔다.

6

"아니라고 말해줘."

나를 도우려 했던 남자가 죽임을 당하고, 나는 한참이나 멍하니 그 자리를 지켰다. 그 누구도 내 외침에 대답하지 않았고, 또 그 살인자를 찾을 수 있는 방법도 없었기에 나는 내가 도망쳐 나왔던 레스토랑으로 돌아왔다. 시간이 너무나 흐른 탓인지 가게 문은 단단히 잠겨 있었고, 사라 역시 없었다. 할 수 있는 일이라고는 주변에 주차해 주었던 코란도를 타고 집으로 돌아오는 것뿐이었다.

피곤에 잠겨 있는 몸을 이끌고 집으로 돌아오니 사라가 거실 소파에 앉아 있었다. 사라이지만 사라가 아니라고 하는 그녀가 작은 책을 든 채 고개를 돌려 문을 열고 들어오는 나를 바라보앉다.
 흠뻑 젖은 내 모습을 본 그녀가 화장실로 가 수건 하나를 가지고 돌아왔다. 그리고 나에게 건넸다. 그녀가 건네는 수건을 받으며 내가 처음으로 한 말은 "아니라고 말해줘."였다. 하지만 그녀는 대답이 없었다. 말을 하지 못한다는 것을 분명히 알면서도 나의 부탁은 멈추지 않았다. 내가 다시 "아니라고 말해줘, 제발."이라고 했을 때 그녀의 눈동자가 작게 흔들렸다.
 목까지 어떤 말이 차올랐다. 그것은 질문이었다.
 '당신이 잘못된 것인가요? 아니면 내 생각이 잘못된 건가요?'
 하지만 그 말은 입을 통해 나서지 않았다. 그저 사라의 입에서 "아냐, 내가 진짜야."라는 말이 나오길 바랐다.
 나는 결국 더 묻지 못한 채 터벅거리며 소파로 향했다. 손에 들려 있는 수건이 그제야 느껴져 천천히 머리와 몸을 닦아나갔다. 그러자 그녀가 다가와 천천히 내 어깨를 감싸 안았다.
 "춥다."
 나는 그렇게 말했다. 그녀가 나를 안음에도 추위를 느꼈다. 젖은 옷 때문인지, 아니면 다른 어떤 것 때문인지 알 도리가 없었다. 내 시선은 그녀에게 향하지 않고 자꾸만 다른 곳으로 향했다. 허공에서 앞에 놓인 TV로, TV에서 천장으로, 그리고 내 옆에 놓여 있는 책으로.
 "로빈슨 크루소 봤어?"
 그렇게 묻자 그녀는 작게 고개를 끄덕였다. 나는 문득 떠오른 예전 기억을 그녀에게 말했다.

"기억나지? 예전 서점에서 이 책 내가 가장 좋아한다고 했잖아. 왜 좋아하는지도 말했고…… 너도 책 꼭 읽어보고 싶다며 그날 책 많이 샀잖아. 우리 그날 어떤 이야기를 했는지…… 또 그게 얼마나 기억에 남는 이야기였는지 여전히…… 여전히 기억하지?"

그녀가 고개를 끄덕였다. 하지만 신뢰는 가지 않았다. 나는 찬찬히 그녀의 얼굴을 바라보다가 결국 나를 안고 있던 손을 풀고서 방으로 들어가 버렸다.

나는 옷을 갈아입고 침대에 누웠다. 피곤이 몰려왔다. 얼마 후 방으로 들어온 그녀가 천천히 다가와 이불을 들추었다. 그리고 곧 차가운 그녀의 살갗이 느껴졌다. 부드럽고, 놀랍도록 아련해 흠칫하고 놀라기까지 했다. 짧은 시간 사이에 그녀의 손이 내 하복부로 빨려 들어왔다. 너무나 빠른 속도였고, 그 움직임으로 인하여 간직하고 있던 의구심을 날려 버릴 뻔했다.

하지만 사람이 죽었다. 이 세상이 가짜이든 진짜이든 내 앞에서 나에게 도움을 주려고 했던 이가 죽었다. 그리고 그가 죽기 전에 말했다.

"제발 이들을 믿지 말아요. 현실을 생각해요. 이곳에서 눈물 흘리며 기다리는 사람들을 생각해요."

나는 결국 다가오던 그녀의 손을 뿌리치고 애써 잠을 청했다.

다음날 아침, 잠에서 깨어보니 옆에 그녀가 없었다. 이불을 치우고 자리에서 일어나자 머리가 지끈 하고 아파왔다. 나는 방문을 열고 거실로 나섰다. 어김없이 달그락거리는 소리가 들려왔다.

"뭐 해?"

음식을 만든다는 것 정도는 알고 있었다. 내가 그렇게 묻자 그녀는 고개를 돌려 눈웃음을 지었다. 그리고 손을 들어 나에게 오라는 제스처를 취했다. 나는 주방으로 다가갔고, 그제야 눈에 식탁 위로 차려진 많은 음식들이 보였다. 다 내가 좋아하는 것들이었다. 보기만 해도 푸근한 된장찌개, 갈비찜, 미나리나물, 배추김치와 매실장아찌. 하지만 그런 것을 보아도 군침이 돌지는 않았다. 의구심이라는 것이 나를 그렇게 만들고 있었다. 이런 음식을 만드는 그녀의 행동도 영 탐탁지가 않았다.

그녀는 마지막으로 계란찜을 식탁에 올려두고 자리에 앉았다. 하지만 식탁 위에 그녀의 밥은 없었다.

"너도 먹어."

그렇게 말하고 자리에서 일어나 한 공기의 밥을 더 준비해 그녀의 앞에 두었다. 그녀는 그저 작은 눈웃음만을 보일 뿐이었다. 나는 자리에 앉으며 다시 말했다.

"너도 먹으라고."

그녀의 눈에 천천히 웃음이 사라지기 시작했다.

"먹어봐, 진짜라면 먹어봐. 말도 해보고, 밥도 먹어보고, 가면도 벗어봐."

다그치는 듯한 내 말에 그녀가 수저를 들었다. 밥을 뜨더니 가면의 입으로 가져갔다. 하지만 이내 천천히 내려놓았다. 먹는 시능을 하는 것이었다. 진짜 입은 보이지도 않건만 고개를 위아래로 살짝 흔들며 씹는 것 같은 행동을 했다.
"젠장……."
입에서 나오는 것은 한숨과 욕뿐이었다. 나는 수저를 들지도 않은 채 자리에서 일어났다. 낯선 시늉을 하던 그녀의 눈동자가 내가 일어나는 것에 맞추어 움직였다. 나는 거실로 향해 TV 아래 서랍을 열어 담배를 꺼내었다. 그리고 그녀가 나타나고 한동안 피우지 않던 담배를 입에 문 채 베란다로 나섰다.
놀랍도록 푸르고 높은 하늘이 보였다. 찬바람이 불고 있었고, 하얀 구름을 비집은 햇살 한 줄기가 땅으로 떨어지고 있었다. 나는 그것을 바라보며 담배 연기를 내뱉었다. 이제야 서서히 정리가 되어가고 있었다. 알면서 모르는 척하는 것, 그것은 세상이 이렇게 된 이후로 자꾸만 반복되어 왔다.
담배를 반쯤 피웠을 때 내 겨드랑이 사이로 하얀 손이 파고 들어왔다. 고개를 돌릴 필요도 없이 그녀일 것이었다. 담배 연기를 크게 빨아들이고 꽁초를 버린 나는 그 손이 내게 닿지 않은 것마냥 무시하며 거실로 돌아와 버렸다. 그녀는 충격을 받았는지, 아니면 화가 난 것인지, 혹은 바깥 풍경을 보려고 하는 것인지 나를 안았던 그 자리에서 손만 내린 채 서 있었다. 나는 소파에 앉아 먼 곳을 바라보는 그녀를 향해 말을 꺼냈다.
"어제 내가 서점에 갔던 날 기억하냐고 물었지?"
그녀는 돌아보지 않았다.
"사라는 책을 좋아하지 않아. 그날 책은 단 한 권도 사지 않았어. 같이 서점을 간 건 그날이 처음이자 마지막이었어. 대신 다른 이야기를 나누었지. 절대 기억에서 잊히지 않을 그런 대화 말이야. 하지만 넌 어제 내 말에 습관처럼 고개를 끄덕였어."

베란다에 있던 그녀의 고개가 살짝 올라갔다. 하늘을 보고 있는 것일까.

나는 담배 하나를 더 꺼내 만지작거렸다. 그리고 이내 입에 물고 라이터로 불을 붙였다. 집 안에 담배향이 배어도 별 상관은 없을 것 같았다. 담배 연기를 깊게 빨아들이고 나는 말을 이어갔다.

"생각해 보면 나는 또 모르는 척하고 있었던 거야. 다 알면서 말이지."

담배를 한 번 더 깊게 빨아들였다. 좀 전보다 더 많은 양이었다. 어지러움이 느껴질 정도였다.

"의심했어. 의심하고 또 의심했어. 헌데 결론은 무조건 아닐 거라고 단정하는 것이었어. 책을 읽는 너도, 음식을 만드는 너도, 조금은 다른 몸의 너도 모두 다 어색한데…… 그런데 생각해 보면 모두 사라에게 부족한 것들이었지. 또 내가 원하는 것들이었고."

나는 거실 바닥에 담뱃재를 툭툭 털고는 꽁초를 멀리 튕겨 버렸다. 이제는 더러워져도 상관이 없었다.

"연기 그만해. 당신이 사라가 아니라는 거 이미 알고 있었어. 단지 뭔가 무서워서 스스로를 속이고 있었던 거야."

그렇게 말한 나는 소파에서 일어나 방으로 들어갔다. 그리고 커다란 여행용 가방을 꺼내어 짐을 담기 시작했다. 두 벌의 추리닝, 속옷, 장롱 안에 던져 놓았던 휴대폰을 챙겼다. 더 이상은 챙길 것도, 챙겨야 할 것도 없었다. 가방 안에는 많은 공간이 비어져 있었지만 나는 잠시의 머뭇거림도 없이 지퍼를 닫았다.

잠옷을 벗고 가장 즐겨 입는 청바지와 티를 입었다. 그리고 따뜻해 보이는 점퍼를 걸쳤다. 옷을 다 입은 다음 한숨을 푸욱 쉬었다. 이제 내가 해야 할 것은 바닥에 놓인 가방을 들고 밖으로 나서는 것이었다. 세상 어딘가에 숨어 있을 '열쇠'를 찾아야 했다.

나는 그렇게 가방을 들쳐 메고 방을 나섰다. 그리고 천천히 현관으로 향했다. 뒤를 돌아보지 말자고 생각했지만 몸은 마음처럼 움직이지 않았다.

"갈게."

혼란이 다가왔다. 내가 왜 그녀에게 이 말을 하고 있을까, 무엇을 바라는 것일까. 그녀는 여전히 베란다에 있었다. 살랑거리며 불어오는 가을바람이 차가울 것인데 그녀의 움직임은 변화가 없었다. 마치 망부석처럼 그 자리에서 굳어버린 것 같았다.

"잘 있어."

그토록 멍청한 말을 하면서도 아쉬워하는 것은 무엇일까, 어째서 발걸음이 무거운 것일까.

나는 가방을 들쳐 메고 가장 편안한 나이키 운동화를 꺼내 신었다. 그리고 현관문을 열었다. 차가운 바람이 아파트 복도를 타고 들어와 내게 쏟아졌다. 그때, 무엇인가 다가와 내 등을 조용히 덮쳤다. 내 움직임은 멈추었다. 그녀였다. 그녀가 달려와 내 등을 감싸 안았다. 나는 과연 베란다에서처럼 그녀를 뿌리칠 수 있을까 하고 생각해 보았다. 단숨에 답이 내려질 것이라 생각했지만 그것마저 마음대로 되지 않았다.

'가지 마.'

머릿속으로 그런 말이 울리는 것 같았다. 이것 역시나 내 착각일 것이었다. 나 때문에 죽었던 남자가 했던 말처럼 또다시 나를 잡으려 하는 것이 분명했다. 아마 아파트를 나설 때쯤에는 비가 내릴 것이고, 왼쪽 발목이 아파 와 나를 방해할 것이었다. 하지만 나는 뿌리치지 못했다. 그녀의 손을 뿌리쳐 버리고 내 발에 힘을 주지 못했다.

나는 천천히 몸을 돌려 그녀를 보았다. 가면 안의 눈이 나를 바라보았다. 그 눈은 분명 사라의 것이었다. 그곳에서 눈물이 조금씩 떨어져 내렸다. 점점 발이 무거워지고 있었다.

"미안⋯⋯. 확인하고 돌아올게. 세상에는 아무것도 없다는 걸, 그리고 네가 진짜라는 걸 확인하면 꼭 다시 돌아올게."

결국 나는 또다시 스스로에게 무너지고 말았다. 아니라는 것에 대하여 단호하게 뿌리치지 못하고 적당히 타협을 하고 말았다. 왜 그러는 것인지 도무지 알 수가 없었다.

나는 그렇게 말하고서야 돌아서 세상으로 나아갔다. 내가 세상으로 향하는 것이 진짜 세상을 만나기 위한 것일까, 아니면 진짜 세상이라는 것이 없다는 것을 알고 그녀에 대한 의구심을 버리려는 것일까.

그렇게 커다란 물음표를 단 채 나는 주차장에 놓인 코란도로 향했다. 거리로 나섰더니 비는 조금도 오지 않고 있었다.

7

 코란도가 고요한 거리를 달려갔다. 하지만 그 목적지가 어디인지 정확히 알 수는 없었다. 눈에 보이는 것은 놀랍도록 무의미한 것들뿐이었다. 처음에는 도시 이곳저곳을 돌아다녔다. 일어났던 일을 하나하나 되짚어가며 편의점도, 방송국도, 음식점도, 나를 도우려 했던 남자가 죽었던 장소도 가보았다. 하지만 알아낼 수 있는 것은 아무것도 없었다. 그저 왠지 모르게 주위의 사람들이 나를 바라보는 것 같은 기분만이 들 뿐이었다. 마치 내가 무엇을 하는지 지켜보는 것처럼 힐끔거리며 신경을 건드리고 있었다.
 나는 폐건물을 생각해 냈다. 그 남자가 힌트를 주었던 바로 그곳, 어쩌면 이제는 사라졌을 그곳으로 나는 움직이고 있었.
 하루 종일 도시를 돌아다니는 바람에 폐건물로 향하는 거리에는 어둠이 내렸다.
 '비는 왜 내리지 않을까.'
 모든 것이 그가 말한 대로라면 비가 내리고, 천둥이 치고, 세상에는 두려워할 것들이 나타나야 했다. 하지만 아무런 소식이 없었다. 나는 계속되는 질문을 곱씹으며 곧 폐건물에 도착했다.
 "깨끗하구나."
 한숨이 나왔다. 어둠에 가려져 보이지 않는 것이 아니었다. 사라졌다. 나에게 변화를 주려고 했던 그 자리가 감쪽같이 사라졌다. 언젠가 공사를 하기 위해 왔던 인부들이 건물을 무너뜨리고 깨끗이 치워 버렸을 것이었다.
 나는 차에서 내려 어둠만이 그윽하게 자리 잡은 공터를 걸어보았다. 어제 비가 한차례 온 탓인지 땅은 물렀고, 무너져 내린 건물의 조각조차 밟히지 않았다.
 주머니에 들어 있던 담배를 꺼내 입에 물었다. 불을 붙이려 라이터를 찾았다. 하지만 라이터는 없고 대신 다른 것이 만져졌다. 그것은 집에서 가지고 온 휴대폰이었다. 사라가, 아니, 사라일 것으로 추정되는 여자가 타나났을 때부터 이 휴대폰을 열어볼 필요가 없어졌다고 생각했다. 그래서 집 안 구석에 박아두었었다. 그 이후로는 처음이었다. 나는 손가락으로 전원을 꾹 눌러 꺼져 있는 휴대폰을 켰다. 입에는 여전히 불이 붙어 있지 않은 담배가 물려 있었다.
 휴대폰의 불빛은 상당히 강했다. 어둠에 익숙해진 눈이 찌푸려졌고, 그 작은 빛 때문에 근방이 더욱 어두워 보였다. 나는 작고 작은 빛을 들고 있었다. 휴대폰에는 아무런 부재중 연락도 없었다.

나는 휴대폰을 닫고, 천천히 걸어 다시 코란도로 돌아왔다. 밤이 늦었다. 내일은 사라의 집으로 가볼 생각이었다. 그녀의 집을 둘러본 다음에 부모님의 집을 향하고, 그곳에서도 아무것도 보지 못한다면 더 먼 곳까지 나아가 볼 생각이었다. 생각해 보면 이런 바보 같은 세상이 지속된 이후로 먼 곳을 나아가 본 적이 없었다. 고작해야 한두 시간 거리에 있는 부모님 집까지였다.

나는 차에 올라서 입에 물고 있던 담배를 운전대 위에 올려두었다. 해야 할 일이 너무나 많았다. 마치 오래전 세상의 사람이 사라졌던 그날로 돌아가 버린 것 같았다. 여전히 혼자인 것 같다는 생각도 들었다.

'지금 느끼는 게 진실일까.'

의자를 뒤로 젖히고 애써 잠을 청했다. 그리고 내일을 기약했다.

다음날, 나는 풀리지 않은 피곤을 어깨에 매단 채 사라의 집으로 향했고, 별 다른 수확 없이 다시 거리로 나왔다. 가을답지 않은 햇살은 여전히 따뜻했고, 구름은 까마득한 하늘에 떠 있었다. 하지만 그런 날씨를 보는 나의 상태는 그리 좋지 않았다. 온몸에 묻어 있는 뻐근함, 피곤, 사라의 집에서 아무것도 발견할 수 없었다는 허무함, 또 언제 끝날지도 모르는 것에 대한 외로움 같은 것들이 나를 지치게 만들고 있었다.

나는 길게 하품을 하며 코란도의 속도를 올렸다. 이 일이 언제 끝날지는 알 수가 없었다. 이 세상이 진실이든, 혹은 거짓이든 빨리 끝나기만을 바랐다. 그래서인지 움직임에도 조급함이 묻어 있었다.

그때 꼬르륵 하는 배고픈 소리가 차 안에 울렸다. 마침 편의점을 지나고 있을 때였다. 내가 샌드위치를 샀고, 〈로빈슨 크루소〉를 샀고, 돈을 두었고, 또 잃어버렸던 그 편의점을 말하는 것이었다. 서늘하면서도 좋은 날씨도, 힌트를 쫓는 지금의 나의 움직임도, 그리고 지금 내가 있는 위치도 그때와 비슷했다. 마치 그때로 돌아간 것 같은 기분이 들었다.

그때와 같은 위치에 코란도를 세우고 편의점으로 들어섰다. 편의점 문을 여니 땡그랑하며 작은 종소리가 울렸다. 사람이 사라졌던 그때의 기억이 생생해 카운터를 보았더니 아무도 없었다. 하지만 곧 반대쪽 〈STAFF〉라고 적힌 초록색 문에서 여자 한 명이 뛰쳐나왔다. 물론 얼굴에는 내 얼굴을 본 딴 가면을 쓰고 있었다.

나는 예전 그날처럼 식품 코너로 가 샌드위치를 집었다. 유통기간을 확인할 필요도 없을 것 같았다. 마침 그 옆에 행사 중인 콜라가 있어 그것도 같이 집었다. 나는 샌드위치와 콜라를 카운터에 올려두고, 20초 정도를 데워달라는 말 또한 잊지 않았다. 그리고 매장 안을 돌아다녔다. 행여나 집을 나온 나에게 필요한 물건이 있을까 해서였다. 혹시나 몰라 작은 커터 칼을 챙겼다. 그 외는 딱히 필요한 것이 없는 것 같았다. 필요한 물건이 많이 생기기 전에 이 일을 마무리 짓고 싶은 생각도 들었다.

"어?"

매장 한 바퀴를 다 돌았을 때쯤 작은 책 코너가 나타났다. 그리고 책 한 권이 단숨에 눈에 띄었다. 그것은 전에 내가 사갔던 것과 같은 〈로빈슨 크루소〉였다. 나는 별 고민도 하지 않고 그 책을 집어 카운터로 가지고 갔다. 카운터에서 바코드를 찍으니 11,600원이 나왔다. 돈을 주지 않는다고 해서 그들이 나를 경찰에 신고를 하거나 나를 막으려 하지는 않을 것이었다. 하지만 나는 뒷주머니에 넣어두었던 지갑을 꺼내었다. 지갑 안에는 현금 만 원짜리 4장과 천 원짜리 한 장이 들어 있었다. 나는 그중 2만 원을 꺼내어 카운터에 올려두었다. 그리고 말했다.

"잔돈은 필요 없습니다."

봉투에 싸진 물건들을 가지고 나는 돌아섰다. 땡그랑— 하는 청량한 소리가 귓가에 울렸다.

편의점을 나와 곧장 부모님 집으로 향했다. 바람은 여전히 잔잔하고 시원하기만 했다. 차의 속도는 계속 올라가고 있었지만 주위에 돌아다니는 차가 없어 그 속도감을 느끼지는 못하고 있었다. 가는 길, 목적지가 얼마 남지 않았을 때 나는 잠시 차의 속도를 낮추었다. 바로 '어두운 길'이 보였기 때문이었다. 그 길은 사람들이 사라졌을 때 지나쳤던 곳이었다. 차의 속도를 멈추고 그 안을 보려고 했지만 특유의 어둠이 시야를 가로막았다.

"가볼까?"

나는 차를 완전히 멈추고 어둠 속을 응시했다. 지금 느끼고 있는 궁금증이라면 그곳을 가야 하는 것이 맞았다. 하지만 쉽사리 다가갈 수가 없었다. 단지 그 길에 어둠이 깔린 것 때문인지, 아니면 저 어둠 속 어떤 것에 대한 두려움 때문인지 알 수가 없었다.
'일단 부모님 집을 가자.'
결국 고개를 흔들며 엑셀을 밟았다. 코란도는 다시 힘차게 움직이기 시작했고, 나는 떠나가는 잠시 동안 사이드미러를 통해 그 길을 힐끗거렸다.

얼마 되지 않아 부모님이 사는 곳에 도착했다. 점심시간이 조금 지났지만 아까 먹었던 샌드위치 덕에 배가 고프지는 않았다. 햇살은 더욱 강해져 가을답지 않게 따사로웠다.
차를 부모님 집 앞에 세우고 담배 하나를 입에 물었다. 주변을 둘러보니 역시나 남겨진 것은 적막감뿐이었다.
사람은 없었다. 가면을 쓴 사람도, 자신의 얼굴을 가진 사람도, 사라진 동물들도. 어째서인지 알 수는 없었지만 죽은 그가 말했던 것처럼 이것이 이 세상의 한계인지도 몰랐다. 더 먼 곳에는 과연 무엇이 있을지 너무나 궁금했다.
담배를 입에 문 채 대문을 열고 마당으로 들어섰다. 재미있는 것이, 아니, 이해가 되지 않는 부분이 또 눈에 띄었다. 그것은 허무하게 남겨져 있는 누렁이의 목걸이와 사료 때문이었다. 나는 밥그릇이 있는 곳으로 다가가 남겨진 사료를 만져 보았다. 딱딱한 촉감과 함께 건조한 가루가 만져졌다. 비가 내려 흠뻑 젖어 있어야 할 사료가 며칠의 햇살을 받았다고 해서 저리 유지될 수는 없었다. 개밥을 챙겨주는 것은 어릴 적 이곳에서의 나의 일이었으므로 이것이 말이 되지 않는다는 것쯤은 누구보다 잘 알 수 있었다.

나는 담배 연기를 빨아들이며 사료 가루가 묻은 손을 털었다. 그때 대나무 잎들이 부딪치는 소리가 들려왔다. 마치 하늘에서 물이 떨어지는 것 같은 시원한 소리였다. 함께 깨끗한 바람이 불어왔다.

나는 피우던 담배의 재를 털고 신발을 신은 채 방 안으로 들어섰다. 전에 왔던 그대로 한 치의 변화도 없는 모습이다. 나는 뚜벅뚜벅 걸어가 낡은 TV 위를 쓰다듬었다. 천 커버 하나도 쓰여 있지 않았고, 흘러간 시간을 생각해 보면 잔뜩 먼지가 묻어나와야 했으나 마치 누군가가 매일 청소라도 한 듯 반질거리기만 했다.

나는 결국 다시 밖으로 나섰다. 역시나 이곳에도 힌트는 없었다. 이제는 가보지 못했던 곳으로 향해야 했다.

부모님이 살고 계시던 지방을 지나 1시간가량을 달렸을 때 터널이 나타났다. 꺼져 있던 내비게이션을 켜보았더니 눈앞에 있는 터널을 지나면 지방 도시의 톨게이트가 나올 것이라고 알려주고 있었다. 드디어 다른 지역이었다. 가보지 못했던, 그리고 가려고도 하지 않았던 곳으로 나는 향하고 있었다. 그곳으로 향하는 길까지, 아니, 도시를 지난 후로 사람은 보지 못했다. 어쩌면 내가 가는 곳은 이 세상의 영역이 닿지 못하는 곳일 수도 있었고, 세상의 끝일 수도 있었다.

어둠이 다가왔다. 터널 안으로 들어가자 한 줌의 빛도 보이지 않았다. 나는 자동차 라이트를 켜고 길을 따라 달려나갔다. 생각보다 긴 터널의 길이와 깊이에 이상함을 느끼기도 했지만 곧 먼 곳에 나타난 작은 빛에 엑셀에 올린 다리에 더욱 힘을 주었다.

"아……."

파도처럼 다가오는 빛에 눈살이 찌푸려졌다. 고개를 살짝 비틀며 눈이 빛에 적응할 시간을 가진 나는 정면에 나타난 풍경에 집중하려 했다. 내 눈앞에는 갑작스럽다고 느낄 정도로 커다란 빌딩들과 사람들, 그리고 많은 차들이 있었다. 혹시나 하는 마음에 길거리를 돌아다니는 사람들의 얼굴을 보았더니 역시나 서글플 만큼 익숙한 가면을 쓰고 있었다.

불현듯 세상의 어떤 도시가 이렇게 뜬금없이 나타날 수 있을까 하는 궁금증이 일었다. 그때 두리번거리는 내 눈으로 작은 건물 몇 개가 들어왔다. 그리고 익숙한 곳을 발견했다. 그것은 내가 자주 갔던 레스토랑의 건물과 간판이었다. 나는 당황한 마음에 내비게이션을 보았다. 놀랍게도 내비게이션은 눈앞에 있는 사람들, 거리, 빌딩이 새로운 장소의 것이 아니라 모두 내가 살고 있던, 또 내가 출발을 했던 도시의 번화가라고 말해주고 있었다.

나는 다시 돌아오고야 말았다. 먼 곳으로 향하겠다는 생각과는 다르게 긴 터널을 지나 다시 제자리로 돌아오고야 말았다.

8

잠깐 눈을 붙인다는 것이 시계를 보니 오전 10시를 넘기고 있었다.
나는 전날 몇 번이나 더 먼 곳을 가기 위해 노력했다. 적어도 내가 생각하기에는 그렇다고 할 수 있었다. 거미줄처럼 뻗쳐 있는 사방의 많은 길, 그리고 그 길을 따라 있을 많은 지방의 소도시들을 향하기 위해서 모든 통로를 돌아다녔다. 그러나 남은 것은 좌절뿐이었다. 학창 시절, 친하게 지냈던 친구의 집에서 했던 게임 생각이 났다. 게임의 주인공이 마법의 장소에서 길을 잃었고, 동서남북으로 향하는 어느 길을 가도 돌아오는 곳은 똑같은 장소였다. 그것을 깨트리기 위해서는 숨겨진 지도를 찾고 그 지도에 따라 동으로 몇 번, 남으로 몇 번, 그리고 북으로 몇 번을 가 새로운 길을 찾아야만 했다. 하지만 지금의 나에게는 그 주인공과 다르게 지도가 없었다. 어디로 몇 번을 가야 하는지, 아니면 어떤 숨겨진 길이 있는지 도무지 알 수가 없었다. 내비게이션을 보며 다른 도시를 향하기 위해 움직이다 보면 어김없이 긴 터널이 나타났고, 그 터널 주변은 산으로 꽉 막혀 있었으며, 터널을 통과하면 다시 제자리로 돌아오고 말았다.

나는 공터에 있었다. 어젯밤 잠시 휴식을 취하고자 온 곳이 바로 폐건물이 사라진 이 공터였다. 막막함 때문인지 이제는 배고픔마저 무뎌졌고, 피곤함도 잘 느껴지지 않았다.

'한 번만 더 가보자.'

차에서 내리지도 않은 채 나는 시동을 걸었다. 다시 한 번 부모님의 집으로 향하는 길을 달려볼 생각이었다. 사실, 할 수 있는 것이라고는 갔던 길을 가는 것밖에 없는 것 같았다.

여전히 날씨는 맑았다. 얼마 전만 해도 금세 추워질 것 같더니, 진짜 가을은 아직 오지도 않은 것처럼 푸근함이 가득했다.

차를 타고 가는 길, 왼손으로는 운전을 하고 있었고, 오른손으로는 입술을 만지고 있었다. 한여름의 갈라진 땅처럼 퍼석거리는 것이 손에 느껴져 백미러를 내려 얼굴을 비추어보았다. 검은 눈동자는 힘이 없어 금세 물처럼 흐트러질 것만 같았고, 머리에는 기름이 져 있다. 그리고 코 밑과 턱에는 거뭇한 수염이 자리를 잡고 있었다. 나는 그 모습이 안쓰러워 조금이라도 나아 보이려고 머리를 쓰다듬어 보기도 하고, 손으로 얼굴을 문질러 보기도 했다. 하지만 이미 바스락거리기 시작한 얼굴은 되돌아오는 법을 잊어버렸다.

거짓과 함께

그렇게 한참을 달리다 나는 차의 속도를 서서히 줄이게 되었다. '어두운 길'이 보였기 때문이었다.

몇 번을 그랬듯 차를 멈추고 그 길을 지긋이 바라보았다. 계획대로라면 이 길을 따라 부모님의 집으로 향했을 테지만 '어두운 길'을 바라보고 있으려니 점점 더 가보지 않은 길에 대한 호기심이 점차 커져만 갔다.

나는 결국 그 호기심을 이겨내질 못했다. 물론 그 길을 향하는 내 손에는 아직도 확신이 묻어 있지 않았고, 더욱이 내 안에서 일어나는 찜찜한 기분을 지워내질 못하고 있었다. 하지만 한 번도 가보지 못한 곳이었기에, 또 더 이상 이것 말고는 방법이 없었기에 나는 뻥 뚫려 있는 도로를 가로질러 그 길로 들어섰다. 다행히 생각했던 것보다 입구가 넓어 차를 끌고 가는 데에 큰 무리가 없었다.

차를 몰아 입구로 향하자 눈에는 짙은 어둠이 가득한 풍경이 들어왔다. 먼 곳은 아예 보이지도 않았기에 나는 한낮에도 라이트를 켜 길잡이를 삼아야만 했다.

싸아아아—

이따금 차를 스치는, 그리고 그 커다란 어둠을 만들어내었던 대나무들이 서늘한 소리를 내었다.

길은 들어가면 들어갈수록 알 수 없는 미로 같았다. 분명 한 길로만 가고 있는데도 나는 그렇게 느꼈다. 얼마나 갔을까, 시간이 한참이나 흐른 것 같아 시계를 보았더니 아직 오후 2시를 넘지 못했다. 길은 마치 시간을 알 수 없는 공간인 것처럼 작은 햇살조차 느낄 수 없었다.

조금의 시간이 더 지났을 때야 나는 이 길의 최종점이라고 할 수 있는 곳에 도착하게 되었다. 그것은 작은 마을이었다. 길고 어두운 산길을 지나서 온 곳이 마을이라는 것에 대하여 굉장한 기대감이 생겨나고 있었다.

'왜 이렇게 어둡지?'

신기한 곳이었다. 시간은 채 3시가 되지 못했고, 대나무 숲마저 벗어났건만 마치 두터운 비구름이 내려오는 햇살을 모두 다 삼켜 버린 것같이 어두운 마을이었다. 회색빛이 가득한 세상으로 나는 그렇게 다가가고 있었다.

누가 말한 것도 아닌데 나는 차를 마을 입구쯤에 세워놓았다. 그리고 내려 다시 한 번 마을의 모습을 보았다. 그곳은 마치 부모님이 살고 계신 마을만큼이나 시골스러운 곳이었다. 입구에는 작고 오래되어 보이는 버스 정류장이 있었고, 여러 개의 기와집들과 작은 밭, 그 뒤로는 커다랗지만 어둠 때문에 푸른 모습이 바래 버린 언덕이 있었다.

나는 천천히 그 마을 안으로 들어섰다. 슬프게도 사람의 모습은 보이지 않았다. 마을 입구에서 좀 더 안으로 들어서자 수많은 골목들이 눈에 보였다. 나는 그중 하나를 선택해 걷기 시작했다. 행여 누구를 만나지는 않을까, 아니면 작은 무엇이라도 찾을 수 있지 않을까 하는 기대감이 더욱 부풀어지기 시작했다.

싸아아—

대나무 잎이 몸을 비비는 소리가 먼 곳에서부터 다시 들려왔다. 아무것도 없는 세상에서 들리는 그 소리는 외로움을 더욱 짙게 만들어주었다. 끝없는 외로움에 나는 두리번거리던 시선을 멈추고 땅으로 고개를 숙였다.
 그때 바닥을 향해 있는 내 시선에 스치듯 무엇인가가 잡혔다.
 "깜짝이야!"
 나는 그렇게 외쳤다. 그것은 허름한 옷을 입은 어떤 꼬마였다. 없을 것이라고 생각했던 가면의 존재가 기와집 담벼락 앞에 앉아 나를 바라보고 있었다.
 '이곳도 나를 속이기 위한 것들이 자리를 잡기 시작했나 보네.'
 그렇게 생각했다. 아마도 그것들은 서서히 이 세상 전체를 잠식해 갈 모양이었다. 나는 한숨을 깊게 쉬며 놀란 가슴을 달랬다. 그리고 다시 걷기 시작했다. 걸음에 힘을 주며 방금 나를 지나친 그 꼬마의 얼굴을 생각했다. 나와 같은, 혹은 마치 나의 어릴 적 모습을 보는 듯한······.
 "어?"
 지나치던 걸음이 멈추었다. 그리고 뒤를 돌아보기 전 다시 한 번 그 꼬마의 얼굴을 생각했다. 그것은 현재의 나의 얼굴도, 가면도 아닌 것 같았다. 마치 나의 어릴 적 모습인 것 같았다. 나는 몸을 돌려 지나친 그 꼬마에게 다가갔다. 꼬마는 다가오는 나를 지긋이 응시했다. 가까워지면 질수록 궁금증은 더욱 커졌다.
"맙소사."
"네?"
가까운 곳에서 꼬마의 얼굴을 보자 나는 당황하기 시작했다. 녀석의 얼굴에는 어떤 가면도 쓰여 있지 않았다. 가면을 쓰고 있을 것이라 생각했던 것은 착각이었고, 언젠가 사진으로 보았던 나의 어릴 적 얼굴이 분명했다.
"너, 너…… 누구야?"
"뭐가요?"
꼬마는 천진난만한 얼굴로 그렇게 되물어왔다.
"왜 가면을 쓰고 있지 않지?"
"아저씨도 안 쓰고 있는데요?"
나는 허탈한 웃음을 지으며 꼬마와의 눈높이를 맞추기 위해 한쪽 다리를 꿇었다. 그리고 물었다.
"넌 누구야? 여기 살고 있니?"
"네, 아저씨는 저기서 왔죠?"
꼬마는 손가락으로 먼 곳을 가리켰다. 정확히 어디를 말하는 것인지는 알 수 없었지만 나는 대충 세상 밖이겠지 싶어 고개를 끄덕였다.
"여긴 대체 어디야? 넌 누구고?"
"글쎄요. 전 그냥 태어날 때부터 여기서 살고 있어서 제가 누군지 잘 알지 못해요. 딱히 이름은 없어요. 아, 이 마을은 '어두운 길'이라고 하던데요."

나는 내가 상상했던 이름과 같아 오묘한 기분을 느꼈다.

"이곳이 그냥 '어두운 길'이라고?"

꼬마는 작게 웃으며 "네, 언젠가 그랬어요. 누가 그랬는지 생각은 나지 않지만."이라고 말했다.

나는 상당한 시간 동안 아무런 말도 하지 않은 채 생각에 잠겼다. 내가 만들어냈다는 세상에 어릴 적 내가 만들어져 있었다. 그것이 무엇을 뜻하는 걸까. 아무리 생각해 본들 답은 나오지 않았다. 분명한 것은 꼬마가 가면을 쓰고 있지 않다는 사실이었다.

"혹시 내가 온 곳에 대해 아는 게 좀 있니?"

"아저씨가 온 곳이라…… 죄송하지만 그것도 잘 몰라요. 하지만 적어도 그곳이 원래부터 있던 곳이 아니라는 것 정도는 알아요. 이곳에서 만들어진 곳이라고 해야 될 걸요? 뭐랄까, 혹처럼 작게 부풀어지던 것이 저만큼 커졌어요. 저도 이곳을 나가보지 못해서 어떤 곳인지 알 수는 없지만 원래 없어야 할 곳이었고, 앞으로도 없어야 할 곳이었다는 것 정도는 알아요."

꼬마의 말은 새로우면서도 진부한 것이었다. 자세히 들어보면 내가 알고 있는 사실들이었다.

"이곳에서 만들어졌다라……."

나는 그렇게 말하고 주변을 크게 둘러보았다. 만지면 부스럭거리며 흙이 떨어져 나올 것 같은 담벼락, 정리되지 않은 거리, 주변의 많은 현실적인 풍경도 모두 내가 만들어낸 세상이라는 소리였다.

나는 꿇고 있던 무릎을 펴고 꼬마의 머리를 헝클었다. 그리고 물었다.

"부탁이 있어."

"부탁이요?"

"응, 이곳에 대해 네가 안내를 해줬으면 해. 어쩌면 이곳에서 내가 찾고자 했던 것을 얻을 수 있을지도 몰라서 그래."

꼬마는 고개를 크게 끄덕였다. 나는 "그래, 혹시 내가 갈 만한 곳이 있을까? 음, 신기한 곳이나 네가 내게 보여줄 만한 그런 곳 말이야."라고 물었다.

"네, 저를 따라오세요."

나는 꼬마의 손을 잡았다. 작고 마른 손을 잡으니 나도 모르게 안쓰러운 마음이 들었다. 그렇게 우리는 걷기 시작했다. 그때, 꼬마가 나를 올려다보며 물었다.

"그런데 아저씨 혼자 오신 건가요?"

"응, 나 혼자야. 왜?"

"이상하네. 사실, 아저씨가 이곳에 올 때 높은 언덕에서 아저씨를 보고 있었거든요. 아저씨가 차에서 내릴 때요."

"그런데?"

"분명히 아저씨 뒤를 따라서 누군가 오고 있었는데……."

"그게 무슨 소리야?"

나는 걸음을 멈추었다. 그리고 꼬마의 말에 집중했다.

"걸어오는 아저씨 뒤를 멀찍감치 따라오는 사람이 있었어요. 저는 같이 오신 줄 알았죠. 그러니까…… 어떤 누나였어요."

꼬마가 말을 하자, 나는 본능적으로 고개를 돌려 뒤를 보았다. 하지만 아무것도 보이지 않았다. 그저 어두운 바람만 불고 있었다.

"어떻게 생겼는지 기억이 나니?"

꼬마는 고래를 흔들었다. 그리고 "아뇨, 저는 그렇게 눈이 좋지 않거든요."라고 말하며 자신의 말이 거짓이 아니라는 것을 알려주듯이 손으로 눈을 비볐다.

"아, 그래?"

우리는 다시 걷기 시작했다. 하지만 자꾸만 뒤를 바라보는 내 눈을 멈출 수는 없었다. 나는 꼬마의 손을 더욱 꽉 쥐었다. 얼마 전 나를 도우려 했던 남자 생각이 났기 때문이었다. 내 뒤를 쫓아왔다던 어떤 사람이 또다시 나를 돕는 이 꼬마를 해할지도 모르는 일이었다.

"빨리 가야겠다."

나는 그렇게 말했고, 그 말을 들은 꼬마는 달리듯 걸음을 걸었다.

우리는 마을 안쪽을 가로질러 걸어갔다. 그리고 커다란 언덕이 시작되는 지점까지 이르렀다. 그곳에는 꽤나 오래되어 보이는 건물 한 채가 있었다. 마치 오리나 돼지 같은 가축을 기르는 건물 같아 보였다. 곧 허물어질 것같이 오래된 모습이 영 안쓰러워 보이기까지 했다. 꼬마는 내 손을 이끌어 그곳으로 향했다.

"여기라면 아저씨에게 도움이 될지도 몰라요."

나는 꼬마의 손을 놓으며 물었다.
"여기가 뭐 하는 곳인데?"
"'기억'이라는 곳이에요."
꼬마는 그렇게 말하며 나무로 된 문을 열었다. 그와 동시에 먼지가 허공으로 날아올랐다.
나는 "기억이라고?" 되물으며 문이 열린 곳 안을 바라보았다. 건물 안에는 어떤 가축도 없었다. 대신 다른 것들이 존재하고 있었다.
"여기가 기억이라고 했지?"
나는 재차 물었다. 꼬마는 대답을 대신해 고개만 끄덕였다.
눈앞에 수많은 TV가 깊숙한 곳까지 줄을 지어 있었다. 족히 몇 백 대는 되어 보일 만큼 많은 숫자였다. 잘 나오지 않는 오래된 TV, 전원이 꺼진 TV, 화면이 깨져 반만 나오는 TV, 손바닥 크기의 작은 TV까지 종류도 다양했고, 각자의 위치도 모두 제각각이었다. 안에는 긴 진열대가 있었는데, 대부분의 많은 TV들이 그곳에 보기 좋게 올려 있었지만 어떤 것은 구석지에 박혀 있기도 했고, 어떤 것들은 줄 같은 것에 대롱거리며 매달려 있기도 했고, 또 어떤 것은 반쯤 삐뚤어진 채로 벽에 걸려 있기도 했다. 그 외 작은 크기의 선반이나, 책상, 의자도 모두 TV의 진열을 위한 구조물들이었다. 그곳은 오직 TV들을 위한 장소였다.
그것들 중 절반 이상의 전원이 켜져 있었는데 재미난 것은 화면에 보이는 영상들이 낯설지 않다는 것이었다. 어린 꼬마가 넘어지는 모습을 반복하는 오래된 TV의 영상, 사라와 이야기를 나누고, 또 사랑을 나누고 있는 커다란 TV의 영상, 학교에 실습을 나갔던 나의 모습을 나타내는 TV의 영상. 모두 다 하나같이 내 이야기들을 담고 있었다. 나는 그제야 왜 이곳을 기억이라고 하는지 알 것만 같았다. 이 세상에서 내 기억은 TV라는 물건으로 형상화되어 있었던 것이었다.

"어때요? 도움이 될까요?"

꼬마의 말에 나는 천천히 고개를 끄덕였다. 그리고 문안으로 들어섰다. 나는 줄 지어 있는 TV들 하나하나를 지나쳐 그중 낡고, 꺼져 있는 TV 하나를 만지작거렸다.

"어? 켜지 않는 게 좋을 텐데요."

"왜?"

꼬마의 말에 TV를 만지작거리던 손을 멈추었다. 꼬마는 입을 삐쭉 내밀고 말했다.

"꺼져 있을 만한 이유가 있지 않을까요?"

그 말에 나는 괜찮다는 듯이 슬쩍 웃으며 TV의 전원을 다시 만졌다. 곧 '팟—' 하는 소리가 들리고 TV의 화면에 불빛이 일렁거렸다. 나는 TV에 나타난 장면에 집중하기 시작했다.

얼굴에 검은 그림자가 드리워 있는 남자가 말을 했다.

"미안하다. 꼭 데리러 올게. 조금만 기다리면 아빠가 올게."

그 얼굴을 바라보는 어린아이가 대답했다. 그 얼굴은 내 어릴 적 얼굴이었고, 곧 내 뒤에 있는 꼬마의 모습이었다.

"언제 올 건데?"

"음, 백 밤만 자면 아빠가 만나러 올게. 우리 아들 저녁 밥 잘 먹고 있으면 아빠가 와서 깜짝 놀라게 해줄게. 그러니까 들어가, 빨리."

남자의 목소리에는 다급함이 묻어 있었다. 아이는 작게 눈물을 흘리며 고개를 끄덕였다.

"아빠, 꼭 와야 돼. 나 저녁 밥 먹을 때 엄마랑 같이 와야 돼. 나 안 울고 기다릴게."

"알았어. 빨리, 빨리 들어가. 늦기 전에."

남자는 그 말을 마지막으로 사라졌다. 아이는 그제야 소매로 눈물을 닦으며 몸을 돌려 터벅터벅 걷기 시작했다.

"아……."

나는 그런 소리밖에 낼 수가 없었다. 언젠가부터 잊고 있었던 장면이었다. 나에겐 그저 아버지가 올 것이라는 믿음만 있을 뿐, 이런 이별의 모습까지는 기억하지 못하고 있었다.

"거봐요."

나는 꼬마의 말에 애써 웃음을 지으려 했다. 하지만 말을 한 녀석의 얼굴이 보았던 영상과 겹쳐 한참이나 여운이 가시지 않았다.

잠시 후, 나는 눈을 돌려 다른 TV들을 바라보았다. 방금 전 영상을 본 TV 말고도 상당히 많은 TV들이 꺼져 있었다. 궁금증이 일었다. 저 TV 안에는 또 내가 얼마나 잊으려 했던 기억들이 있을까 싶었다.

나는 천천히 걸으며 차마 켜지 못하는 TV들을 손으로 쓰다듬었다. 그리고 곧 그 건물의 안쪽까지 들어서게 되었다.

"이건 뭐야?"

가장 안쪽 깊숙한 곳에는 작은 문이 있었다. 창고로 이용되는 것이 아닐까 싶을 만큼 깊숙한 곳이었고, 작은 문이었다. 하지만 무엇보다 나를 궁금하게 하는 것은 그 문에 채워져 있는 사람의 머리 크기만 한 자물쇠였다. 더욱이 그 자물쇠는 자신이 마치 황금이라도 되는 마냥 누런빛에 휩싸여 있었다.

곧 뒤따라온 꼬마가 나에게 말했다.

"어? 그건 저도 보지 못했던 건데……. 언제 생겼지?"

"너도 모른단 말이야?"

"네, 처음 봤어요. 이상하네."

나는 그 자물쇠를 만져 보았다. 차가운 감촉이 손에 전해졌다. 문을 몇 번 열어보려 했지만 자물쇠 때문에 꿈쩍도 하지 않았다. 행여 무엇이 보일까 만들어진 문 틈새에 눈을 바짝 대었다. 하지만 안쪽에는 컴컴한 어둠만이 자리를 잡고 있어 그 어떤 작은 것도 보이지가 않았다.

"저기, 아저씨."

"응?"

꼬마의 말에 나는 하던 행동을 멈추고 고개를 돌렸다. 꼬마는 배시시 웃으며 물었다.

"혹시 지금 시간이 몇 시예요?"

나는 주머니에 들어 있던 휴대폰을 꺼내 시간을 보고서 말했다.

"5시가 조금 안 됐어, 왜?"

"아, 제가 기다리는 사람이 있어서…… 이 시간이 되면 가야 하거든요."

누구냐고 물어보려다가 방금 본 영상이 있어 나는 그저 작게 웃었다. 아마도 자신의 부모님일 것이었다. 꼬마의 부모님이자, 나의 부모님. 어쩌면 이 꼬마가 내 잔상일지도 모른다는 생각이 들었다. 말도 되지 않는 이상한 세상이라면 충분히 그럴 수도 있었다. 나는 고개를 끄덕였다.

"알았어. 혹시 시간이 되면 내일이라도 다시 와서 나를 도와줘. 이 근처에 있을 테니까."

꼬마는 내 말에 고개를 끄덕이며 건물 밖으로 달려나갔다. 꼬마가 시야에서 사라지려고 하기 직전에 나는 다시 녀석을 불렀다.

"꼬마야!"

"네?"

꼬마는 달리던 걸음을 멈추고 나를 바라보았다. 나는 걱정이 잔뜩 묻은 말투로 말했다.

"혹시 모르니까 주위를 잘 둘러보고 다녀. 가면 쓴 사람이 있거나 그러면 빨리 도망치고. 알았니?"

꼬마는 작게 웃으며 고개를 끄덕였다. 하지만 멀어지는 녀석의 발걸음을 보면서도 걱정되는 마음은 사라지지가 않았다.

나는 꼬마가 사라진 후로도 한참을 서성거리다가 허기진 배를 이끌고 코란도로 돌아왔다. 그리고 완전한 어둠이 내리기 시작했다.

❖

어둠이 짙게 깔리고, 나는 차에 탄 채 언덕에 있었다. 손에는 작은 〈로빈슨 크루소〉가 들려 있었다. 배도 고팠고, 정신적으로 지쳤지만 이곳을 떠날 수는 없었다. 어쩌면 이곳은 나에게 마지막 희망이 될지도 모르는 곳이었다.

나는 책을 읽으면서도 경계를 늦추지 않았다. 나를 따라왔다던 어떤 존재가 얼마나 위협적인지 잘 알고 있었기 때문이었다. 부스럭거리는 소리와 바람 부는 소리에도 민감하게 반응을 하는 터라 쉽사리 책에 집중되지 않았다.

"아……."

스스로의 민감함에 다시 한 번 지치는 시간이었다. 시계를 보니 오후 9시가 넘어가고 있었다.

'녀석은 별일 없을까.'

좀 더 조심하라고 말할 것을, 아니면 저녁에라도 다시 이곳으로 올 수 있냐고 물어볼 것을 하는 후회가 들고 있었다. 꼬마가 기다리는 부모님은 오지 않을 것임을 알고 있었기에 녀석을 설득할 수도 있었다. 하지만 나는 이내 고개를 흔들어 버렸다. 녀석이 나와 같다면 어차피 그 가슴에 닿지 않을 것임을 알고 있었기 때문이었다.

나는 다시 고개를 숙여 책에 집중하려고 했다. 내가 읽고 있는 곳은 로빈슨이 프라이데이를 만나는 장면이었다.

똑. 똑. 똑.

책을 읽어가던 시선이 멈추었다.

똑. 똑. 똑.

조수석에서 들리는 노크 소리에 나는 천천히 고개를 들어 그쪽을 바라보았다.
"아저씨!"
"맙소사……. 놀랐잖아!"
나는 그렇게 말하며 잠겨 있던 문을 열었다. 꼬마는 조수석으로 올라탔고, 나는 책을 접었다.
"왜요?"
"아니야. 별일 없었지?"
"네, 역시나 오늘도 아빠는 오지 않았어요."
꼬마는 금세 시무룩해진 표정을 지었다. 나는 녀석의 머리를 헝클었다. 그때 눈에 들어오는 것이 있었다. 그것은 꼬마가 손에 들고 있는 작은 화분이었다. 노란 꽃 한 송이가 심어져 있었는데 그 꽃은 꼬마의 얼굴처럼 시무룩해 보여 금방이라도 고개가 떨어질 것 같았다.
"뭐야 그건?"

"아, 이거 화분이요. 아저씨는 어른이니까 물어보려고요."

"나한테? 꽃 같은 건 나도 잘 모르는데."

"아뇨, 이건 그냥 꽃이 아니래요. 누군가는 이걸 보고 '꿈'이라고 했어요."

"꿈? 잠잘 때 그 꿈?"

꼬마는 고개를 절레절레 흔들었다. 나는 그제야 꽃이 시들어 있는 이유를 알게 되었다. 화분에 붙어 있는 이름표를 보았기 때문이었다. 그 이름표에는 'Teacher'라는 작은 글씨가 적혀 있었다.

나는 꼬마를 향해 물었다.

"시들어가고 있는 거야?"

"글쎄요. 시들어간다고 생각했는데 그냥 계속 이 상태네요. 시들지도 않고, 그렇다고 다시 고개를 들지도 않고."

꼬마에게 과연 무슨 말을 해줘야 할지 한참을 고민했다. 분명 그 꽃을 시들게 만드는 것은 나였으니까.

"아쉽지만…… 시들지 않는 걸 감사하게 여겨야 할 때가 있는 것 같아."

"네?"

"그런 거 있잖아. 세상 살면서 다 자기가 잘되는 것만을 볼 수는 없으니까. 고개를 숙이고는 있지만 어쨌든 시들어 버린 건 아니잖아. 그걸 다행으로 생각하면 안 될까? 잃는 것만큼 얻는 게 있을 거야. 예를 들어 이 꽃이 고개를 숙이고 있지 않았다면 네가 이렇게 이 꽃에 관심을 주고 있을까? 뭐, 이런 것들 말이지."

"아, 그럴 수도 있겠네요. 잃을 때 얻는 게 있는 거구나."

나는 문득 이 꼬마가, 그러니까 나의 잔상이 마주치고 있는 그 슬픈 현실에 대한 것들이 떠올랐다.

"네가 처한 상황도 마찬가지야. 넌 떠나 버린 부모님을 기다리고 있어. 하지만 그 부모님을 잃어버렸다고 스스로가 인정할 때 넌 새로운 것을 얻게 되지. 지금 너를 기다리고 있는, 그리고 키워준 부모님 같은 거……."

가슴이 답답해졌다. 스스로에게 질문을 던지고 있는 것 같았다. 그토록 부모님을 힘들게 만들었던 내가, 그리고 죄송하단 말 한 번도 제대로 하지 못한 내가 이런 말을 할 자격이 있을까 싶었다.

"우와!"

꼬마는 갑자기 그렇게 외쳤다.

"왜?"

"그냥요. 뭐랄까, 나에게 필요한 말 같아서요. 잃었을 때 얻게 되는 것들이라. 아저씨의 말이 맞는 거 같아요. 아저씨는 그걸 어떻게 알았어요?"

나는 언젠가 겪었던 이야기를 해야 할 필요를 느꼈다. 하지만 그것은 단지 이 꼬마를 위해서가 아니라 내 스스로 뱉고 싶었던 말일 수도 있었다.

"예전에 말이야……."

9

3년 전, 실습 마지막 날까지.

우리는 아무런 문제도 없이 서로를 알아갈 수 있었다. 나는 은지를 정리했고, 그 사실을 알게 된 사라도 나에 대한 마음의 확신을 키워 나가고 있다고 생각했다. 그렇다고 우리의 생활이 크게 바뀐 것은 아니었다. 평소처럼 나는 그녀를 기다리고, 같이 밥을 먹고, 커피를 마시고 이야기를 했다. 유일하게 다른 점이 있다면 걸을 때 이따금 손을 잡는다는 정도였다. 그 손을 잡는 행위는 우리에게 놀랍도록 깊은 따스함을 전해주었다. 그동안 느껴보지 못했던 느낌이었다.

하지만 우리는 우리가 처해 있는 상황이 마냥 좋지만은 않다는 것을 알기도 했다. 사라는 고3이라는 힘들고 복잡한 시기에 놓여 있었고, 나는 어렸을 적부터 꿈꿔왔던 교사라는 직업의 목전까지 와 있었기 때문이었다. 나는 생각했다. 이 시간이 끝나면, 내가 꿈을 이루고 그녀의 학생이라는 신분이 슬며시 사라져 버리면 그때는 모든 걱정도 사라지리라. 그리고 우리는 더욱 강하게 손을 잡으리라.

우리는 언제나처럼 밥을 먹고 차를 마셨다. 그리고 근처의 작은 공원에서 담소를 나누었다. 이야기의 주제는 날마다 달라져 있었다. 우리는 서로 가까워질 수 있는 이야기를 하는 것에 대하여 조금의 망설임도 없었다. 그것은 이제 일상이 되어 있었다.

하지만 다음날 아침, 나는 학교로 향하는 도중에 타고 있던 코란도를 실습을 하는 학교가 아닌 대학교로 돌려야만 했다. 상황이 굉장히 좋지 않은 방향으로 향하고 있다는 것을 한 통의 전화를 받고서야 알게 되었기 때문이었다.

그 전화는 평소에 나를 신임하던 학과장님에게서 온 것이었다. 그는 말했다. 대체 그 밤에 여학생이랑 무엇을 했는데 이런 사진이 날아오느냐고.

그날 저녁, 작은 공원에서 사라를 만나 인사 대신 "별일 없었어?"라고 물었다. 그녀는 아무것도 모른다는 듯이 고개를 절레절레 흔들었다. 그것이 정말로 아무 일이 없기 때문인지, 아니면 모르는 척하려는 것인지는 알 수가 없었다.

나는 사라를 끌어안았다. 그녀의 몸이 가슴속으로 폭 하니 들어와 기분이 좋아질 것만 같았다.

"괜찮아요?"

사라는 내 행동에 물음표를 보냈다. 나는 그 물음표에 대하여 최대한, 그러니까 그녀가 놀라거나 자신의 인생에 대하여 걱정하지 않을 만큼 각색하여 말해주었다. 하지만 그것이 과연 걱정하지 않을 수 있는 일이 될 수 있을까, 그녀의 인생에서 가장 민감한 시기에 겪는 이 일이 과연 나에 대한 그녀의 생각을 바꾸게 하지는 않을까.

"어떤 학생들이 너랑 내 사진을 찍었어."

그녀는 아무런 말도 하지 않았다. 나는 이어 말했다.

"근데 그 사진이 오해를 불러일으킬 만한 장면에서 찍힌 거였어. 나 선생 못하게 될 거 같아."

단지 오해를 불러일으켰기 때문일까. 학과장님이 나에게 무슨 짓을 한 거냐고 물었을 때 그저 죄송하다고밖에 할 수 없었다. 사진에 찍힌 어두운 배경과 건물들이 오해를 만들었지만 그녀와의 관계에 오해는 없었기 때문이었다.

"미안해요."

놀랍게도 사라의 입에서 나온 말은 미안하다는 것이었다. 그녀는 놀라지 않았다. 그저 나를 강하게 끌어안을 뿐이었다. 왜 네가 미안해하냐고 물으니 그녀는 말했다.

"나야 그냥 모르는 척하면 되는 거예요. 큰 걸 위해 작은 피해 정도는 감수할 수 있어요. 고등학교야 졸업만 하면 되는 거지만…… 선생님은 너무 큰 걸 잃어버렸잖아요. 너무나…… 큰 걸 잃어버렸어요."

"아……."

모르는 척했지만 그녀는 알고 있는 것 같았다. 내가 어떤 이야기를 들었는지, 그리고 앞으로 어떻게 되는지, 또 내가 그녀를 얼마나 걱정했는지.

그때 비가 조금씩 내렸다. 어두운 구름이 물방울을 뿌렸고, 그것은 우리의 머리와 어깨 위에 살포시 앉았다. 하지만 나도, 그리고 사라도 서로 안고 있는 자세를 풀지 않았다. 문뜩 누군가 이 모습을 또 지켜보고 있지는 않을까 하는 걱정이 들었다. 사진을 찍고, 그것을 인터넷에 올리고, 또 상처를 만들지는 않을까 했다. 하지만 이내 그런 걱정을 지워 버렸다. 지금 중요한 것은 내가 느끼고 있는 말을 해야 하는 것이었다.

"나도 너와 같아. 너에 비하면 내가 잃은 것도 작은 거지."

우리는 계속 그렇게 안고 있었다. 비 때문인지, 아니면 다른 것 때문인지 사라를 안고 있는 가슴팍에 따뜻한 물기가 느껴졌다.

꼬마는 내가 하는 말에 놀랍도록 집중을 하고 있었다. 사실, 녀석에게 해야 되는 말은 아주 작은 부분이었다. 하지만 스스로 내가 하는 말에 취한 탓에 하지 않아도 될 말을 많이 해버린 것 같았다.

꼬마는 이야기가 끝난 후에도 여전히 눈을 반짝거리고 있었다.

"우와……."

"왜?"

내가 묻자 꼬마는 여운이 담긴 목소리로 내게 말했다.

"정말 신기해요."

오히려 신기한 것은 내 쪽이었다. 녀석은 나와 같은 존재였다. 내가 만들어낸 세상 안에 있었고, 또 어릴 적의 나였다. 이 이야기는 어쩌면 꼬마의 이야기일 수도 있었다.

"그러니까 너도 잘 생각해 봐. 물론 부모님을 기다리는 일은 네게 세상 가장 중요한 일이겠지만…… 그건 어쩌면 확실하지 않은 것인지도 몰라."

내 말에 꼬마는 시무룩해졌는지 입술을 쭉 내밀었다. 내 이야기에 잊고 있던 것이 떠오른 모양이었다. 꼬마는 말했다.

"어려운 거 같아요, 뭐가 더 중요한 것인지 안다는 건."

나는 꼬마의 머리를 쓰다듬었다.

"그래, 그렇지. 하지만 적어도 지금의 너에겐 그걸 아는 게 정말 중요할 거 같구나."

꼬마는 고개를 들어 나를 빤히 바라보았다.

"왜?"

녀석은 대답하지 않고 계속 나를 바라보기만 했다. 뭐랄까, 그 눈은 마치 측은하다고 말하는 것만 같았다.

"왜 그래?"

나는 살짝 멋쩍은 웃음을 머금으며 다시 물었다. 그러자 꼬마는 작고, 씁쓸히 느껴지는 미소를 보이며 눈을 거두었다.

"아니에요. 그냥 아저씨가 말한 것처럼 제가 잘 구별할 수 있으면 좋겠다는 생각이 들어서요. 그리고 아저씨도 잘 구별했으면 좋겠고요."

"응? 나 말이야?"

"네. 아, 전 가봐야 할 거 같아요. 아저씨는 여기 계실 건가요?"

꼬마는 나와의 대화에서 뭔가 마음에 들지 않는 것이 생겼는지 시무룩한 모습으로 차 문을 열었다. 이상하게도 꼬마의 눈빛과 말투가 방금 전과 다르고, 또 어른스러워 보이기도 했다. 꼬마는 문을 연 채 밖으로 나가 내 대답을 기다렸다. 손에는 가지고 왔던 화분이 여전히 들려 있었다.

"뭐, 그래야지. 아무래도 내겐 이곳밖에 없는 거 같아."

"아…… 아저씨가 뜻하는 대로 되었으면…… 음, 좋겠네요."

녀석은 띄엄띄엄 말하고는 이상한 미소를 지었다. 그것은 나를 굉장히 찜찜하게 만들었다.

"왜 그래?"

"아니에요."

"여하튼 내일은 그 자물쇠로 잠긴 문에 대해서 알아보자. 열쇠가 어디 있을지도 몰라."

"……"

나는 운전석을 뒤로 밀치며 잘 준비를 했다. 꼬마는 여전히 차 문을 닫지 않은 채 우두커니 그 자리를 지키며 고개를 숙이고 있었다. 나는 꼬마에게 말했다.

"왜 그래?"

자꾸만 이상하게 행동하는 것이 걸려 나는 운전석 문을 열었다. 내려서 꼬마의 갑작스러운 행동에 대한 이유를 들어줄 필요가 있다고 생각했기 때문이었다. 하지만 내가 내리려고 문을 열고 몸을 돌렸을 때 등 뒤로 말이 들려왔다.

"내리지 마요."

나는 내리지 않은 채로 몸을 돌려 다시 그 꼬마를 바라보았다. 녀석은 고개를 슬며시 들어 얼굴을 보였다. 그 얼굴은 더 이상 꼬마가 아닌 것만 같았다. 마치 지금의 내 모습과 다를 것이 없어 보일 만큼 성장해 있었다.

꼬마는 내게 물었다.

"정말…… 알고 싶어요?"

"뭐가?"

"정말 잠긴 그 문 안에 뭐가 있는지…… 알아야겠어요?"

"응? 당연하지. 그것뿐만 아니라 다 뒤져야만 해. 나는 여길 나가야 할 이유가 분명하거든."

꼬마는 말하지 않고 나를 뻔히 바라보기만 했다. 대화의 공백은 한참이나 이어졌다. 나는 녀석의 눈을 보며 말했다.

"너, 뭔가 알고 있구나?"

꼬마는 대답했다.

"제가 말했죠, 뭐가 더 중요한지 안다는 건 정말 어려운 거라고. 그래도 알고 싶어요?"

내가 보고 있는 것은 더 이상 꼬마가 아니었다. 그것은 나였다. 거울을 보는 것처럼 똑같은 나의 모습이 말을 하고 있었다. 목소리는 굵어졌고, 나를 바라보는 눈에는 측은함이 더욱 진해져 있었다. 그것이 꼬마였다는 것을 알 수 있는 것은 녀석의 말투뿐이었다.

나는 말했다.

"말해줘, 네가 알고 있는 걸."

"아저씨, 전 솔직히 아무런 말도 해주고 싶지 않았어요. 하면 안 된다고 생각했고, 아저씨가 지쳐 다시 돌아가길 바랐어요. 하지만 아저씨가 말하는 걸 들어보니까…… 알면서 모르는 척하고, 또 바보같이 그걸 찾으려고 하고 힘들어하니까."

"내가 알면서 모르는 것처럼 하고 있다고?"

또다시 그 말을 듣게 되었다. 알면서도 모르는 척한다는 말, 대체 나는 스스로를 어디까지 속이고 있다는 것일까.

꼬마는 말했다.

"그냥 그대로 모르는 척하고 지내면 안 되는 거예요? 이러면 아저씨가 더 힘들잖아요. 어떤 게 더 중요한지, 또 버려야 하는지…… 정말 잘 알고 있는 거예요? 진실을 버리고 여기서 지내는 게 더 나은지, 진실을 알고 정말 힘들어할 건지……."

왜 이리 이해되지 않는 말을 하는지 알 수가 없었다. 하지만 중요한 것은 꼬마가 어떤 힌트를 가지고 있다는 사실이었다. 왜 말하지 않았을까, 왜 자꾸만 모르는 척하다가 이제야 알고 있다 말했을까. 그리고 무엇이 바보 같다는 것일까.

나는 간절한 마음으로 부탁했다.

"알아야 해. 부탁이야. 솔직히 네가 하는 말이 무슨 말인지 알기가 너무나 힘들어. 하지만 중요한 건 내가 여기서 나가야 한다는 거야. 부탁할게, 알려줘."

꼬마는 잠시 하늘을 보았다.

"잠긴 그곳에는 진실과 기억이 있죠. 그리고 그 열쇠는……."

꼬마는 고개를 내려 나를 지긋이 보았다. 그리고 말을 이었다.

"아저씨가 끝내 버리지 못한 것에게 있죠. 그것을 버려야만 열쇠를 찾을 수 있고, 또 진실을 알 수 있고, 이곳을 나갈 수 있어요. 정말로…… 버려야 해요. 버릴 수 있겠어요? 그녀를? 정말 버릴 수 있겠어요?"

꼬마의 말에 만감이 교차했다. 적막감과 함께 찬바람이 불었다. 꼬마의 머리카락이 흔들리고 손에 들려 있던 화분의 꽃잎이 떨어져 나부꼈다. 어쩌다 이야기가 여기까지 와버린 것일까, 분명 처음에는 꿈이라는 화분에 대한 이야기로 시작되었다. 그리고 나는 꼬마를 돕고자 나의 이야기를 했다. 또 꼬마에게 알 수 없고 어려운 말들을 듣게 되었다. 그러다 덜컥하고 내가 해야 하는 일이 나타났다.

꼬마가 적막을 깨고 다시 물어왔다.

"정말…… 진실을 위해 그녀를 버릴 수 있겠어요?"

나는 한숨을 크게 쉬고 대답했다.

"응, 버려야 해. 꼭 그래야만 해."

운전석 문을 닫고 시동을 걸었다. 그리고 꼬마가 열어둔 조수석의 문을 손을 뻗어 닫았다. 나는 인사조차 하지 않은 채 차를 몰기 시작했다. 열쇠를 가지고 있는 것이 누구인지 알게 되었기 때문이었다. 그것이 꼬마가 내게 했던 말 중 유일하게 이해할 수 있는 부분이었다.
 차를 움직이며 백미러로 꼬마의 모습을 보려고 했더니 그 자리에는 화분만 덩그러니 남겨져 바람을 맞고 있었다.

10

 갑자기 비가 내리기 시작했다. 그것도 굉장히 많은 양이었다. 두터운 빗방울은 코란도의 발목을 잡으려는 듯이 점점 더 맹렬해지고 있었다. 하지만 나는 멈추지 않았다. 오히려 더욱 속도를 내며 내가 얻게 된 것을 확인하려고 했다.
 "잃었을 때 얻게 된다."
 나는 꼬마와 했던 말을 그대로 따라하며 어두워진 도로에 뿌려진 라이트 불빛을 쫓아갔다.
 얼마나 갔을까, 눈앞에는 내가 떠나왔던 세상이 나타났다. 비는 그칠 기세가 없어 보였고, 도시를 구성하는 빌딩들이 하나둘 코란도 옆을 지나쳐 갔다.
 길을 향해 들어가면 들어갈수록 내가 떠났을 때와는 조금 다른 분위기를 느낄 수 있었다. 그것은 모든 이들의 노골적인 시선 때문이었다. 많은 사람들은 거리까지 나와 내가 지나가는 것을 보고 있었고, 어떤 이들은 신호도 걸리지 않은 도로에서 차를 멈추고 창문을 내려 시선을 보냈다. 다행스럽게도 내가 가는 방향의 도로는 뚫려 있었다.

나는 숨을 내뱉으며 떨리는 가슴을 진정시켰다. 그리고 그들의 시선이 겁나지 않는다는 듯 얼굴의 표정을 무심하게 바꾸었다. 나는 그렇게 내가 가야 할 곳으로 향하고 있었다.

도시로 들어온 지 얼마 지나지 않아 번화가를 통과하고, 상당한 시간을 더 달려 내가 살고 있었던 동네로 돌아왔다. 시계를 보니 자정이 얼마 남지 않은 시간이었다.

나는 주차 공간을 찾을 필요도 없이 아파트 단지 안으로 들어가는 입구에 대충 차를 세웠다. 그리고 시동도 끄지 않은 채 내려 안으로 들어갔다.

"아!"

갑자기 달린 탓일까, 발목에 통증이 일었다. 하지만 나는 곧 그것이 내가 무리를 해서가 아니라는 것을 알아차렸다. 그것은 오직 내가 다가가고 있는 진실에 대한 부작용일 뿐이었다. 어쩌면 이 발목이 움직이지 않을 수도 있었다. 그러기 전에 나는 진실을 마주쳐야만 했다.

아파트 건물 안으로 들어서기 전, 나는 잠시 걸음을 멈춰 하늘을 바라보았다. 비가 내려 시야가 자유롭지는 않았지만 반짝거리듯 눈에 들어오는 것이 있었다.

"사라."

나는 그렇게 중얼거리면서도 이내 고개를 흔들었다. 더 이상 그렇게 부를 수는 없었다. 그녀는 아파트 입구가 훤히 보이는 복도에서 나를 내려다보고 있었다. 어쩌면 내가 오는 것을 그렇게 계속 기다리고 있었는지도 몰랐다.

나는 다시 한 번 고개를 흔들었다. 그리고 감성적으로 변하기 전에 다리에 힘을 주었다.

엘리베이터에 올라 9층 버튼을 누르고 거울에 비친 내 모습을 보았더니 가관이었다. 그사이 비를 얼마나 맞았는지 머리는 삶은 미역처럼 축 처져 있었고, 삐죽거리는 턱에 난 수염에는 송골송골 물방울이 맺혀 있었다. 나는 턱에 묻은 물기를 털어버리고, 머리를 흔들며 묻은 물방울들을 털어내었다. 덕분에 엘리베이터 바닥에는 흥건히 물이 고이게 되었다. 발목의 상태는 어쩌나 싶어 슬그머니 이쪽저쪽으로 돌려보았다. 통증이 느껴졌지만 아직까지 걷는 것은 괜찮은 것 같았다.

작은 준비가 그렇게 끝났다. 엘리베이터에서 내려 복도를 걸어가자 처벅거리는 기분 나쁜 소리가 들려왔다. 그리고 아파트 옆 동 너머로 노란 번개가 떨어졌다. 번쩍하는 빛이 세상을 잠시 밝혔고, 곧 이어 커다란 굉음이 들려왔다. 하지만 나는 놀라지 않았다. 나에게는 그런 것에 놀랄 만한 여유도 이유도 없었다. 걸어가는 동안 느껴지는 통증은 점점 더 커져갔고, 두근거리는 심장의 소리도 짙어져만 갔다.

집 앞, 그러니까 사라가 나를 바라보고 있었을 복도에는 그녀가 없었다. 살짝 열린 아파트 현관문이 그녀가 그 안으로 들어갔다는 것을 알려주고 있었다. 나는 한순간의 지체도 없이 집 안으로 들어갔다. 그리고 두리번거리며 그녀를 찾았다.

"사라야!"

또 그렇게 부르고 말았다. 입에 익숙해져 버린 그녀의 이름은 쉽사리 지워지지가 않고 있었다.

나의 말에도 대답은 들려오지 않았다. 신발을 벗지 않은 채 거실로 들어서자 그제야 그녀가 눈에 들어왔다. 그녀는 베란다에서 밖을 바라보고 있었다. 그녀의 손을 뿌리쳤던 그때의 모습과 비슷해 보였다.

그녀는 내리는 비를 보고 있는 것 같았다. 그녀의 뒷모습을 바라보게 되어서야, 그리고 그녀가 나의 말을 들을 수 있는 거리 안에 있다는 것을 알게 되어서야 귓가로 쏟아지는 빗소리가 느껴졌다. 그 소리가 얼마나 큰지 내 말이 그녀에게 닿지 않을지도 모른다는 생각이 들 정도였다. 나는 그녀에게 다가갔다. 한 걸음씩 움직일 때마다 발목의 통증이 느껴져 표정은 구겨져 갔다.

그녀가 베란다에 있고, 또 내가 베란다로 들어서기 직전에 그녀는 몸을 돌려 나를 바라보았다. 그와 동시에 내 발걸음은 멈추었다. 그저 그녀를 바라보았다. 가면 안으로 보이는 그녀의 눈은 내리는 비보다도 서글퍼 보였다.

나는 걸음 하나를 떼며 그녀에게 말했다.

"너무나도 당연한 것을 인정하지 않으려고 하고 있었어."

그러자 그녀가 주춤거리며 뒤로 살짝 물러섰다. 나는 한 걸음을 더 앞으로 움직이며 말했다. 베란다 안으로 내 왼쪽 발이 들어서는 순간이었다.

"역시나 알면서도 모르는 척했던 거야. 모든 것은 그랬던 거지."

나의 말에, 그리고 움직임에 그녀는 다시 또 주춤거리며 뒤로 물러섰다. 내 이야기는 그사이에도 계속되었다.

"난 마지막까지도 당신을 버리지 못했어. 꼬마의 말이 아니었다면 나는 확인만 하고 돌아와 또다시 당신 품에 안겼을 거야. 왜 그런지 도무지 나도 모르겠어. 이 바보 같은 세상 밖에 진짜 사라가 있을 텐데. 왜 난 허상에 집착하고 있었을까?"

내가 한 걸음을 더 떼어 베란다 안으로 들어서자 그녀는 한 발자국 더 뒤로 물러났다. 그것이 한계였다. 그녀가 물러날 수 있는 한계, 이제 그녀가 물러서는 방법은 내리는 빗방울 사이로 몸을 던지는 것밖에는 없었다. 하지만 내 말은 멈추지 않았다.

"필요해, 나에게는 당신을 버리는 게 필요해. 이젠 나를 떠나 줬으면 해."

내가 그렇게 말하자 그녀는 베란다 난간에 손을 얹었다. 나는 고개를 좌우로 슬쩍 흔들었다.

"떠나줘, 진짜를 위해."

예상하지 못했던 일일까, 아니면 조금은 걱정했던 일일까. 가면 안으로 그녀의 작은 눈물 한 방울이 흘러내렸다. 그리고 그녀는 난간을 잡은 손에 힘을 주었다.

"사라야!"

내 부름에도 그녀는 허공을 나르듯 난간을 넘어섰다. 누군가 시킨 것도 아닌데 나는 자연스럽게 그녀가 넘어선 곳으로 향했다. 그리고 손을 뻗었다. 뻗은 손은 빠르게 다가갔고, 그사이 그녀의 움직임은 영화 속 슬로우 모션처럼 느려졌다. 그 느려지고, 또 떨어지는 그녀의 손을 내 손이 잡았다. 그녀의 눈은 나를 향하고 있었다. 그녀의 가면 위로 떨어지는 빗방울들이 선명히 보였다.

"무슨 짓이야! 이렇게 떠나라는 게 아니잖아! 그냥…… 단지 그냥……."

어째서 뛰어내렸을까? 정말로 그녀가 사라일까, 그래서 뛰어내린 것일까, 내가 자신을 알아보지 못해서 그런 것일까.

"제발…… 네가 맞는 걸까? 뭐가 틀린 거지? 대체 어떻게 해야 하는 거야."

다시 한 번 나는 고민을 하고 있었다. 깨달았다고 생각했지만 막상 이렇게 떠나려는 그녀를 보낼 수가 없었다.

"젠장! 젠장!"

빗물에 손이 조금씩 빠져나가고 있었다. 힘을 줘 지금 그녀를 구하지 않는다면 비처럼 땅으로 추락하고 말 것이었다. 하지만 나는 계속 고민만을 하고 있었다. 분명 그녀는 내가 버려야 하는 것이었다. 문득, 그녀를 구하고 다시 얌전히 떠나라고 하면 되지 않을까 하는 생각을 했다. 하지만 정말 그것이 내가 생각하는 대로 될까, 다시 그녀를 사라라 생각하지 않을까.

"사라라면 이런 일을 하지 않았겠지."

나는 그렇게 말했다. 그것이 맞는 것이었다. 사라라면 이런 무모한 행동을 하지 않았을 것이었다.

'이 세상은 당신을 잡아둘 구실만 찾고 있어요. 진실을 알지 못하게 말이죠.'
'이 세상은 다 가짜죠. 당신이 만들어낸 가짜.'
'제발 이들을 믿지 말아요. 현실을 생각해요. 이곳에서 눈물 흘리며 기다리는 사람들을 생각해요.'

나를 도우려 했던 남자의 말이 떠올랐다, 밖에서 기다리는 사람들을 만나야 한다는 그 말이. 그사이 내 손에 힘이 빠져나가고 있었다. 그리고 여전히 그녀는 슬픈 눈으로 나를 보고 있었다. 사라와 똑같은 눈이었다. 하지만 나는 그녀를 끌어 올리지 않았다.
찰나의 시간, 손을 통해 만져지는 것이 있었다. 그것은 그녀의 네 번째 손가락에 끼워져 있던 반지였다.
"미안."
그 말을 마지막으로 그녀의 손이 빠져나갔다. 그리고 그와 동시에 그녀의 손에 끼워져 있던 반지가 허공을 날아올랐다. 나는 자연스럽고 당연하게도 허공에 뜬 반지를 단번에 잡았다. 그리고 땅으로 추락하는 그녀의 모습을 보았다. 눈을 감을까 하고도 생각해 보았지만 내가 지금 받아들여야 하는 모든 것을 보기 위해, 그리고 인정하기 위해 그렇게 할 수는 없었다. 내 눈에서 점점 멀어지는 그녀의 모습에 죄책감이 들었다. 멀어지면서도 느껴지는 그녀의 슬픈 눈 때문이었다. 하지만 그것이 얼마나 멍청한 생각이었는지 곧 알게 되었다.

그 눈이 조금씩 변화하기 시작했다. 사라의 것이라고 생각했던 눈이 알지 못하는 다른 사람의 것으로 변했다. 그리고 그녀가 쓰고 있던 가면이 조금씩 비틀어지며 웃음을 만들어내었다. 지금껏 보았던 눈웃음이 아니라 가면이 웃고 있는 것이었다. 그것도 놀랍도록 정교하고 뚜렷하게 느껴지는 비웃음이었다.

나는 아무런 말도 하지 못한 채 그 모습을 지켜보기만 했다. 그녀가 땅으로 추락하는 그 순간까지 나는 눈을 떼지 못했다. 그 얼굴은 내가 언젠가 본 적이 있는 것이었다. 이 아파트에서 보았던 어떤 여자의 모습, 적어도 그것은 내가 아는 사라의 모습이 아니었다.

쿵!

비가 땅으로 떨어지는 소리보다 수십 배는 더 커다랗고 묵직한 소리가 세상에 울렸다. 그 소리가 귓가에 분명히 울렸음에도, 그리고 그녀의 피가 흐르는 모습이 보임에도 충격에 눈도 귀도 돌리지 못했다. 나는 마지막까지도 그녀가 사라일지 모른다는 생각을 했던 모양이었다. 그녀가 사실이 아니라는 것을 눈으로 확인했을 때, 그리고 떨어지는 그녀가 나를 비웃었을 때 받은 충격은 그녀의 핏물을 보는 것보다 더욱 대단하게 느껴졌다.

"어?"

그때, 충격에 휩싸인 나의 눈으로 들어오는 것이 있었다. 그것은 그녀의 몸 위로 나타난 반짝임이었다. 그 반짝임은 너무나도 강렬했다. 핏물에도, 내리는 비에도, 또 충격에도 가려지지 않을 정도였다. 나는 순간적으로 그것이 나에게 필요하다는 것을 느꼈다. 나는 돌아서 집 밖으로 나갔다.

아파트 복도를 거쳐 엘리베이터로 향하는 길, 순간 오싹함이 느껴졌다. 나는 움직이며 아파트 입구로 시선을 보냈다. 입구 저 멀리 엄청난 수의 가면을 쓴 사람들이 이곳으로 몰려오고 있었다. 그들 모두 진실을 알리는 나를 붙잡으려 하는 것이었다.

내려가는 엘리베이터가 유난히도 느리게 느껴졌다. 그 안에서 나는 많은 생각을 했다. 지금 다가오는 저들을 피할 수는 있을까, 그 반짝이는 물건은 무엇일까, 나는 이제 어디로 가야 하는가, 그리고 사라를 다시 만날 수 있을까.

언젠가 그런 생각을 한 적이 있었다. 내가 사라를 떠날 날이 있을까, 그 바보 같으면서도 사랑하는 모든 사람이 품을 수 있는 질문에 나는 쉽사리 대답할 수 없었다. 나 없는 사라는 상상이 되었으나, 사라가 없는 나는 상상이 되지 않았으므로. 이기적이면서도 스스로에게는 당연한 생각이었다. 물론, 그 생각은 지금도 여전했다.

"5······ 4······ 3······ 2······ 1."

나는 하나씩 줄어들어 가는 층을 세어가며 발을 동동 굴렀다. 이쪽으로 다가오는 엄청난 수의 사람들을 보았기에 또다시 세상 밖으로 나가지 못할 수도 있겠다는 불안감이 들기도 했다. 눈을 감고 뜨면 또다시 혼자가 되지는 않을까 했다.

　맑은 소리와 함께 엘리베이터가 멈추고 나는 떨어진 그녀를 찾기 위해 아파트 건물 밖으로 나섰다. 그때, 슬그머니 다가와 나를 바라보는 이가 있었다. 언제나 볼 수 있었던 경비 아저씨였다. 행여 그가 나를 잡지는 않을까 했지만 그는 그저 나를 바라볼 뿐이었다. 그사이 들리지도 않는 웅성거림이 피부를 통해 느껴졌다. 멀리 아파트 입구에서 마치 세상의 전부라도 되는 것 같은 사람들이 몰려들고 있었다. 나는 그들이 오기 전에 그 반짝거리는 것을 찾아야겠다는 생각이 들어 냅다 걸음을 움직였다.

　그때 잠시 잊고 있었던 왼쪽 발목의 통증이 다시 일어났다. 그것도 얼굴을 찌푸리고, 절뚝거릴 만큼 상당한 것이었다. 나는 왼쪽 발을 질질 끌다시피 하며 그녀가 누워 있을 아파트 뒤편으로 향했다.

　아주 가까운 곳에 그녀가 있었다. 그녀의 피는 떨어지는 비와 같이 흘러 주변 모든 것들을 붉게 물들이고 있었다. 하지만 유난히도 반짝거리는 그 물건은 단연 눈에 띄었다. 나는 천천히 다가가 그녀의 얼굴을 보았다. 가면에 가려져 있었지만 그 사람의 눈과 전체적인 외형은 더 이상 사라의 것이 아니었다. 이것은 아파트 엘리베이터에서 나를 깜짝 놀라게 했던, 그리고 꺌꺌거리며 웃는 것만 같았던 그 이상한 여자의 모습이 분명했다. 나는 고개를 돌렸다. 그녀의 몸 이곳저곳에서 피가 여전히 흐르고 있어 계속 보고 있기가 힘들었기 때문이었다. 나는 슬쩍 곁눈질로 그 반짝이는 물건이 있는 곳을 찾아 손을 뻗었다. 마치 죽은 그녀가 뻗어낸 것 같은 물건을 들어보니 그것은 바로 내가 찾던 열쇠였다. 손바닥 크기의 황금 열쇠, 이제부터 내가 해야 할 일은 정해졌다. 이것과 함께 차를 타고 그곳으로 향하는 것, 그리고 그곳에 무엇이 있든 들어가 확인을 해보는 것.

　나는 생각을 마치고 몸을 돌려 차를 주차해 놓았던 곳으로 향하려 했다. 하지만 금세 걸음은 멈추고야 말았다. 단지 발목의 통증 때문이 아니었다. 어느새 잔뜩 몰려와 내 앞을 가로막은 사람들 때문이었다.

　"비켜줘."

　나는 그렇게 말했다. 모두 내가 만들어낸 것이라고 했다. 그래서 내 얼굴을 본 딴 가면을 쓰고 있다고 했다. 하지만 그들은 나의 말을 듣지 않았다. 애초부터 들리지 않는 것인지 아니면 듣지 못하는 척하는 것인지 더 많은 인파가 몰려와 나를 둥그렇게 에워쌌다. 그 인원은 자꾸만 늘어나 먼 쪽의 길조차 보이지 않을 정도였다. 온 세상의 사람들이 나를 막기 위해 이곳으로 온 것만 같았다.

　"제발 비켜줘."

　내 말에 언제나 그렇듯 그들은 대답하지 않았다. 나는 손에 쥐고 있던 열쇠를 주머니에 넣고 그들에게 다가갔다. 그리고 어떻게든 힘을 줘 그들이 몸으로 만든 벽을 뚫어보려고 했다. 하지만 그 숫자만큼이나, 그리고 그들이 나를 막으려는 생각만큼이나 그 벽은 단단했다. 오히려 반발력 때문에 뒤로 밀려나기만 할 뿐이었다.

"젠장! 비켜달란 말이야!"

나는 그렇게 말하고 그들에게 다시 달려들었다. 좀 전보다 깊숙이 들어가나 싶었지만 이내 힘에 밀려 뒤로 곤두박질치고 말았다.

그때, 누군가 인파 바깥쪽에서 내 쪽으로 다가오고 있었다. 어찌나 키가 크던지 남들보다 머리 하나는 더 올라와 두텁게 자리 잡은 사람들을 쉽게 밀치며 거침없이 움직이고 있었다. 그가 나와 멀지 않은 곳까지 도착했을 때 나는 상당한 공포를 느끼게 되었다. 그였다. 메르세데스 트럭을 몰던 사내, 나를 끝까지 방해하려는 사내, 바로 그 사내가 다시 한 번 나를 방해하기 위해 이곳에 와 있었다. 그는 사람들을 밀치고 내 앞까지 성큼성큼 다가왔다. 예전보다 그 크기가 더욱 커진 것 같았다. 어쩌면 내가 느끼는 공포의 크기가 더욱 커진 건지도 모르는 일이었다.

나는 사내가 다가오는 만큼 천천히 뒤로 물러섰다. 그는 내 앞까지 다가와 손을 내밀었다. 두툼하고 거칠어 보이는 손이었다. 그 손에 누가 죽임을 당했는지를 나는 알고 있었다.

"안 돼."

나는 그렇게 말했다. 아마 내가 얻은 그 열쇠를 달라는 것 같았다. 내가 그가 내민 손을 외면하고 조금 더 뒷걸음을 치자 사내는 뚜벅뚜벅 나를 향해 걸어왔다.

"안 된다고!"

그는 멀어지려는 내 목덜미를 두터운 손으로 잡아챘다. 나는 열쇠가 들어 있는 주머니에 손을 넣어 그의 손으로부터 열쇠를 보호하려고 했다. 그 역시나 나의 팔을 잡아 들어내며 주머니에 들어 있는 열쇠를 가지고 가려 했다. 곧 그의 대단한 힘에 천천히 내 팔은 빠져나가기 시작했다. 사내가 열쇠를 가져가는 것은 시간문제처럼 보였다.

그때 갑자기 우렁찬 소리가 들려왔다. 자동차 소리, 그리고 내게 익숙한 소리였다. 그 소리에 나를 감싸고 있던 사람들의 시선이 향했다. 나를 잡고 있는 사내와 나도 마찬가지였다. 멀리서 하얀 코란도가 이쪽을 향해 달려오고 있었다. 빠르게 다가오는 자동차의 속도에 나를 감싸고 있던 사람들이 우왕좌왕하기 시작했고, 몇몇은 코란도에 치여 허공을 날기도 했다. 코란도는 어느새 사람들 전부를 뚫고 다가와 나에게로 향했다. 그 속도는 전혀 줄어들 생각이 없어보여 나는 눈을 질끈 감았다. 곧 '쿵!' 하는 묵직한 소리가 들려왔다. 그 소리와 함께 나는 나를 속박하고 있는 힘이 풀려져 나갔다는 것을 느꼈다. 천천히 눈을 떠보니 열쇠를 뺏으려던 사내는 멀찌감치 빗물이 고인 바닥에 뒹굴고 있었고, 내 앞에는 라이트가 켜진 코란도가 멈춰 서 있었다.

"뭐 해? 빨리 타!"

창문이 열리고 누군가 그렇게 말했다. 나는 그 말에도 한동안 멍하니 바라보기만 했다. 그곳에 그녀가 있었다. 아무런 가면도 쓰지 않은 사라가 내 눈앞에 있었다.

11

 어둠은 가시지 않았다. 비도 그치지 않았다. 시간은 중요하지 않았으며 내가 처한 상황마저 잊어버릴 것만 같았다.
 "사라야……."
 나는 사라를 바라보았다. 그녀는 운전에만 집중하고 있었다. 사이드미러를 보며 경계심을 늦추지 않았고, 전에는 미처 보지 못했던 날렵한 손놀림으로 핸들을 움직이고 있었다. 그녀는 내 말에 슬쩍 눈길을 주더니 이내 고개를 끄덕거렸다.
 나는 물었다.
 "어떻게 된 거야? 그리고 대체 어디에 있었던 거야?"
 "난 계속 오빠 주변에 있었어. 단지…… 나타나지 않았을 뿐이야. 나타나서도 안 되는 것이었고."
 그녀는 시선을 정면에 고정시킨 채 그렇게 말했다.

"그게 무슨 소리야……. 내가 그렇게 널 기다렸는데."
도로에는 많은 차들이 즐비하게 깔려 있었다. 그들의 주인들은 아마 내가 갇힐 뻔했던 아파트에 집결해 있을 것이었다. 사라는 서 있는 차들을 피해 도로 오른쪽에 있는 골목으로 방향을 틀었다. 그리고 훈계하듯 나에게 말했다.
"레스토랑 앞에서도, 영화관에서도, 이상한 마을에 들어섰을 때에도 나는 오빠 뒤를 따라다니고 있었어. 또 바보 같은 행동을 할까 봐, 멍청히 모든 것을 잊어버리려고 할까 봐."
바보 같다는 말이 이제는 익숙하게 느껴질 정도였다. 하지만 어째서 그녀마저 나를 그렇게 말하는지 이해하기가 힘들었다.
"그래도…… 다행이다. 정말 다행이야."
무너져 버릴 것같이 처량한 얼굴을 하고서 중얼거리는 나에게 그녀는 툭하고 물어왔다.
"뭐가 다행이라는 거야?"
"지금이라도 진짜 네가 나타난 거 정말 다행이라고."
그녀는 차의 속도를 더욱 올리며 말했다.
"아니, 다행인 게 아니야."
"왜? 왜 자꾸 그래. 응? 날 좀 봐, 내가 얼마나 기다렸는지, 또 널 얼마나 보고 싶어 했는지 좀 보라고. 그동안 왜 나타나지 않은 건지도 자세히 듣고 싶고, 나를 만나고 싶었다는 이야기도 듣고 싶고, 난 네게 미안하다는 말도 하고 싶은데 넌 왜 자꾸 그렇게 나를 보지 않는 건데."
그녀는 아무렇지 않다는 듯이 대답을 뱉었다.

"운전하고 있잖아."

"그게 뭐야? 그게 대답이야? 장난치지 마. 정말 왜 그래?"

정면을 응시하고 있던 사라의 눈이 질끈 감겼다.

"이 멍청아! 우리가 지금 그런 이야기 나눌 때야? 여기를 나가야 할 거 아니야. 일단 나가서 들으면 되잖아. 아니, 왜 이렇게 되었는지 이미 오빠는 알고 있는지도 몰라. 그냥 모르는 척하고 있는 건지도 모른다고. 우리한테 중요한 건 그 열쇠를 가지고 이곳을 나가는 거야. 재회의 기쁨 뭐 그딴 건 나중에…… 모든 게 끝난 나중에 해. 이건 부탁이야."

전혀 부탁 같지 않은 말투였다. 나는 사라의 얼굴 옆면만을 멍하니 바라보았다. 그녀는 내 시선에 힐끗하고 눈길을 주더니 다시 한 번 눈을 질끈 감았다 떴다. 하지만 더 이상 다른 말은 하지 않았다.

'그딴 거라고?'

나는 생각하고, 또 고민했다. 지금 가면을 쓰지 않은 그녀는 진짜일까, 과연 진짜 사라가 이런 상황에 저런 말투로 이야기를 할 수 있을까. 내가 아는 사라는 그렇지 않을 것이었다. 나를 안아주고, 고맙다 하고, 보고 싶었다고 할 사람이었다. 하지만 지금 내 옆에 그녀는…….

"그런 생각하지 마. 지금 나도 힘들어."

내 생각을 읽었다는 듯이 말하는 사라의 모습에 나는 뜨끔 놀라 "뭐?"라고 물었다. 하지만 그녀는 바로 대답하지 않은 채 이리저리 주차되어 있는 차들을 피해가며 코란도를 4차선 도로로 몰았다. 그와 동시에 하늘에서 빛이 번쩍였다. 번쩍이는 빛이 슬며시 사라지자 그녀는 말했다.

"바보 같은 생각하지 말라고. 믿지 말아야 할 건 믿고, 믿어야 할 건 믿지 않으려고 하고 있잖아."

나는 말없이 고개를 숙였다. 여전히 내 안에는 의구심이 남아있었다. 정말로 그녀가 내가 아는 그 사라일까 하는 것들이었다. 나를 도우려 했던 남자와의 대화가 떠올랐다. 내가 그에게 "사라는 어디에 있나요?" 하고 물었을 때, 그는 "방금 집으로 가셨어요."라고 했다. 그녀는 어떻게 이 세상에 나타났을까.

쾅!

번쩍였던 빛의 뒤를 따라 천둥소리가 세상에 크게 울렸다. 하지만 나는 조금도 놀라지 않았다. 머릿속에 복잡하게 엉켜 있는 것들 때문이었다. 하지만 나는 오랫동안 그 엉켜 있는 것들에 신경을 쓸 수가 없었다.

천둥소리보다 훨씬 위협적인 굉음이 들려왔다. 그 소리에 고개를 돌려보니 메르세데스 마크가 선명히 새겨진 검은 트럭이 다가오고 있었고, 그 뒤로는 비교적 작은 차들이 꼬리에 꼬리를 물고 따라오고 있었다. 앞장서는 트럭은 어떤 군대를 이끄는 것같이 당당해 보였다. 굉음에 가까운 경적 소리를 내었고, 앞길을 가로막는 주변의 작은 차들을 몸으로 밀쳐내며 길을 만들고 있었다.

"우릴 쫓아오고 있어."

내가 그렇게 말하자 사라는 고개를 끄덕였다. 그리고 전보다 더욱 날렵한 솜씨로 차를 몰았다. 내가 "어디로 가는 건지 알아?"라고 묻자 그녀는 고개를 끄덕이며 말했다.

"응, 진실이 있는 곳으로."

❖

검은 트럭의 앞발이 코란도의 등에 닿을 듯 말 듯하는 추격전이 계속되었고, 굉음과 천둥소리는 제멋대로 뒤섞여 무한한 공포를 만들어냈다. 땀인지, 아니면 전에 맞았던 빗물이 흐르는 것인지 모르겠지만 자꾸만 손과 얼굴에 물방울이 흘러내렸다.

"잡힐 것 같아."

나는 그렇게 말하며 사라를 보았다. 그녀의 얼굴에는 땀은커녕 스치듯 맞았을 빗물도 없었고, 초조해하는 표정도 없었다.

"아니, 잡히지 않을 거야."

그녀는 그렇게 말하며 불안해하는 나를 달래기까지 했다. 그때, 밝은 불빛이 옆 골목에서 뛰쳐나와 우리를 덮치려 했다. 그것은 작은 승용차였고, 차 안에는 가면을 쓴 남자들이 타고 있었다. 하지만 사라는 몰던 코란도를 'S'자로 움직여 교묘하게도 피해 지나쳤다. 뛰쳐나왔던 승용차는 뒤따라오던 트럭과 부딪쳤고, 곧 커다란 폭발음이 들려왔다.

추격자들이 조금이라도 멈칫거리지 않았을까 싶어 뒤를 돌아보니 메르세데스 트럭은 조금도 아랑곳하지 않고 자신의 기세를 이어가고 있었다.

"젠장!"

나는 욕을 내뱉었다. 그 무엇도 추격자들을 뿌리칠 수 없을 것 같다는 생각이 들었다.

"괜찮아."

사라는 그렇게 말하며 오른손을 내 무릎 쪽으로 뻗었다. 아마도 나를 안정시키려는 행동이었을 것이었다. 나는 생각했다. 그 손이 닿으면 얼마나 따뜻할까, 얼마나 푸근할까, 얼마나 고마울까. 그리고 그녀의 손이 닿았을 때 나는 깜짝 놀라고 말았다. 놀랍도록 차가운 감촉은 내가 생각하던 것과 전혀 달랐기 때문이었다.

우리는 금세 도심을 벗어났다. 어둠에 쌓인 창밖의 풍경은 코란도의 빠른 속도 때문에 그 어떤 것도 보이지 않았다. 그저 라이트에 비추어진 작은 도로의 길만 보일 뿐이었다.

그동안, 그러니까 사라의 손이 내 무릎에 닿고 그 감촉을 느낀 순간부터 우리는 아무런 말도 하지 않았다. 누가 시키지도 않은 것인데 속으로 입이라도 맞춘 듯 작은 속삭임도 없었다. 들려오는 것은 코란도의 규칙적인 소음과 뒤에서 간간히 들려오는 트럭의 굉음뿐이었다.

나는 안쪽 주머니에 힘겹게 넣었던 열쇠를 만지작거렸다. 갑자기 불안감이 엄습했다. 그것에 따라 다시 의구심이 생겨났다.

'이게 맞는 걸까.'

속으로 속삭였다. 그리고 힐끗하고 사라의 옆모습을 보았다.

가슴속에서 자꾸만 가지 말라고 말하는 것 같았다. 뭔가 내가 바라지 않는 진실이 있을 것만 같았다.
"왜?"
사라가 내 눈길을 보고 그렇게 물어왔다. 나는 "아니야." 하고 대답을 하며 시선을 정면으로 돌렸다.
사라는 작게 한숨을 내뱉더니 타이르듯 말했다.
"다른 생각은 하지 마. 그리고 의심도 하지 마. 이건 부탁이야. 그리고 오빠를 위해서야."
나는 그녀의 말에 아무런 대답도 하지 않았다. 곧 등 뒤로 커다란 충격이 느껴졌다.

쿵!

차체가 심하게 흔들렸다. 나는 혹시나 하는 마음에 안주머니에 있던 열쇠를 꺼내 손에 들었다. 뒤를 돌아보니 트럭이 코앞까지 다가와 있었다. 사라도 사이드미러로 그 모습을 보았는지 차의 속도를 더욱 올렸다. 대화를 하는 사이 우리도 모르게 차의 속도가 줄어버린 모양이었다.
트럭과의 거리를 벌리고 얼마 되지 않아 나는 자동차 라이트가 비춘 풍경을 보고서, 그리고 가슴에 들고 있는 불안감의 크기를 느끼고서 우리가 곧 그 '어두운 길'에 도착할 것이라고 확신했다. 나는 사라에게 곧 도착할 것이라는 말을 하려고 했다. 혹시나 그것을 알지 못한다면 우리는 한참 후에 반복되는 터널로 들어설

것이 분명했기 때문이었다. 하지만 사라는 내가 말을 꺼내기도 전에 차의 속도를 늦추기 시작했다. 그동안 나의 뒤를 따라왔다던 그녀의 말이 거짓이 아니었던 모양이었다. 사실, 나는 그때까지도 그녀의 말과 행동에 확고한 믿음을 줄 수가 없었다.

그사이 뒤에 있던 트럭과 그 뒤를 따르는 차들과의 거리는 좁혀졌다. 하지만 마치 사라지듯 어두운 길의 입구로 들어선 우리였기에 속도를 내던 그들과의 거리는 다시 멀어졌.

코란도는 마을 입구를 지나 안쪽으로 들어섰다. 정신을 차린 추적자들도 이내 마을 안으로 들어서기 시작했다. 열쇠를 쥐고 있던 손에서는 자꾸만 흥건한 땀이 배어 나왔다. 꿈틀거릴 것만 같은 골목으로 들어서며 차의 속도는 무뎌지기 시작했다. 사라는 힐끗거리는 시선으로 사이드미러를 보았고, 나는 그녀의 시선이 움직일 때마다 급한 마음으로 뒤를 돌아보았다. 트럭이 오기에는 좁은 골목이지 않을까 했던 나의 기대를 산산이 무너뜨리듯 트럭은 여전히 우람한 자태를 앞장세워 많은 작은 집들과 골목들을 부수며 다가오고 있었다.

"내려서 가자."

사라는 뒤를 돌아보던 나에게 그렇게 말했다. 내가 시선을 그녀에게로 돌리자 그녀는 "이렇게 가다간 곧 잡힐 거야. 달려서 가자."라고 말하며 브레이크를 밟았다.

"열쇠는?"

그녀의 질문에 나는 손에 들려 있던 열쇠를 들어 보였다.

"열쇠는 잘 챙겨야 해, 꼭."

그녀는 말을 마치고 문을 열었다. 나도 차에서 내려 열쇠를 쥐고 있던 손에 힘을 주었다. 그것을 바라보니 황금빛이 더욱 또렷하게 느껴졌다.

우리는 달리기 시작했다. 내 왼쪽 손에는 사라의 오른손이 잡혀 있었다. 이것만 생각한다면 모든 것은 완벽했다. 하지만 단 하나, 오른손에 황금빛 열쇠가 들려 있다는 것, 이것이 곧 진실이 되리라는 것은 상황의 커다란 흠이었다.

기억이라고 부르던 장소로 향하는 길, 뒤에서는 어느덧 골목과 건물들을 잡아먹으며 다가오는 트럭이 있었고, 그 뒤로는 많은 차들과 차들을 버리고 뛰어오는 사람들이 있었다. 자꾸만 힐끗거리며 뒤를 보는 나에게 사라는 "괜히 돌아보지 마!"라며 잡힌 손에 힘을 주었다.

비에 젖은 손은 미끄러워져 사라를 놓칠 것만 같았다. 그리고 오른손에 들려 있는 열쇠도 미끄러져 떨어뜨릴 것만 같았다. 아니, 어쩌면 마음속 깊이 그 열쇠를 버리고 싶다는 생각을 하고 있는지도 몰랐다. 사라는 그런 나의 마음을 알기라도 하는지 자꾸만 "열쇠는 잘 가지고 있지?" 하고 물어왔고, 숨이 차오른 나는 그저 소리를 지르듯 "응!" 하고 대답할 뿐이었다.

곧 우리의 눈앞에는 언덕이 나타났다. 원래 이곳이 가지고 있던 회색빛과 어둠이 적절히 어울린 언덕이 나타나자 그녀는 더욱 빠르게 달리기 시작했다. 역시나 그녀답지 않은 몸놀림이었다.

"힘…… 들어……."

'기억'이라고 했던 그 허름한 1층짜리 건물이 눈에 뚜렷이 보일 정도로 가까워졌을 때 나는 속도를 늦추며 고개를 숙였다. 그리고 사라와 맞잡고 있던 손을 놓은 채 숨을 헐떡였다.

"안 돼! 조금만 더 가면 되잖아. 빨리!"

"……젠장!"

나는 욕을 내뱉으며 다시 그녀의 손을 잡았다. 사라가 믿지 못할 만큼 강한 힘으로 나를 이끌려고 했을 때 저 먼 곳에서 작은 목소리 하나가 들려왔다.

"아저씨!"

나와 사라는 차마 멈춰 있을 수가 없어 천천히 걸으며 소리가 났던 곳으로 고개를 돌렸다. 언덕 너머쯤에 나를 안내했었던 꼬마가 손을 흔들고 있었다. 그 꼬마는 다시 본연의 어린 얼굴로 돌아와 희미하고 쓴 미소를 짓고 있었다.

나는 우리를 쫓아오는 자들이 생각나 그 꼬마에게 외쳤다.

"빨리 숨어! 빨리!"

하지만 그 꼬마는 내 말을 듣지 못했는지 흔들던 양손을 입에 모아 외쳤다.

"전 괜찮아요! 부디…… 잘살아야 해요. 꼭 버텨야 해요."

사라는 꼬마의 말이 끝나자 다시 한 번 잡고 있던 손에 힘을 주었다. 꼬마는 입에 모았던 손을 내린 채 달려가는 나의 모습을 지켜보았다. 그리고 곧 허름한 건물이 나타났다.

'기억' 안으로 들어가기 직전, 추격자들이 얼마나 우리를 쫓아왔나 싶어 뒤를 돌아보니 그들도 어느새 언덕이 시작되는 곳에 모습을 보이고 있었다. 온통 회색빛과 어둠뿐이었고, 트인 언덕으로 뛰쳐나오는 검은 트럭의 모습에 나는 지금 내가 보고 있는 것이 오래된 어떤 영화의 한 장면이 아닐까 하는 착각마저 들었다.

"뭐 해!"

날카로운 사라의 말에 나는 헛생각을 접고 문을 열어 '기억'으로 들어섰다.

수많은 TV들은 나와 사라를 반겼다. 자세히 보니 어제 보았던 것보다 꺼진 TV의 수가 많아진 것 같았다.

"빨리 안쪽으로 가자!"

나는 꺼져 있는 TV들에 대한 의구심을 잠시 지운 채 안쪽으로 향했다. 그 안에는 전에 보았던 것처럼 황금빛 자물쇠로 잠긴 문이 있었다. 나는 그 자물쇠를 왼손으로 잡고서 자물쇠와 한 쌍인 열쇠를 끼워 넣었다. 이제 돌리기만 하면 될 것이었다. 이 안에 들어 있는 것, 진실이라고 하는 그것을 알 수 있을 것이다. 하지만 나는 행동을 멈추었다. 그리고 옆에 있는 사라에게로 눈을 돌렸다. 사라는 나를 보더니 물었다.

"뭐 해?"

그녀의 질문에 나는 아무런 말도 할 수가 없었다. 머리와 가슴에는 온통 불안함뿐이었다. 진실에 대한 이상한 공포가 나타나고 있었다.

"빨리 열어!"

그녀의 다그침에 한숨을 쉬고서 열쇠를 돌렸다. 곧 딸깍하는 소리와 함께 자물쇠가 열렸다. 나는 그것을 제거하고서 문에 손을 대었다. 귓가에는 다가온 트럭의 소리가 선명히 들리고 있었다.

'끼이익' 하는 소리와 함께 문이 열렸다. 그 안에는 바깥의 풍경보다, 그리고 우릴 쫓아오는 트럭보다 더욱 깊은 어둠이 자리잡고 있었다. 그와 함께 들어서지도 않은 나의 살갗으로도 깜짝 놀랄 만큼의 습기가 전해져 왔다.

나는 침을 꿀꺽 삼키고서 천천히 그곳으로 발을 내딛었다. 하지만 이내 멈추게 되었다. 사라가 들어오지 않은 채 문을 지키고 있었기 때문이었다.

"뭐 해?"

내가 그렇게 묻자 사라는 고개를 절레절레 흔들었다.

"아니, 이건 오빠 혼자 해야 돼."

나는 그녀의 그런 말을 뒤로한 채 다시 걷기 시작했다. 내가 향하는 곳은 눈앞 멀리에 보이는 작은 불빛이었다. 그것이 정말로 작은 불빛인지, 아니면 그만큼 멀리 있는 것인지는 알 수가 없었다. 그저 추적자들이 이곳에 도달하기 직전까지 그곳을 향해야 한다는 것만 알고 있을 뿐이었다.

처음에 생각했던 것이 맞았는지 얼마 지나지 않아 나는 그 불빛에 도달했다. 손가락 끝마디만큼 작게 빛나는 빛이 내 눈앞에 있었고, 그 빛의 주인은 평소에는 보기 힘들 만큼 커다란 TV였다. 그것의 전원 버튼이 자신을 눌러달라며 반짝이는 빛을 내고 있는 것이었다.

"이게 뭐야?"

나는 그렇게 말하며 뒤를 보았다. 사라는 여전히 문 앞에서 나를 바라보고 있었다.

"버튼을 눌러봐……."

그녀의 말에 나는 손가락을 들었다. 하지만 도저히 누를 수가 없었다. 들고 있는 손가락은 떨렸고, 무척이나 슬퍼 보였다.

"못 누르겠어."

"제발……."

이곳에 있다는 것은 이 TV 또한 내 기억 중의 일부라는 것을 알려주고 있었다. 하지만 이렇게 꽁꽁 숨어 있다는 점이 나를 두렵게 만들었다.

쾅!

커다란 소리가 들려 뒤를 돌아보았다. 뒤에는 거대한 그림자같이 보이는 트럭이 입구를 부수며 다가오고 있었다. 하지만 사라는 그것에 대해 신경을 쓰지 않은 채 나를 바라보며 말했다.

"제발…… 이젠 인정해야 해."

그녀의 말에 나는 떨리는 손가락을 작은 불빛으로 움직였다. 불빛에 손을 대기 직전, 나는 다시 한 번 고개를 돌려 문 앞에서 기다리는 사라를 바라보았다. 그녀의 뒤로는 검은 물체가 많은

TV들과 기둥, 선반들을 사방으로 밀쳐내며 다가오고 있었다. 우리를 쫓던 그것은 더 이상 트럭의 모양이 아니었다. 어떻게 보면 그것은 트럭의 주인인 사내처럼 보이기도 했고, 거대한 짐승같이 보이기도 했고, 그저 검은 파도처럼 보이기도 했다. 적어도 확실한 것은 그것이 사라와 나를 덮칠 것이라는 점이었다.

그것은 순식간에 사라에게로 향했다. 나를 측은한 눈으로 바라보는 사라의 뒤에서 그것은 입을 크게 벌리고 달려들었다. 나는 지체할 수가 없었다. 시선은 사라와 검은 존재에게 유지한 채 손가락에 작은 힘을 주었다.

팟—

작은 소리와 함께 회색빛이 방 안을 매웠다. 그와 동시에 사라를 덮치려던 그 검은 존재의 움직임이 멈추었다. 아니, 마치 정지한 것처럼 느리게 움직였다. 내 시선은 검은 존재에서 사라로 바뀌었다. 그녀는 울고 있었다.

"왜 그렇게 우는 거야?"

그녀는 내 말에 그저 고개를 좌우로 흔들다가 곧 눈물을 닦았다.

—괜찮아요?

그때, 뒤에 있던 TV에서 소리가 들려왔다. 나는 천천히 고개를 돌려 그 TV를 보았다. 화면에는 작고 어두운 공간이 나타나 있었다. 나타난 장면 역시 나의 기억인 듯 영상은 1인칭 시점이 되어 화면 안 주변을 작게 두리번거리고 있었다.
 화면 안 나의 시선 안으로, 그러니까 TV의 영상 안으로 하얀 가운을 입은 남자가 나타났다. 그 남자는 다시 한 번 나에게 물어왔다.
 ─괜찮아요?
 그 목소리는 많이 들어왔던 것이었다. 모습은 전체적으로 상당히 달랐지만 분명 그 목소리는 나를 구하려다 죽었던 남자와 같았다.
 그의 질문에도 화면 속 영상에서 누워 있는 나는 대답을 하지 않고 있었다. 눈을 멀뚱히 뜬 채로 천장을 응시하거나 가끔 눈을 이리저리 돌릴 뿐이었다.
 곧 문을 여는 소리와 함께 그 작은 공간으로 두 명의 사람이 들어왔다. 그분들은 나의 현재 부모님이었다. 내 시선은 매우 느리게 움직여 그쪽을 바라보았다.
 어머니가 하얀 가운의 남자에게 물었다.
 ─저희 아들은 어때요?
 ─뭐, 해봐야 알겠죠.
 남자의 말에 어머니는 고개를 숙였고, 아버지가 어머니의 어깨를 감싸며 남자에게 말했다.
 ─우린 이제 할 수 있는 게 없어요. 쓰러져 눈만 껌뻑거리는 아이를 병원에서도 그저 정신병이라고밖에 하질 않고…… 아무리 충격을 받았다지만 어떻게 이런 일이 있을 수 있을까요……?

─일단 해보죠. 문 좀 닫아주실래요?

남자는 그렇게 말하고 어두운 방 안을 작게 비추던 창문의 빛까지도 커튼으로 막아버렸다. 그리고는 내가 누워 있는 침대 밑에서 작은 지퍼 라이터와 라디오를 꺼냈다. 라디오의 버튼을 누르자 평소에는 듣기 힘들었던 잔잔한 클래식 음악이 방 안에 퍼져 나갔다. 그는 라이터의 불을 켜고 내 얼굴 앞에 바짝 대었다.

─당신이 이 불빛을 느끼는 순간, 당산은 천천히 잠이 들게 됩니다……. 지금 당신은 어디에 있죠?

잠시의 시간이 흘러 내가 입을 천천히 열기 시작했다.

─저는 혼자만의 세상에서 힘들어하고 있어요.

그 순간, 화면은 갑자기 몇 배속으로 빠르게 움직였다. 그리고 또 다른 장면에서 정상적인 속도로 돌아왔다. 첫 장면에서 나왔던 남자와 부모님은 내가 누워 있는 곳 옆에서 이야기를 나누고 있었다.

─이제는 어쩌죠?

어머니의 질문에 남자는 주머니에서 담배를 꺼내며 말했다.

─쉽지만은 않겠죠. 하지만 최면이 걸렸다는 건 다행이에요. 문제는 단 한 번도 보지 못했던 종류의 환자라는 거예요. 정신병자도…… 아니, 그 어떤 환자도 자신의 머릿속에 세상을 만들지는 않아요. 이건 자폐증과는 차원이 달라요. 아예 머릿속에 자신만의 세상을 만들고, 그것도 스스로도 깜빡 속을 만큼 디테일하게 만들고서 고통을 주고 있어요. 치유하기 위해 안쪽으로 다가

가려고 하면 여지없이 밀어내 버리고…… 아마 시간이 걸릴 거예요, 빈틈이 생길 때까지는.
—어째서 스스로에게 고통을 준다는 거예요?
—아마 그 일이…… 자신의 탓이라고 생각하는 부분도 있겠죠.
남자는 들고 있던 담배에 불을 붙이고 말을 이었다. 그들의 이야기는 누워 있는 나의 귀로 똑똑히 들려왔다.
—어쨌든 계속 최면으로 안의 상황을 주시할 거예요. 환자가 신이 아닌 이상 분명 오류가 생길 테고…… 그때를 기다려야죠.
화면은 그 장면도 끝까지 보여주지 않고, 다음 장면으로 빠르게 움직였다. 한참을 움직이다가 멈춰 선 장소는 전과 같은 어둠만이 가득한 방 안이었다. 내 희미한 시야로 남자의 오른손에 들린 라이터가 보였다. 라이터의 불빛 때문인지 그의 얼굴이 상기되어 보였다.
남자가 물었다.
—편의점에 있던 돈이 사라진 거군요?
나는 대답했다.
—네, 나는 그것 때문에 무엇이 나타날까 두려워하고 있어요.
남자는 작은 미소를 보이며 말했다.
—오류예요. 이제 내가 당신을 만나러 갈게요.
화면은 또다시 빠르게 움직였다. 이번에는 그 시간이 가장 많이 걸렸다. 그리고 멈추었을 때는 계절이 바뀌었는지 남자가 두터운 코트를 입고 있었다. 나는 여전히 침대에 누워 있었고, 귓속으로 말이 들려왔다.

거짓과 함께 311

남자는 나를 질책을 하고 있었다. 누워 있는 나는 마치 다른 사람의 말을 전하는 것처럼 대화를 이어가고 있었고, 틈틈이 머릿속 세상의 상황에 대해 이야기를 해주고 있었다. 어려워 보이는 대화는 길게 이어지고 있었다.

남자가 손가락으로 '딱' 하는 소리를 내며 내게 물어왔다.

―어떻게 되었죠?

나는 대답했다.

―나는 당신을 구하러 가고 있어요. 하지만 다리가 움직이지 않아요. 당신이 곧 살해당할 것 같아요. 나는 계속 욕을 하고, 일어나려고 하고 있어요. 하지만 도저히 막을 수가 없어요.

남자는 다시 손가락을 튕겼다. 그리고 말했다.

―오지 마요! 그냥 내가 한 말들을 기억해 줘요.

그는 또다시 손가락을 튕겼다. 아무래도 손가락을 튕기는 그의 행동은 내 머릿속에서 대화를 나누는 시점과 바깥에서 최면을 걸고 있는 시점을 바꾸기 위해 하는 것 같았다.

―그 말과 함께 그쪽의 나는 작게 웃을 거예요……. 그다음 난 어떻게 되었나요? 그리고 당신은 어떻게 하고 있나요?

나는 잔뜩 찡그린 얼굴로 말했다.

―당신은 사라졌고, 저는 돌아가려고 해요.

화면은 다시 다음 장면으로 빠르게 넘어간다. 그리고 나타난 장면도 전과 다를 것이 없어 보였다. 뿌옇고 희미한 시야. 하지만 이번에 나타난 장면은 왠지 모르게 입체감이 느껴지는 것 같았다. 마치 손을 뻗으면 닿을 것 같고, 입을 움직이면 화면 안의 내가 말할 것만 같았다.

─지금 당신은 무엇을 하고 있죠?

내 시야로 남자가 나타나며 말이 들려왔다. 화면 안의 나는 대답을 했다.

─나는 당신을 보고 있어요. TV를 통해…… 당신을 보고 있어요.

─TV요? 지금 나를 보고 있다고요?

─네…….

지금까지의 영상 모두 내가 쓰러진 사이의 잠긴 기억들이었다면 지금의 화면은 바로 그 기억의 끝이자, 현재인 모양이었다. 나는 직감적으로 그것을 알 수 있었다.

그것을 보고 있던 나의 손이 TV로 천천히 다가갔다. 꼭 만질 수 있을 것만 같았다. 그런 나의 기대에 부흥하듯, 화면 속 나의 손도 천천히 움직이기 시작했다. 남자는 그런 나의 모습을 보고 놀라 말했다.

─깨어난 건가요? 이제 다 된 거예요?

─아뇨, 하지만 이제 곧 끝나겠죠.

건조한 대답과 함께 화면 안의 내 손이 툭하고 아래로 떨어졌다. 영상은 그와 동시에 되감기가 되기 시작했다. 지나쳤던 장면들을 순식간에 되밟으며 자꾸만 뒤로 향했다. 현재의 장면이 갑자기 사라지고 뒤로 돌아가자 나는 당황해 화면을 만지작거렸다. 하지만 화면은 꺼지지도, 정지하지도, 앞으로 가지도 않은 채 뒤로만 돌아갔다.

한참 후, TV가 멈추고 새로운 장면이 나타났다.
―여보세요?
그 장면에서 처음으로 나온 목소리는 나의 것이었다. 통화를 하고 있는 것 같았다. 통화를 하고 있는 내 눈으로 집의 주방과 식탁이 보였다. 식탁 위에는 와인 잔과 푸른 반지 케이스, 그리고 작은 케이크와 꽃이 있었다. 바로 그날의 장면이었다. 내가 사라를 잃어버렸던 날, 세상 모든 이가 사라졌던 밤, 청혼을 하려 했던 날, 비가 내렸던 바로 그날.
―여보세요? 사라야.
화면 속의 나는 다시 한 번 그렇게 물었다. 그리고 휴대폰 너머의 소리가 TV를 통해 들려오기 시작했다. 왁자지껄한 소음은 무슨 소리인지 알아들을 수가 없었고, 화면 안의 나도 그 때문에 얼굴이 구겨져 있는 듯했다. 나는 그때부터 이상하다고 생각했다. 저런 소음을 들었었던가 하는 생각 때문이었다.
―아! 이사라 씨 가족 되신가요?
낯선 남자의 목소리가 들려왔다. 화면 안의 나는 대답을 했다.
―가족은 아니지만 제가 남자친구입니다. 근데 누구신지…….
―…….
한동안 말이 들려오지 않았다. 시끌벅적한 소음만 가득했다. 말소리가 들려오지 않는 시간만큼 화면 안의 나도 중얼거리며 작은 짜증을 내고 있었다.
―여보세요? 저기요?
나는 다시 한 번 그렇게 물었다.

─죄송합니다. 전 XX경찰서에서 나온 김정호 경사라고 합니다. 지금…… 교차로 앞에서 교통…… 젠장! 사람들 안 막고 뭐 하는 거야?…….

그는 몇 번의 욕을 더 뱉더니 곧 말을 이어갔다.

─죄송합니다. 지금 이사라 씨가 타고 계시던 차가 교통사고가 났습니다. 굉장히 큰…….

나는 다급함이 묻어 있는 목소리로 물었다.

─맙소사! 사고가 난 건가요? 사라는요? 어떻게 됐어요?

─그게…… 정말 죄송하게도 이사라 씨는 그 자리에서 즉시…… 사망하셨…….

─…….

"말도 안 돼!"

나는 내 귀로 들려오는, 그리고 화면에 보이는 나의 모습을 믿을 수가 없었다. 그저 고개를 돌려 멀찌감치서 울고 있는 사라를 바라보았다. 그리고 물었다.

"마, 말도 안 돼! 아니지? 이건 아닌 거지?"

"미안…….."

사라는 단지 그렇게만 말했다. 내 뒤로는 끝나지 않은 영상의 소리가 들려왔다. 나는 다시 고개를 돌려 TV를 보았다. 그 안의 나는 충격을 받았는지 욕을 하지도, 거짓말이라고 하지도 않은 채 멍하니 경찰의 목소리를 듣고만 있었다.

─……수습할 겁니다. 힘드시겠지만 혹시 이사라 씨의 보호자 분과 연락이 되시면…….

―그래, 다 왔어?

―네?

―일단 오면 말해줄게.

―여보세요?

―응, 조금 안 좋은 일이 있어서.

―저기, 갑자기 무슨 소리 하시는…….

―아니야, 아니야. 일단 와. 와서 말하자.

화면 속의 나는 통화와 관계없는 헛소리를 늘어놓기 시작했다. 마치 사라와 연락을 하는 마냥, 또는 내가 기대했던 연락과 목소리인 마냥 연기를 하고 있었다. 결국은 상대방의 목소리마저 무시하며 휴대폰을 닫아버리기까지 했다. 아무것도 알지 못한 것처럼 터벅터벅 걸어 주방의 식탁 의자에 앉았고, 엎드려 사라를 기다린다는 생각을 품은 채 서서히 잠이 들어갔다.

나는 악을 지르듯 말했다.

"저것 때문에 내가 이렇게 됐다고? 이게 내가 그렇게 찾아다닌 거라고? 말도 안 돼!"

눈앞의 TV는 자신의 일을 다 마쳤다는 듯이 지지직거리기 시작했다. 남은 것은 회색의 화면뿐이었다.

나는 몸을 돌려 울고 있는 사라에게로 뚜벅뚜벅 걸어갔다. 그녀의 뒤로는 아직도 채 오지 못한 검은 존재가 입을 벌리고 있었다. 내가 사라의 앞으로 완전히 다가갈 때쯤에 검은 존재는 천천히, 그리고 작은 부분씩 가루가 되어 흩날리기 시작했다.

"무슨 이야기라도 좀 해봐……. 제발, 제발 무슨 말이라도 좀 해봐! 거짓말이지? 그렇지?"

검은 가루가 흩날리는 공간에서 나는 사라에게 물었다. 그녀는 잠시 보였던 강인함을 잃어버린 채 고개를 푹 숙여 말했다.

"이게 거짓말이 아니라는 거…… 누구보다 잘 알고 있잖아."

"아니, 아닐 거야. 지금 앞에 있잖아. 네가 앞에 있잖아."

"그래, 그러니까 여기는 잘못된 곳이잖아. 내가 어떤 식으로든 올 수 있었다는 건 잘못된 곳이기 때문이잖아."

나는 사라의 어깨를 잡고서 강하게 흔들었다. 그녀를 흔들어서라도 이것이 가짜라는 말을 하게 만들고 싶었다.

"아니라고 말해줘! 제발…… 응?"

"이제는…… 끝내야지. 오빠도 잘 알잖아. 저 TV가 켜진 이후로는 더욱 확실히 알고 있잖아. 다 끝내야 한다는 거…… 누구보다 잘 알잖아."

나는 그녀의 어깨에 올린 손을 내리며 거친 숨을 몰아쉬었다. 천천히 머릿속으로 기억들이 들어오기 시작했다. TV에 나타난 큼지막한 장면들뿐만 아니라 세세하고 작은 부분, 스스로를 속였던 부분, 그리고 앞으로 어떻게 될 것인지에 대한 기억과 정보들이 들어와 나를 더욱 괴롭게 만들고 있었다.

"젠장! 젠장…… 미안해. 미안해. 정말 미안해."

나는 그렇게 말했다. 더 할 수 있는 말이 없었다. 이미 내 머릿속으로 들어온 기억과 정보들은 나를 미안하다는 말밖에 할 수 없게 만들었다.

"왜 오빠가 미안해. 내가 미안하지."

"아니, 다 내 탓이잖아. 내가 그날 급하다고만 하지 않았다면…… 널 놀라게 해주겠다는 생각만 하지 않았다면……."

사라는 고개를 들지 않았다. 그저 손을 뻗어 내 손을 자신 쪽으로 끌어오기만 했다. 그리고 쓰다듬으며 말했다.

"아니야. 사고는 내 탓이지. 그리고 질책은 이미 이렇게나 많이 했잖아. 많이 힘들었지?"

눈물이 나왔다. 꾸역거리며 많은 양의 눈물이 얼굴을 뒤덮었다. 나는 사라의 손을 만지작거리며 물었다.

"그러면…… 너는 곧…… 가야…… 겠네?"

나는 자연스럽게 알게 된, 혹은 느끼게 된 것에 대해 말했다. 그녀는 고개를 끄덕이며 말했다.

"응, 너무 오래 있었어."

그때 바람이 불었다. '기억'이라고 부르는 건물의 문이 활짝 열렸고, 떨어지는 비 사이에 있던 차들과 가면의 사람들이 보였다. 그중 대부분은 이미 검은 존재처럼 가루가 되어 바람에 흩날리고 있었다. 그것이 이 세상의 끝이었다. 아마 내가 있었던 도시도 가루가 되어가고 있을 것이었다.

나는 그 장면을 보다가 사라에게 물었다.

"내가 보고 싶어 할까 봐…… 그래서 계속 놓지 못할까 봐 나타나지 않은 거였어?"

"내가 나타나면 떠나지 않으려 할 테니까. 혹시 떠나더라도 더 그리워할 테니까. 나타나면 안 되는 거였는데 더 이상 방법이 없을 것 같아서……."

"그랬구나."

"잘 살아줘. 꼭 건강하게 잘 살아줘."

죄책감이 들었다. 이곳으로 향하는 동안 그녀의 진위에 대해 고민한 것이 너무나 부끄럽게 느껴졌다. 더욱이 사라의 한없이 떨어지는 눈물은 가슴을 더욱 아프게 만들었다. 나는 가눌 수 없는 죄책감을 대신해 그녀의 머리에 손을 얹었다. 그리고 쓰다듬었다. 그때 그녀를 쓰다듬는 내 손바닥에 거친 감촉이 느껴졌다. 손을 들어 바닥을 보았더니 작은 가루들이 묻어나오고 있었다.

"줄 것이 있어."

나는 손을 털어버리고 안주머니에 넣었다. 주머니에서 꺼낸 것은 바로 사라에게 주어야 할 반지였다.

"손 줘봐."

사라는 손을 내밀었다. 나는 그녀의 네 번째 손가락에 반지를 끼워주었다. 그리고 그 손을 잡은 채로 물었다.

"마음에 들어?"

하지만 대답은 들려오지 않았다. 나는 여전히 그녀의 손과 손가락에 끼워진 반지를 잡고 있었다.

"이렇게 끼워주고 청혼을 하려고 했는데…… 같이, 이제는 같이 살고 싶다고……."

사라에게 하고 싶은 말이 아직 다 끝나지 않았는데 반지를 끼운 손가락이 점점 얇아졌다. 내 손가락으로 가루의 촉감이 느껴져 왔다.

"같이 행복하게 살자고 말하려고 했는데……."

얇아지던 손가락은 곧 바람처럼 부스러졌다. 너무나도 쉽게, 그리고 허무하게 흩어지고 있었다. 그 가루들은 땅으로 떨어지지도 못하고 부는 바람에 날아 허공을 맴돌았다. 이제 내 손에 남겨진 것은 부드러운 가루들과 주인을 잃은 반지뿐이었다.
"사랑한다고 말하고 싶었는데."
문밖으로 보이는 세상의 모든 것들이 가루가 되었다. 내가 있는 건물도, 그리고 그 안의 TV들도 가루가 되어 사라지기 시작했다. 나는 그 장면을 마지막으로 천천히 눈을 감았다. 감긴 눈에서 눈물 한 방울이 툭하고 떨어져 내렸다.
내가 잠시 머물렀던 세상은 그렇게 끝이 났다.

눈을 뜨니 온통 하얀빛 뿐이었다. 정신을 차리고, 시야가 더욱 뚜렷해지니 그제야 그것이 하얀 천장이라는 사실을 알게 되었다. 내 옆에는 나를 치료하려는 남자가 있었고, 얼마 지나지 않아 부모님이 찾아오셨다. 곁을 지키던 남자는 "거짓말해서 미안해요."라는 말을 했다. 아마도 사라가 살아 있다는 것처럼 말했던 일 때문인 모양이었다.
그러다 문득 어두운 길의 꼬마가 했던 말이 떠올랐다.

'정말…… 진실을 위해 그녀를 버릴 수 있겠어요?'

나는 흐느끼며 양손으로 얼굴을 감쌌다.
"가짜가 아니라 진짜 사라를 말하는 거였구나."
창밖으로는 한 방울씩 비가 내리기 시작했다.

12

 놀라웠던 세상에 대한 기억은 어떤 꿈처럼 금세 옅어지기 시작했다. 그렇다고 해서 외로움이 옅어진 것은 아니었다. 내가 무너지지 않았던 이유는 오직 나를 구했던 사람들에 대한 기대를 저버리지 않기 위해서였다. 나는 마치 사라도 잊어버린 듯 행동했고, 몇 번의 의미 없는 만남을 가져보기도 하고, 큰 학원에 취직을 하기도 했다. 남들의 눈에는 그저 평범한 사람의 모습으로 쓰러지지 않은 채 그렇게 겨우겨우 살아가고 있었다.
 그렇게 5년이 흐른 어느 날, 나는 퇴근을 하고 작은 서점으로 향했다. 한참이나 책을 읽지 않은 탓인지 내가 알지 못하는 작가들이 즐비했고, 또 예전에 비해 놀랍도록 세련된 표지와 삽화들이 눈에 들어왔다. 사실 딱히 어떤 책을 사자고 온 것은 아니었다. 그저 볼만한 책이라도 있을까 싶어 온 것이었고, 서 있는 곳도 소설 코너였지만 내 눈은 자꾸만 단 한 권의 어떤 책을 찾고 있었다.

"아, 여기에 있었네."

진열대도 아닌, 진열대 옆 거대한 책장 구석지에 박힌 책을 찾아 꺼내었다. 예전에는 수많은 사람들이 즐겨봤던 책이 이제는 이런 구석지에서 사람들의 손을 기다리고 있었다. 책의 표지에는 〈로빈슨 크루소〉라는 제목이 적혀 있었다.

나는 다른 책들은 둘러보지 않고 그 책만을 챙겨 밖으로 나섰다. 어쩌면 처음부터 이 책을 사겠다고 온 것인지도 몰랐다.

서점을 나서자 하늘이 어두워 곧 비라도 떨어질 것만 같았다. 언제나 이런 날이면 기분은 더욱 아래로 떨어지고 말았다. 손에 내가 좋아하는 책이 있었음에도 얼굴은 구겨지고 있었다.

나는 내리는 비에 젖을까 봐 책을 외투 안으로 품고서 거리로 움직였다. 택시를 잡기 위해서였다.

그 사건 이후로 많은 것은 변했다. 코란도는 다른 사람에게 주듯이 팔았고, 도시의 반대편으로 이사를 했고, 듣는 음악도 바뀌었다. 마치 그때의 일을 깨끗이 잊어버리려는 듯.

택시를 타고 집에 가는 길에 나는 품에 있던 책을 꺼내어보았다. 그러다 하지 않으려 했던, 그리고 잊고 있었던 작은 이야기가 떠올랐다.

❖

사라와 함께 서점을 갔던 날이었다.

원체 책과는 거리가 있는 그녀였기에 같이 서점을 간 그날은 기억에서 잊혀지지 않는 날 중 하루였다. 나는 사라가 책과 친해졌으면 하는 마음에 억지로 그녀를 끌고 갔고, 그녀는 그것이 못마땅한 듯 자꾸만 집으로 가자고 칭얼거렸다.
  문득, 지나치듯 눈에 들어오는 〈로빈슨 크루소〉에 나는 말을 돌리듯 물었다.
  "이거 내가 제일 좋아하는 책이야. 말한 거 기억나지?"
  사라는 힐끗하고 시선을 잠시 주더니 무덤덤하게 대답했다.
  "음, 그랬던가?"
  "에이, 그게 뭐야. 기억도 못하는 거야?"
  "뭐, 그랬던 거 같기도 하다. 그건 그렇고…… 이제 우리 가면 안 돼? 나 지겨운데."
  "뭐야……."
  나는 사라에게 보여주기 위해 잠시 빼 들었던 책을 다시 제자리에 두었다. 그리고 예전 누군가 나에게 했었던 질문을 떠올렸다.
  "있잖아, 물어볼 게 있어."
  "뭐?"
  "아까 그 책이 로빈슨이라는 사람이 무인도에 떨어져 혼자 살아남는 이야기거든?"
  그녀는 고개를 갸우뚱하며 내 얼굴을 빤히 바라보았다. 나는 그 모습에 작은 미소를 지으며 이어 말했다.
"그래서 말인데, 만약 네가 그런 무인도에 갇히게 되면 넌 어떨까? 너도 살아남을 수 있을까?"
사라는 미간이 구겨지며 나에게 말했다.
"나 혼자?"
"응."
사라는 잠시 생각하는 것 같더니 슬며시 서점의 바깥쪽으로 움직였다. 나는 그녀의 대답을 기다리며 뒤를 따라 걸었다. 두터운 유리문을 밀고 완전히 바깥으로 나가서야 사라는 나에게 말을 해주었다.
"질문이 좀 이상하다. 뭐, 아무튼 혼자는 힘들겠지? 으, 생각만 해도 끔찍하다."
나는 금세 시무룩해져 그녀에게 재차 물어보았다.
"그렇…… 지? 그래도 살려고 노력은 하겠지?"
사라는 작게 웃으며 대답했다.
"노력은 하겠지. 뭐, 오빠를 찾으면서 방방 뛰고 그럴 것 같긴 해."
내 얼굴에는 금세 미소가 번졌다. 사라는 나를 보더니 같은 질문을 해왔다.
"그러면 오빠는?"
"응? 나?"
"오빠는 살 수 있을까? 혼자 외딴 곳에 떨어진다면 말이야."
잠시 해야 할 말을 생각했다. 하지만 그 생각은 정리될 것도 없이 사라졌고, 이내 내 입에서는 당연하다는 듯 말이 튀어나왔다.
"당연히 살아남아서 널 찾아야지. 내가 어디에 있던, 그리고 네가 어디에 있던 꼭 찾을 거야."
내가 뱉은 말이 부끄러운지 사라는 작게 웃으며 몸을 돌렸다. 그리고 그녀는 나를 등 뒤에 둔 채로 조금씩 걸어나갔다.
"그러면 나는 무인도에 떨어져도 기다리기만 하면 되겠다, 오빠가 올 때까지."
사라는 그렇게 말하고 고개를 슬쩍 돌려 뒤에 따라오는 나를 바라보았다.

❖

책을 다 읽고 시계를 보았더니 오후 11시가 되어가고 있었다. 나는 다 읽은 책을 덮고 자리에서 일어나 담배를 가지러 방으로 들어갔다. 벗어둔 재킷 안주머니에 들어 있는 담배와 라이터를 꺼내던 중 문득 침대 옆 서랍에 들어 있는 반지 생각이 떠올랐다. 하지만 그 서랍을 열어보지는 않았다. 용기가 나질 않는 탓이었다.
담배 하나를 입에 물고 베란다로 향했다. 책에 집중하고 있던 사이에 비가 내리고 있었고, 그 굵기도 대단해 보였다. 물줄기가 땅으로 추락하는 소리가 상당했는데, 책을 읽는 동안에는 그것을 느끼지 못했다는 것이 신기할 정도였다.
연기를 가득 머금고 뱉어내며 세상 밖으로 시선을 던졌다. 거

세게 내리는 비에 사람들은 보이지 않았고, 가로등 불빛들이 유난히 밝아보였다.

마치 그날 같았다. 그 사건이 있었던 바로 그날. 살고 있는 집의 모양도, 보고 있는 풍경도 달랐지만 그 분위기는 그날과 그리고 나 혼자 만들었던 세상의 풍경과 비슷해 보였다. 사라는 이런 날 사고를 당했다. 나에게로 향하는 길, 그 길에서 비를 맞으며 쓰러져 갔고, 아마도 그때 내 생각을 하고 있었을 것이다. 그래, 아마도.

모든 생각과 감정들이 갑작스럽게 몰려왔다. 애써 잊은 척하며, 혹은 괜찮은 척하며 잘 지내왔다고 생각했었다. 하지만 오늘은 무척이나 힘들었다. 어쩌면 더 이상 괜찮은 척하며 살아가지 못할 것 같다는 생각도 들었다.

"그 세상도, 이 세상도 혼자인 건 매한가지네."

나는 불을 붙이지 않은 담배를 손에 든 채 내리는 비를 바라보았다.

사라가 없다는 것이 나를 고립되게 만들고 있었다. 외로움에 고개를 숙였더니 저 아래 바닥으로 떨어져 부서지는 빗방울들이 느껴졌다. 나는 그 느낌을 자꾸만 유지하려 시선을 떼지 않았다. 부서지고, 또 부서지는 빗방울이 이상하게도 부럽게 느껴졌다. 한참을 그렇게 있었다. 시간이 얼마나 흘렀는지도 모르겠고, 내 손가락에 끼워져 있던 담배가 어떻게 되었는지도 모르겠고, 내가 지금 무엇을 하려는지도 잘 모르겠다고 생각했다.

얼마나 지났을까, 나는 세상의 바닥에 향해 있던 눈을 잠시 감앉다.

'기다리기만 하면 되겠다, 오빠 올 때까지.'

사라의 말이 귓속으로 들리는 것 같았다. 물론 지금 상황에서 그것은 그녀가 바라는 일이 아닐 것이다. 하지만 떨어지는 빗물이 부럽다고 느낀 그 시점부터 내가 하려고 하는 행동은 정해져 있었는지도 몰랐다. 아니, 어쩌면 5년 전 진실을 알았던 그 순간부터 이 행동은 정해져 있었을 것이었다. 세상에 홀로 남겨져 있기에는 나는 너무나 연약한 모양이었다.

나는 손가락에 있던 담배를 버리고 방으로 돌아와 짧은 편지한 통을 썼다. 그것은 나의 부모님에게 남기는 미안함에 대한 글이었다. 그것을 고이 접어 침대 위에 올려두고, 옆에 있던 서랍에서 사라의 반지를 꺼내 다시 베란다로 향했다. 그리고 그 반지를 두 손으로, 또 가슴으로 안고서 다시 비가 떨어지는 바닥을 보았다.

나는 희미하게 웃으며 말했다.

"이제 내가 너를 찾으러 갈게."

13

 눈을 뜨자 나는 다시 아무런 사람도 존재하지 않는 세상에 있었다. 어떤 거대한 해프닝도, 바깥 세상에 대한 이야기도, 내가 어떻게 이곳에 온 것인지도 확실히 기억나는 것이 없는 꿈 같은 기분이었다.
 나는 마치 정해진 일인 것처럼, 그리고 익숙한 일인 것처럼 사라를 찾기 위해 지하에 있는 코란도로 향했다. 그리고 그 코란도와 함께 사라의 집으로 움직이기 시작했다. 머리는 생각하는 법을 잊었고, 고민하는 법을 잊은 채 본능만이 남아 있었다. 내게는 그저 '향해야 한다.' 라는 문장만 새겨져 있는 듯했다.
 거리에는 역시나 아무것도 존재하지 않았고, 이제는 불마저 완전히 꺼져 버린 상점들과 삭막한 거리의 공허함이 나를 외롭고 힘들게 만들었다. 열려 있는 창문을 통해 바람이 불어왔지만 가

숨은 그것을 시원하다기보다 시리다고 말하는 것 같았다.
 나는 그렇게 외로운 공기를 맞으며 어느덧 사라의 집에 도착했다. 느릿한 걸음으로 계단을 걸어 6층에 위치한 그녀의 집 앞으로 가 안쪽 주머니에서 열쇠를 꺼내 들었다.

 탈칵—

 적막의 도시에 차가운 금속음이 울렸다. 나는 천천히 문을 열고 사라의 집으로 들어섰다. 그리고 느꼈다. 역시나 그녀의 향기가 존재하지 않는다는 것을. 나는 언제나 그렇듯 실망했다. 도저히 익숙해지지 않는 허무함이었다.
 집 안으로 완전히 들어서자 그녀가 좋아하던 호랑이 액자와 소파가 나를 반겼다. 그리고 그것들과 함께 외로운 상처도 각인되었다. 나는 거실을 걸으며 깊게 숨을 들이쉬어 보았다. 익숙하고도 아련한 향기가 희미하게 느껴졌다.
 나는 자리에 앉지 않고 바로 사라의 방 안으로 향했다. 어떤 곳보다 사라의 향기가 가장 많이 남아 있는 곳이었다. 하지만 이 향기도 언젠가 사라질 것이었다. 그때까지 얼마나 시간이 남은 것인지 생각해 보는 것마저 두려웠다. 나는 사라가 누웠을 침대로 몸을 던져 이부자리에 얼굴을 파묻었다.

 탈칵—

한참을 그렇게 사라의 향기에 취해 있을 때 다시 한 번 작은 금속음이 울렸다.

"뭐지?"

나는 흠칫 놀랐다. 무슨 소리일까 싶었다. 문이 열리는 것 같은 소리에 기대감과 두려움이 생겨났다. 나는 천천히 일어나 방문을 열고 거실로 나서 보았다.

'잘못 들은 건가.'

거실에는 아무도 없었다. 그저 시원한 바람이 불고 있었다. 혹시나 하는 마음이 들어 나는 현관으로 가보았다. 현관문이 살짝 열려 들어오는 바람에 흔들거리고 있었다.

'문을 열어놓았던가.'

나는 문을 닫기 위해 현관으로 향했다. 현관문 손잡이를 잡고 당기려는 순간 갑자기 반발되는 힘이 느껴졌다. 그 힘에 나는 깜짝 놀라 몇 걸음이나 뒤로 물러서게 되었다. 문은 천천히 열리고 있었다. 그리고 갑작스럽게 그토록 기다리던 것을 보게 되었다.

그것을 보자 그동안의 어둡고, 춥고, 쓸쓸했던 것들이 깨끗이 씻겨 나감을 느낄 수 있었다. 눈에서는 눈물이 흘러내렸다. 그것은 지금껏 흘렸던 슬픔의 눈물이 아니었다.

"왜 사람이 들어오는데 문을 닫으려는 거야. 넘어질 **뻔했잖**아."

맑은 목소리와 함께 현관 너머에서 사라가 웃고 있었다. 전혀 변하지 않은 장난기 가득한 웃음이었다.

'꿈일까?'

나는 내 스스로가 오묘한 공간에 있다는 것을 알고 있었다. 꿈같으면서도 적절한 현실성이 묻어 있는 이 공간에서 그 무엇이 나타난들 곧이곧대로 믿을 수 있을까.

"얼굴이 그게 뭐야?"

다시 들려온 사라의 목소리가 내가 품고 있던 모든 잡다한 생각들을 날려 버렸다. 그녀는 천천히 다가와 내 얼굴에 손을 얹었다.

"피부도 많이 상했네. 건강히 살라고 했더니…… 바보같이."

"어디에…… 갔었어?"

나는 그렇게 물었다. 사라는 다시 한 번 작게 웃으며 말했다.

"어디에 안 갔는데. 계속 오빠 주변에 있었어."

"거짓말하지 마. 내가 널 얼마나 찾았는데."

그녀는 여전히 웃고 있었다. 하지만 길어진 입가와 다르게 눈은 무척이나 슬퍼 보였다.

"아니야. 오빠가 예전에 이곳에서 힘들어하고 있을 때도, 바깥에서 나를 그리워하고 있을 때도…… 다 근처에 있었어. 지금도 오빠 만나러 왔잖아. 아! 그리고 이것도."

그녀는 왼쪽 손을 내밀었다. 네 번째 손가락에 반짝이는 반지가 끼워져 있었다. 나는 고개를 숙이고 옷소매로 눈물을 닦았다. 그런 나를 사라는 포근하게 감싸 안아주었다.

"고마워. 그리고 미안해."

사라의 말에 나는 고개를 좌우로 흔들었다. 그녀는 내 행동을 보고 더욱 강하게 안아주었다. 할 수만 있다면 허락된 만큼의 시간 동안 계속 그렇게 그녀와 함께하고 싶었다.

나를 달래던 사라는 내 귀에 작게 속삭였다.

"이제 갈까?"

나는 고개를 들어 사라의 눈을 보았다.

"어딜?"

"함께할 수 있는 곳으로."

사라는 내게 더 이상의 질문은 허락하지 않고 손을 잡아 이끌었다. 나는 그녀의 발걸음에 따라 아파트 밖으로 나섰다. 아파트 단지 입구로 나가니 코란도가 시동이 걸린 채로 우리를 맞이하고 있었다.

사라는 나를 조수석에 태우고 운전석으로 가 핸들을 잡았다. 그리곤 말했다.

"꽉 잡아."

코란도는 천천히 움직이더니 이내 우렁찬 소리를 내며 거칠게 도로를 미끄러져 나갔다.

창밖을 보니 날씨가 유난히 맑았다. 그리고 그 맑은 햇살 사이로 작은 물방울이 흩날리고 있었다.

나는 더 이상 혼자가 아니었다.

〈적막의 도시〉 END

:: 작가 후기 ::

　　초등학교 때인가 집 앞 거리를 걸은 적이 있습니다. 구석진 동네였지만 활기가 넘치는 곳이었고, 햇살이 좋은 날이었습니다. 땅을 보며 걷다 고개를 들어보니 거리에 사람이 없었습니다. 평소라면 보지 못했을 광경이 낯설고 무서워 혹시나 하며 사람을 찾아 다녔습니다. 물론, 글과는 다르게 금방 많은 사람들이 나타났습니다. 아마 저도 모르게 사람들이 다 사라져 버린 것은 아닌가 하는 상상을 했던 것 같습니다.
　　그러다 시간이 흘러 글을 쓰게 되었고, 그 첫 번째의 주제로 '외로움'을 다루고 싶었습니다. 자연스레 어릴 적 일이 떠올랐습니다. 그리고 그때 느낌을 떠올리며 이 이야기를 만들었습니다.
　　하염없이 비가 내리는 상황도, 어둠이 가득한 세상에 대한 표현과 주인공을 모질게 몰아세운 것도 모두 다 이 외로움을 극대화하기 위함이었습니다. 주인공은 비를 좋아하는 사람이었지만 그가 사랑하는 사람 때문이었다는 것, 그리고 그 사람이 사라지자 모든 것은 공포로 변했다는 점은 글을 쓰면서 가장 신경이 쓰인 부분이었습니다. 그게 그나마 제가 확고히 말하고 싶은 것이었습니다. 그저 열심히 살아가는 당신에게는 그만큼 커다란 사람이 있느냐라는 질문 말입니다.

사실 초고에는 1부의 내용과 1부의 내용을 해설하는 '현실의 세상' 이야기만이 존재했었습니다. 원고가 출판사를 거치면서 2부에 대한 수정을 하게 되었고, 결말을 제외한 2부의 내용은 모두 중간에 만들어진 것들입니다. 처음 수정 권유를 받았을 때에는 내가 이 주제로 더 쓸 내용이 있을까 싶었습니다만, 오히려 현대 사람들의 모습을 반영하자 하는 마음으로 2부의 이야기를 만들게 되었습니다. 아마 의아해하실지도 모릅니다. 하지만 잘 생각해 보면 '어울리는 척' 하고 살아가는 자기 자신을, 그리고 그것에 익숙해져 가는 아쉬운 나를 발견하게 되실지도 모르겠습니다. 이 이야기를 만든 저처럼 말입니다.

외로움이 병이 돼버린 시대입니다. 일어나면 가장 먼저 휴대폰을 살피고, 집에 돌아오면 이유 없이 TV를 틀어놓고, 연락할 사람 없는 새벽이면 가슴이 먹먹해지는 세상입니다. 하지만 사람들은 외로움이 병이라고 합니다. 나약해서 그렇다고 합니다. 시간이 많아 그런 걱정을 하는 것이라고 합니다. 하지만 정작 그런 말을 하는 사람들도 사실은 외로워하고 있다고, 단지 강한 척 그리 말할 뿐이라고 저는 생각하고 있습니다.

사람들이 어울리는 것은, 그리고 살아가는 궁극적인 이유는 외롭지 않기 위해서라는 큰 틀을 생각하고 만든 이야기이지만, 그걸 몇 분이나 느끼실지 솔직히 자신은 없습니다. 어쩌면 이름 없는 주인공처럼 자기 자신이 외로워하는지, 그렇지 않은지도 알지 못하고 그저 앞만 보고 달리시는 분들이 더 높게 평가받는 세상이기에 제가 하고 싶어 하는 말이 잘 와닿지 않을지도 모릅니다.

하지만 그런 분들이 모두 다 자신의 '사리'를 찾길 바랍니다. 그리고 이름 없는 주인공처럼 외롭지 않았으면 좋겠습니다.

부족하고 미흡한 초보 글쟁이에게 기회를 준 출판사에, 그리고 이 책이 완성되는 데에 5할 이상의 역할을 해주신 편집자님들께, 또 이 모든 환경과 내 주위 걱정과 격려를 해주신 많은 분들에게 감사의 인사를 드리고 싶습니다.

마지막으로 훗날 이 첫 번째 책이 부끄럽게 느껴질 만큼 노력하고 성장하겠습니다. 그리고 멀지 않은 날 좋은 이야기를 들고 나타나겠습니다. 감사합니다.